Georg Klein

IM
BIENENLICHT

Erzählungen

ROWOHLT

Originalausgabe
Veröffentlicht im Rowohlt Verlag, Hamburg, März 2023
Copyright © 2023 by Rowohlt Verlag GmbH, Hamburg
Lektorat Katja Sämann
Innentypografie Daniel Sauthoff
Satz Marco OTF bei Pinkuin Satz und Datentechnik, Berlin
Druck und Bindung CPI books GmbH, Leck
ISBN 978-3-498-00305-0

Die Rowohlt Verlage haben sich zu einer nachhaltigen Buchproduktion
verpflichtet. Gemeinsam mit unseren Partnern und Lieferanten
setzen wir uns für eine klimaneutrale Buchproduktion ein, die den
Erwerb von Klimazertifikaten zur Kompensation des CO_2-Ausstoßes
einschließt.
www.klimaneutralerverlag.de

«So those who create things
do not need adventure
but they do need romance ...»

GERTRUDE STEIN

WACHS

DAVID ZU EHREN
11

WIE ES GEMACHT WIRD
27

A. ZETT
32

WEIN UND BROT
55

DIE MELODIKA
58

IM BIENENLICHT
68

DIE KUNST DES
BAUCHMANNS
76

HERZSTURZBESINNUNG
83

DER GANZE ROMAN
101

HONIG

ALLWURZLER
105
DIE LUSTIGE WITWE
125
JUNGER PFAU IN ASPIK
138
DAS KISSEN
160
ARBEIT AM BLASATOR
176
DIE FRÜCHTE DES
ZWEITEN BAUMES
191
LINDENRIED
204
EINSTIMMUNG
220
GLOBULUS
235

WACHS

DAVID ZU EHREN

1. MITTELSMANN

Es ist ein stilles Geschäft, gebettet in viele Stunden untätigen Wartens, diskret sogar in seinen raren spektakulären Momenten. Keith und ich hausen, so unauffällig dergleichen möglich ist, auf einem jener Schrebergartengelände, von denen es rund um unsere bauwütige Hauptstadt noch immer Dutzende gibt. David, unser Lehrmeister, der nicht mehr bei uns ist, hat vor Jahr und Tag eine Doppelparzelle gepachtet. Dort waren irgendwann vor unserer Zeit zwei bescheidene Leichtbaulauben durch einen dünnwandigen, fensterlosen Holztrakt zu einem einzigen Gehäuse verbunden worden.

Als wir noch zu dritt sein durften, als Davids feste Hand uns führte, bewohnte er das kleinere, ziegelrot gestrichene Häuschen, während Keith und ich uns das nur ein wenig größere, ockerfarbene teilten. Aber im zurückliegenden Herbst, nach einem Jahr stetig schwindender Hoffnung, war mir und Keith klar geworden, dass es in Zukunft zu zweit weitergehen musste, und als der Ältere von uns beiden zog Keith hinüber in Davids einstige Behausung.

Dort pochte es vorgestern Vormittag an die Tür. Keith war mit den Zimmerpflanzen beschäftigt, die uns Master David hinterlassen hat. Wächsern glatt und stocksteif, jedes der stängellosen Blätter wie die Klinge eines Messers aus der Erde gereckt, ähneln sie mehr Skulpturen denn Lebewesen, aber auch jetzt im Winter brauchen sie Helligkeit und ein wenig Wasser, um zu gedeihen. Keith stellte das Gießkännchen ab und öffnete die Tür. Die Code-Frage, die Nicht-Eingeweihte für einen kurios ehrerbietigen Gruß halten müssen, wurde mit der Code-Antwort bedacht, die aus den gleichen, nur anders gereihten Wörtern besteht. Keith rief nach mir, und wir setzten uns unter dem Plexiglasoberlicht des Verbindungstrakts mit unserem Gast zusammen.

Es ist ausnahmslos die Regel, dass man sich über einen Mittelsmann an uns wendet, und wir sind sicher, dass diese Mittelsmänner Juristen sind. Seit David mich anlernte, habe ich mehr als ein halbes Dutzend von ihnen kennengelernt. Klischeehaft ausgekocht wirkende Kerle waren darunter, schmierige alte Advokaten, wie einem Film entsprungen, aber auch flinkäugige, nervös fit wirkende Jünglinge. Nur die Kundigkeit in den sachlich wie rechtlich maßgeblichen Fragen machte sie einander ähnlich.

Das ist nun anders geworden. Seit vorgestern wissen wir, dass unsere früheren Besucher ein weiteres Merkmal verband. Denn erstmalig hörten Keith und ich uns an, was ein weibliches Wesen über den kommenden Einsatzort zu erzählen hatte. Ja, eine Frau, eine gutaussehende Juristin mittleren Alters, machte uns mit dem anstehenden Gebäude, mit der ehemaligen Papierfabrik bekannt.

2. PAPIERFABRIK

Kaum dass wir wieder zu zweit waren, wir hörten noch ihre
Schritte auf dem gefrorenen Kies verklingen, meinte Keith,
wir sollten unserer ersten Mittelsfrau für die Spanne der anstehenden Arbeit einen Namen geben. Als zöge er die nötige
Lautung aus dem Nichts, schlug er «L.» vor. Und obwohl mich
die unangenehm abergläubische Ahnung bedrängte, Master
David wäre mit dieser Neuerung womöglich nicht einverstan-
den gewesen, nickte ich, und wir begannen damit, die Einzelheiten des Auftrags, alles, was uns L. über die Historie, über
die gegenwärtige und über die geplante Nutzung des fraglichen Industriegeländes berichtet hatte, in Hinblick auf die anstehende Bereinigung durchzusprechen.

Von David haben wir gelernt, wie viel sich ein Mensch mit
dem ersten Hören oder Anschauen zu merken vermag. Gleich
dem einen oder anderen ihrer Vorgänger hatte sich wohl auch
L. gewundert, dass wir nie nachfragten. Mehrmals hielt sie
inne, immer wenn ihre Darlegung besonders üppig mit Namen und Zahlen gespickt gewesen war. Und als wir den Bau-
plan der Papierfabrik mit den Aufrissen aller Geschosse nach
kurzem, stillem Studium zurückreichten, verzogen sich ihre
Augenbrauen zu einem Ausdruck misstrauischen Zweifels.

Wäre ihre schön gewölbte Stirn dabei nicht völlig falten-
frei geblieben, man hätte L. sogar für verärgert halten können. Keith meinte, als wir wieder allein waren, die makellose
Glätte sei gewiss einer bekannten kosmetischen Manipulation
geschuldet. Aber ich will lieber glauben, dass sich eine solche
Straffheit gleich einem guten Gedächtnis trainieren lässt.

L. hatte uns damit überrascht, dass das Gelände, auf dem wir tätig werden sollten, nur einen Katzensprung entfernt am nördlichen Rand unserer Datschensiedlung liegt. Dennoch kam für Keith und mich nicht in Frage, zu Fuß dorthin aufzubrechen. Schon bei der ersten Erkundung muss, so hat David es uns eingeschärft, unsere technische Ausrüstung vor dem fraglichen Objekt im Kofferraum bereitliegen. Am frühen Nachmittag fuhren wir los.

Angekommen, erwies es sich als schwierig, einen freien Parkplatz in der Nähe des Eingangstors zu finden. Dreimal kurvten wir um das Areal, bis sich durch einen abfahrenden Wagen eine Lücke auftat. L. hatte uns mitgeteilt, dass die Unternehmungen, die sich, ausnahmslos illegal, nach und nach in der einstigen Papierfabrik niedergelassen hatten, den zwanzigsten Jahrestag der Erstbesetzung mit einem Wochenende der offenen Tür begingen. Aber dass bereits in den ersten Stunden ein derart großer Besucherandrang herrschen würde, hatte unsere Mittelsfrau nicht vorhersagen können. Keith und mir kam das Gedränge gerade recht. Wir mischten uns unter die, deren Aufmerksamkeit handgeschöpftem Briefpapier, Smartphone-Schutzhüllen aus Ziegenwollfilz, rückenfreundlichen Hanfmatratzen und biologisch geöltem Buchenholzspielzeug galt. Wir ließen uns treiben und hielten unauffällig Ausschau nach dem, was von David, der ein Faible für in sich widersprüchliche Wendungen gehabt hatte, «der Trockenschweiß» getauft worden war.

3. TROCKENSCHWEISS

Keith und ich wurden fündig, weil wir eine Weile mit anhörten, wie in eine fernöstliche Meditationstechnik eingeführt wurde. Wir hatten zwei der in Halbkreisen angeordneten Sitzkissen ergattert. Neugierige kamen und gingen. Ein weißgekleidetes junges Paar schilderte in einer Wechselrede, die geschickt voraussetzungslos blieb und immer wieder neu im verständlich Allgemeinen Fuß fasste, die Stufen spiritueller Versenkung.

Keith hat, so gut haben wir uns mit der Zeit kennengelernt, eine Schwäche für solche Systeme. Aber als zum dritten Mal ein schwereloses Schweben beschrieben wurde, welches durch geduldiges Üben und demutsvolle Hingabe als letzter Grad der meditativen Läuterung erreicht werden könne, stand Keith auf, um zu gehen. Ich wollte ihm folgen. Aber mir war im ungewohnten Schneidersitz ein Fuß eingeschlafen. Ich stolperte, musste mit der flachen Hand Halt an der Wand suchen. Keith drehte sich um und bemerkte sofort, dass ich die Fußleiste fixierte.

Zu Davids Zeiten war eine Spur schlicht eine Spur. Aber seit wir ohne ihn auskommen müssen, neigen wir in Sachen Trockenschweiß fast schon ein wenig zwanghaft zum Vergleichen und Unterscheiden. Trockenschweißlinien sind meist kaum mehr als fingerlang und in der Regel so schmal wie ein Bleistift. Auch die Körnung ist stets ähnlich: Die Krümel gleichen dem groben Salz, das man zurzeit wieder allerorten gegen die winterliche Glätte streut.

Über die Oberkante der Fußleiste zog sich eine Spur, wie wir sie so noch nie gesehen hatten. Ohne Unterbrechung war sie fast unterarmlang, und ihre Farbe schwankte nicht wie gewohnt zwischen Beige und einem matten Curry, sondern stach uns als ein fast schwefelig aggressives Gelb entgegen. Dem stand der Duft nicht nach. Keith und ich mussten nur ein wenig näher treten, um den unverwechselbaren, jeden möglichen Zweifel beseitigenden, leicht süßlichen und zugleich ammoniakscharfen Geruch aufzunehmen.

Wir ließen uns Zeit. Wir trieben uns beinahe acht Stunden auf dem Gelände herum. Wir entdeckten zwei weitere, nicht weniger spektakuläre Spuren. Die dritte und längste fand sich in einer Toilettenkabine, was uns erlaubte, die für das Kommende erforderliche Menge unbeobachtet in ein Plastiktütchen zu füllen.

Unsere Auftraggeber ahnen nicht, aus welchen Handlungen sich unsere Praxis zusammensetzt. David hat uns, als sehe er voraus, dass wir eines Tages ohne ihn auskommen müssen, immer wieder davor gewarnt, den Mittelsmännern auch nur das kleinste Detail unseres Vorgehens preiszugeben. Das «Wie» sei unser exklusives Kapital und seine Geheimhaltung die einzige Garantie künftiger Beschäftigung.

Wir aßen vegetarische Buletten und Dinkelkekse, wir tranken Kaffee, dessen Bohnen in einem afrikanischen Regenwaldreservat von wildwachsenden Stauden gepflückt worden waren. Im hinteren Hof ließ ich zwei Originalbacksteine in den extra weiten Innentaschen meiner Jacke verschwinden. Keith entriegelte ein Kellerfenster für den anstehenden Einstieg. Wir lauschten dem musikalischen Abendprogramm, raffiniert polyrhythmisch trommelnden Großmüttern und einem virtuosen Tango-Trio schwuler Akkordeonisten. Dass die Fabrik in der Nacht nach dem Wochenende menschenleer sein würde, hatte uns L. mit hoher Wahrscheinlichkeit garantieren können. Und auch der Kalender schien es gut mit uns zu meinen: Ab morgen war Vollmond. Master David, dem es gefallen hatte, für ein Wort, für eine Wendung, manchmal sogar für ein, zwei Sätze in seine Muttersprache zu fallen, hatte die talgig leuchtende Scheibe des Öfteren unseren «industrial moon» genannt.

4. INDUSTRIEMOND

Wir wissen wohl, wie unvorteilhaft wir bei Tageslicht in voller Rüstung aussehen würden. Die Pressluftflasche sitzt mittig auf der Brust und reicht uns vom Gürtel bis ans Kinn. Der quaderförmige Staubtank ruht auf der oberen Hälfte des Rückens. Die Schläuche unter den Achseln zwingen uns, die Arme anzuwinkeln. Schon von vorne ähneln wir watschelnden Pinguinen, von der Seite betrachtet, müssen wir, den gekrümmten Schnorchel der Atemmaske vor dem Gesicht, vollends wie flugunfähige Vögel wirken. Allein der Firnis des Industriemondscheins mildert unsere Missgestalt. Eine Nacht und einen Tag nach der Vorbesichtigung kletterten wir in voller Montur durch das Kellerfenster. Unser Atem rasselte in der Kunststoffmuschel der Maske, während wir die erste, arg enge Treppe hintereinander nach oben pirschten.

Zehn Stunden zuvor war L. wider Erwarten ein zweites Mal bei uns erschienen, gerade als wir mit dem Mischen des Pulvers beginnen wollten. Das Rezept ist einfach, aber die Anteile müssen, um extinktive Wirkung zu erzielen, aufs Gramm genau stimmen. Ich hatte den Trockenschweiß in einem Apothekermörser zu puderfeinem Staub zerstoßen. Die beiden entwendeten Altziegel waren mit dem Hammer zertrümmert, die Brocken in einer fleischwolfähnlichen Mühle, die David eigenhändig gebaut hat, zu sandigen Krümeln gemahlen worden. Das gleiche Schicksal ereilte die zwölf Backsteine aus dem Baumarkt, die Keith und ich, Davids Diktion folgend, die «Jungfräulichen» nennen. Als L. an die Tür klopfte, warfen wir eine Plane über den Tisch.

Wir kennen die Risiken. Am Anfang meiner Zeit, bevor ich von David und Keith in meine erste nächtliche Fabrik, in eine ehemalige Brauerei nahe der polnischen Grenze, mitgenommen worden war, hatte mir David offenbart, dass mein Vorgänger einen Arbeitsunfall erlitten hatte und trotz physischer Wiederherstellung nicht mehr für weitere Einsätze in Frage kam.

Zu den Vereinbarungen, die wir mit den Mittelsmännern bei jeder Auftragsannahme erneuern, gehört, dass ein derart Verunglückter lebenslangen Anspruch auf eine monatliche Versorgungszahlung durch den Investor erwirbt, in dessen Auftrag wir das betreffende Objekt bereinigt haben. Auch L. hatte dies bei ihrem ersten Besuch, ungefragt und in aller wünschenswerten Deutlichkeit, zur Sprache gebracht. Aber nun war sie gekommen, um uns über eine Änderung des fraglichen Vertragspunkts zu informieren: Der neue Eigentümer der Papierfabrik, dem es erstaunlich schnell gelungen war, einvernehmliche Absprachen mit allen illegalen Nutzern zu treffen, sei im Falle einer Invalidität – L. entschuldigte sich, falten-

arm lächelnd, für die Nachträglichkeit der Mitteilung – nur zu
einer Einmalzahlung bereit.

Vielleicht bestach uns die Höhe der Summe. Aber rückblickend fürchte ich, dass auch L., genauer gesagt ihr neues Outfit,
ein wenig zu unserem schnellen Einlenken beitrug. Tags zuvor
war sie in einem dezenten dunkelgrauen Business-Kostüm erschienen, knielang, die Bluse bis zum obersten Knöpfchen geschlossen. Nun zeigte ein schwarzledernes Röckchen die halben Schenkel, ein offenherziges Oberteil mehr als den Ansatz
des Busens, und ihre Absätze waren genau das Gegenteil von
fußfreundlich flach.

Nicht bloß ihre veränderte Aufmachung, sondern auch der
Tonfall ihres Sprechens und ihr übriges Gehabe, vor allem ihre
Manier, den kurzen Rock im Stehen gegen die Tischkante zu
drücken und mit den gelblackierten Nägeln über dessen Leder
zu schaben, standen in aufreizendem Widerspruch zu ihrem
ersten Auftreten und stellten unsere professionelle Keuschheit
auf eine unnötig peinliche Probe.

5. KEUSCHHEIT

Ich kann mich gut erinnern, wie wunderbar knapp und trocken mir Master David vor Jahr und Tag mitgeteilt hat, dass
zu den unabdingbaren Voraussetzungen unserer Arbeit geschlechtliche Enthaltsamkeit gehöre. Zugegeben: In den Wochen und Monaten des Müßiggangs ist hiermit ab und an eine
gewisse Beschwernis verbunden. Aber spätestens wenn wir ge-

rüstet sind, sobald wir uns über rußigen Beton, über stumpfen Klinker, über die vom Dreck der Zeit versiegelten Fußbodenkacheln einer ehemaligen Fabrik auf die Suche machen, sobald eine Auslöschung ansteht, spüre ich, gewiss geht es Keith nicht anders, bis in die Zehenspitzen, welch besondere Kraft, welch feste Fokussierung des Willens allein Keuschheit verleiht.

In der erdgeborenen Tiefe der jeweiligen Keller ist eine Stunde nach Mondaufgang eigentlich wenig zu befürchten. Aber David hat uns immer wieder eingeschärft, dass Ausnahmen möglich seien. Auch unter denen, die wir dingfest machen müssen, könne es Fehl-Erscheiner geben. Als Keith die eiserne Tür ins Erdgeschoss mit dem Lauf seiner Waffe aufschob, waren wir auf der Hut.

Die Papierfabrik ist dreistöckig, und die Besonderheiten der ehemaligen Produktion hatten es verlangt, dass zwischen den Etagen, zwischen den imposant hohen und weiten Werkhallen, große Durchbrüche klafften. Dort, wo früher – unsere Mittelsfrau hatte es fast poetisch geschildert – allmählich trocknende Zellstoffbahnen ihren Weg durch aufwendige Walzwerke genommen hatten, ließ nun der Industriemond seinen transparenten Film über die Stahlträger fließen. Grau erschien mir nicht zum ersten Mal als die schönste und reichste aller Farben. Aber bereits am Fuß der Treppe, die ins mittlere Geschoss führte, leuchtete wie eine obszön willkürliche Nachkolorierung, wie frisch erstarrter Nagellack auf Zelluloid, eine schwefelgelb glänzende Trockenschweißspur.

Die nächste Treppe war breit genug, um auf gleicher Höhe zu bleiben. Keith und ich wissen, wie wichtig es ist, den anderen, sobald es ernst wird, im Blickfeld der Schutzbrille zu behalten. Die Läufe unserer Waffen sind fast armlang, die Düse, die sich im Präzisionskugellager der Laufmündung dreht, hat drei pfefferkorngroße Öffnungen und verwirbelt die von der Druckluft beschleunigte Mischung zu einem fast lautlos austretenden Strahl. Dessen Homogenität lässt über gut zwölf Schritt hinweg nichts zu wünschen übrig. Dann aber greifen widrige Kräfte: Wie durch einen Duschkopf gestoßen, siebt es den Staubstrom auseinander. Sogar abrupte Ablenkungen um bis zu neunzig Grad sind möglich, falls der Abstand zum Ziel zu groß ist. Mein Vorgänger war, übereifrig nach vorne gesprungen, in eine derart abknickende Schusslinie geraten und wurde statt der anvisierten Erscheinung, statt des Wanderers, von Keith an Hals und Kopf getroffen.

6. WANDERER

Vermutlich bedeutet es eine Verharmlosung, dasjenige, dessen Erscheinen wir ein Ende setzen, schlicht einen Wanderer zu nennen. David sprach die Bezeichnung stets amerikanisch aus, aber sobald mir und Keith, der immerhin einen schottischen Vater hat, das Gleiche unterlief, verzog David unwillig das Gesicht, drückte den Zeigefinger an die Lippen und machte mit einem scharf durch die Zähne gestoßenen «Tsch!» klar, dass wir beide uns gefälligst an die deutsche Artikulation zu halten hätten.

Ich denke nicht, dass L. den Begriff kennt. Sie nannte die fragliche Emanation wie ihre Vorgänger nur «das Problem», zwei-, dreimal auch juristisch umständlich «das Vollnutzungs-hindernis». Allein bei ihrem zweiten Besuch kam ihr, sie stand schon in der Tür, ein unschön vulgäres «dieser Scheißspuk» über die feuchtglänzend geschminkten Lippen.

Schon bevor ich meinen ersten Wanderer in einer von Mondlicht durchfluteten Fabrik vor einer Mauer aus unverputzten Ziegeln aus Schmutz und Nichts aufleuchten sah, hatte mir David, um dem kommenden Schreck die Spitze zu nehmen, die Art seines Schreitens beschrieben. Die Erscheinung hebt die Knie recht hoch, bis in Hüfthöhe, die Arme schwingen mit wie bei einem militärisch eingeübten Marschieren. Verwirrend ist dabei stets aufs Neue, dass der Wanderer trotz dieser protzend forschen Bewegungen so gut wie nicht von der Stelle kommt. Unweigerlich verfällt man auf den Gedanken, die Lichtgestalt würde technisch auf die fragliche Wand geworfen, und gerät in Gefahr, sich umzudrehen, nach einem Projektor Ausschau zu halten und so den fraglichen Moment zu verpassen.

Wir schießen, sobald uns der Wanderer bemerkt. Dass er uns gleich wahrnehmen wird, kündigt sich stets auf die gleiche Weise an: Das linke Knie verharrt in höchster Position, der linke Oberschenkel und der rechte Arm erstarren parallel, die rechte Fußsohle schwebt nahe dem Boden, meist auf Höhe der Mörtelrille, die sich zwischen der zweiten und dritten Backsteinreihe hinzieht. Auch wenn es mit dem Vorankommen des Wanderers nicht weit her ist, daran, dass er sich vom Boden gelöst hat, kann nie ein Zweifel bestehen.

Zeitgleich mit ihrem Stillstehen beginnt sich die Transparenz der Erscheinung zu steigern. Ihr Leuchten gleicht sich da-

bei vollends der jeweiligen Tönung der alten Steine an, jenem
Rot, Braun oder Schmutziggelb, das wir schon von unserem
vorbereitenden Tagwerk, von der Arbeit an der Steinmühle,
her kennen. Der dünne, aber stets auffällig lange Penis, dessen
Spitze über das linke Bein hochgeschwungen ist, beginnt in die
Ziegel hinein zu verschwimmen. Die projektive Zweidimensio-
nalität der Erscheinung erreicht mit ihrem Innehalten einen
trügerischen Gipfel, aber dann dreht sich als der wahre Höhe-
punkt, bestürzend jäh und schockierend eiförmig gewölbt, der
Kopf des Wanderers, unbezweifelbar dreidimensional, aus der
Wand, um uns augenlos anzuschauen.

7. HÖHEPUNKT

Als Master David das letzte Mal mit uns losgefahren war, um,
wie er es gern begütigend umschrieb, Gleiches durch Gleiches
zu erlösen, durften erstmals nur Keith und ich auf den Wanderer feuern. David stand zwischen uns in Bereitschaft, aber
wir machten unsere Sache gut und drückten zeitgleich, kein
Quäntchen zu früh und kein Quäntchen zu spät, den Abzug.
   Danach war David ungewöhnlich rasch an die Wand getreten. Wie er es stets gemacht hatte, zückte er die kleine, kalt
und hart strahlende Taschenlampe und untersuchte die Mauer.
Wie immer war, abgesehen von einem großen feuchten Fleck,
kein Rückstand der Erscheinung zu finden. Und auch die Füllung unserer Tanks, immerhin die Masse von zwölf jungfräulichen Steinen, von zwei speckig alten Ziegeln und reichlich

Trockenschweiß, hatte sich, so wie es sich gehört, bis auf einen hauchfeinen, schmierigen Belag des Bodens, in nahezu nichts aufgelöst.

Für die Heimfahrt überließ Master David mir das Steuer, und als wir zum gewohnten Ausklang bei einer Kanne Tee am Küchentisch zusammensaßen, erzählte er uns erstmals und rührend ausführlich von seinen Zimmerpflanzen, von deren Licht- und Mineralstoffbedürfnis, von ihrem langsamen und doch tröstlich verlässlichen Wachstum und davon, wie wichtig es sei, die tönernen Töpfe weder zu viel zu wässern noch zu sehr austrocknen zu lassen. Keith und ich haben dies alles, so wie er uns das Merken beigebracht hat, unwillkürlich im Gedächtnis gespeichert, ohne zu ahnen, dass David am nächsten Morgen verschwunden sein würde.

8. DAVID ZU EHREN

L. hat uns überrascht, in gewisser Weise sogar hereingelegt. Bubenhaft einfältig war es gewesen, sie, die erste Mittelsfrau, in seriellem Trott bloß für eine weitere juristisch geschulte, juristisch gewiefte Fachkraft zu halten. Als Keith und ich die übliche Mischung mit acht Bar Überdruck gegen die Erscheinung schleuderten, als es gnädig dunkel zwischen uns und den Ziegeln hätte werden müssen, blitzte hinterrücks ein Licht auf. Wir fuhren herum, ein zweiter Lichtschlag traf uns frontal, geblendet zogen wir noch einmal durch, wir hätten, wären unsere Tanks nicht bereits bis auf den Grund leer gewesen, ohne

Bedenken auf die kaltblütig ein drittes Mal abdrückende Foto-
grafin gefeuert.

Dann rannte L. Richtung Treppe. Sie trug einen schwarzen
Overall, eine schwarze Kappe war tief in ihre Stirn gezogen.
Auch ihre Stiefel hatte sie gewiss mit Bedacht gewählt, aber
wie unglaublich glatt jeder Boden wird, wenn sich der hauch-
feine Niederschlag der Auslöschung auf ihn senkt, kann man
nur aus Erfahrung wissen. Sie rutschte aus, sie ruderte mit den
Armen, ihre dunklen Ärmel flatterten, als wollte sie uns flie-
gend entkommen. Sie stürzte nicht, aber weil sie haltsuchend
nach dem Geländer griff, flutschte ihr die kleine Kamera aus
den Fingern und klapperte, zwei-, dreimal aufschlagend, in die
Tiefe.

Keith und ich haben das Bildmaschinchen gesucht und gefunden. Zuhause hat Keith es mit dem Hammer zertrümmert,
ich habe die Bruchstücke in den Trichter von Davids Ziegel-
steinmühle gefüllt und Kunststoff und Metall zu feinen, bunt
glitzrigen Krümeln zermahlen. Jetzt sind wir am Packen. Was
mit uns über die Grenze nach Polen soll, wird in den großen
Wagen passen. Die Rücksitzbank ist Davids Pflanzen vorbehal-
ten.

Ich weiß nicht, was Keith gesehen und gehört hat, als das
Weib, dem er leichtfertig zu einem Namen verholfen hatte,
auf uns und den Wanderer schoss. Ich bilde mir weiterhin ein,
meine Ohren hätten, als es hinter uns aufblitzte, jenes «Tsch!»
empfangen, mit dem sich David, den Zeigefinger an den Lippen, stets verbat, dass wir den internen Gattungsnamen der
Erscheinungen gleich ihm amerikanisch aussprächen. Und
weil sich jähe Geräusche und plötzliche Gesichte im Moment

zeitgleicher Wahrnehmung zu etwas Neuem, zu einem mirakulös potenzierten Dritten fusionieren, behauptet mein Erinnern, kein anderer als der Wanderer hätte uns ebendies entgegengezischt und in seinem augenlosen, stechend gelben und mehr als straußeneigroßen Schädel sei erstmals – der bildraubenden Attacke geschuldet – ein rührend kleines, kreisrund aufklaffendes Mäulchen zu erkennen gewesen.

Jetzt, auf dem Weg nach Polen, bin ich entschlossen, diese anatomische Beobachtung für mich zu behalten. Noch ist der Eindruck frisch, und Keith würde sich womöglich nicht weniger deutlich an genau das Gleiche erinnern. Wenn wir dies einander platterdings offenbaren, könnte aus dem lippen- und zahnlos zischelnden Mund des Wanderers eine doppelt bezeugte Wirklichkeit, fast eine Art Wahrheit werden. So weit soll man den Fortschritt nicht treiben.

Ich und Keith, wir nehmen uns nun nichts weiter als eine Auszeit. Irgendwann, vielleicht in einem runden Jahr, werden wir beide mit Davids Pflanzen wieder nachhause kommen. Und wenn es dann eines Tages erneut an unsere Tür klopft, soll – David zu Ehren! – einem «Gelobt sei das Licht» erneut ein fraglos festes «Das Licht ist gelobt» antworten dürfen.

WIE ES GEMACHT WIRD

Nur keine falsche Scheu. Schauen Sie sich in Ruhe um. Es liegt alles offen. Es gibt keine schwer durchschaubaren Tricks, kein Geheimnis, kein Mysterium. Jedermanns Auge darf sehen, wie es gemacht wird. Sie frösteln? Jetzt, im Frühjahr, ist es in meiner Werkstatthalle natürlich noch ein bisschen kühl. Aber gefroren wird schließlich so gut wie immer, weltweit in jedem Atelier.

Ja, ich heize bloß mit diesem einen Ofen. Ausschließlich Paletten, die ich hier, im Gewerbegebiet, gratis angeliefert bekomme. Man stapelt sie mir einfach neben die Tür. Ich mache mir das Gebrauchtholz mit der Kettensäge draußen passend und fahre die Stücke mit der Schubkarre an meinen Allesbrenner. Wenn ich ihn morgens anschüre, etwa um acht, wird es hier drinnen auch bei Außenfrost in zwei Stunden so warm, dass ich keine Handschuhe brauche und die Farben im richtigen Tempo trocknen.

Das hier ist ein Projektor. Alt und schnattrig laut, der Ventilator der Birnenkühlung eiert ein bisschen, aber das gute Stück ist exakt so lichtstark, so lichtschwach, wie ich es beim freien Nach- und Ausmalen brauche. Mein Projektor vergrößert das Bild der Vorlage und wirft es mir, Ausschnitt für Ausschnitt, auf die weißgrundierten Platten. Blanc splendide. Entwickelt für den Flugzeugbau. Tragflächenlackierung. Ist das Gegenteil von billig, aber ich habe in all den Jahren nichts Gleichwertiges gefunden. Wird mit der Sprühpistole aufgetragen. Geht super-fix. Falls man es kann.

Jedes Bild besteht aus drei gleich großen Quadraten. Neben-einander ergeben sie das erwünschte Querformat. Die beiden Abnehmer, die zwei Lichtspielhäuser, die mir noch geblieben sind, bespielen fast gleich große Fassadenstücke. «Bespielen», das ist so eine Redeweise, die sich irgendwann zwischen den Kunden und mir ergeben hat und schlichtweg passt. Zumin-dest für mein Empfinden.

Nein, ich kann mich nicht erinnern, dass ich je ohne Vorla-ge gearbeitet hätte. In der Regel bekomme ich das Plakat, das für den Aushang im Kino gemacht wurde. Das gleiche Hoch-format ist meist auch als Poster erhältlich. Effekt pur. Sagen-haft gekonnt. Kunst? Zumindest knapp davor. Kitsch wäre das verkehrte Wort. Genug gesagt. Unsereiner sollte, was die Amis angeht, lieber nicht hochnäsig werden. Nie über den Ersten lästern, wenn man der Zweite ist. Sie wissen, was ich meine.

Meine Hauptarbeit ist der Transfer in die Breite: drei quer auf eins hoch. Verquickt mit der nötigen Vergrößerung. Faust-regel: Jedes Detail muss von der anderen Straßenseite aufs ers-te Hinschauen zu bestimmen sein. Die Halle ist leider nicht so tief, dass sich diese Distanz zurückschreitend einnehmen ließe. Da fehlt doch der eine oder andere Meter. Aber das überbrückt die Routine, Hand in Hand mit ihrem süßen Cousinchen, der Phantasie.

Hier am Tisch mache ich mir eine Skizze. Sie sehen ja: ganz grob und ohne Einzelheiten. Jeder Kopf nur ein Ei. Beachten

Sie die beiden horizontalen Linien, die das Rechteck dritteln. Das obere Segment entspricht dem zweiten, dem fernen Hintergrund. Ja, gut gesehen: Das sollen Sternenhaufen sein, galaktische Spiralwirbel! Weltraum ist und bleibt eine Herausforderung. Diese Lichter, dieses magische Gefunkel, unendlich weit, ganz tief im endlosen Dunkel. Damit es bodenlos schwarz aussieht, darf man den hinteren Hintergrund aber auf keinen Fall platterdings schwarz malen. Ein Blau muss es sein! Blau bleibt die finsterste Farbe. Das ist natürlich eine Binsenweisheit. Aber in aller Bescheidenheit: Man muss auch wissen, wie man die kosmische Mischung hinkriegt.

In den mittleren Streifen gehört alles, was kreucht und fleucht, was schwebt und rollt. Hab' ich hier auf dem Papier nur angedeutet. Ist im akuten Fall auf zwei Raumschiffe hinausgelaufen, dazu ein Meteorit, ein putzig kleiner Mond und natürlich der Außerirdische, bei dem ich mich wie immer peinlich penibel an die Vorlage gehalten habe. Wäre ein schlimmer Schnitzer, falls er ein Glubschauge zu wenig oder ein paar Tentakel zu viel hätte. Kann aber passieren, wenn einem der Pinsel mit der Vorstellung durchgeht.

Hier, also im vorderen Hintergrund, landen dann auch die Frau, der Freund und der Bösewicht. Sind quasi obligatorisch, die drei. Ausnahmen bestätigen die Regel. Ist alles in allem, Busen, Tentakel, Kumpel, Komet und Schurke, trotz der Breite wieder tückisch eng geworden. Aber die Verdichtung ist kein Nachteil. Ohne Gedränge keine Bedrängnis, ohne Nähe keine Gefahr. Eins sitzt dem anderen im Nacken. Kein Bild ohne anständig Angst. In meinem Metier wird weiterhin ausnahmslos mit Angst abgeschmeckt. Sogar die Liebe. Vor allem die Liebe!

Die Angst ist das Salz im Honigkuchen. Das Süße will scharf gemacht werden. Wie im Leben eben.

Das größte Ei ist der Held. Dabei gilt: Kopf geht vor Rumpf. Das Gesicht erzählt den restlichen Körper. Schon weil das leidige Wiedererkennen garantiert sein muss. Darf aber nie und nimmer wie eine Karikatur aussehen. Der Held ist nicht lustig. Nicht einmal in der sogenannten Komödie. Wenn er lacht, muss er die Zähne blecken, dass es zum Fürchten ist. Hab' ich das schon gesagt? Kein Bild ohne Angst!

Seine Faust ist wie ein zweiter Kopf und muss dicht beim Schädel auf das mittlere Quadrat. Am besten, als ob sie samt Waffe aus dem Bild drängt. Im akuten Fall eine Laserpistole. Nicht ideal, aber was will ich machen. Laserschwert ist selbstredend besser, tausendmal besser, aber damit wären wir schnurstracks im falschen Film. Wenn ich freie Wahl gehabt hätte: Am besten ist und bleibt die Peitsche, Sie wissen, welche ich meine, die züngelt nach hinten, hinauf in den Himmel, quer durch die Wolken, bis ins All. Die Peitschenspitze tunkt ins kosmische Blau. Freu' mich jetzt schon drauf, das irgendwann noch einmal malen zu dürfen.

Ja, das Bild ist fertig. Alle drei Teile. Dass ich sie verhängt habe, will so gut wie nichts bedeuten. Bisschen Aberglaube. Bisschen Schrulligkeit. Ganz bisschen Angst. Kein Bild ohne Angst. Wiederhole ich mich? Sei's drum: Wie wäre es mit folgendem Angebot unter Freunden: Sie dürfen der Erste sein, der sich das Ganze – schon hier in der Werkstatt! – zu Gemüte führt. Wir reißen zusammen die Laken herunter. Aber nur, wenn Sie mir versprechen, anschließend mit anzufassen. Sie haben ja meinen Anhänger stehen sehen. Laden wir alles zusammen auf. Die Platten sind gar nicht so schwer. Aber die leidige Größe. Zwei Hände sind da doch zwei Hände zu wenig. Ein Mann, ein Wort? Na, wer sagt's denn: Ein Mann, ein Wort! Und keine Sorge, mein Lieber: Die Farben sind trocken, und die Angst, all die feuchtkühle Angst, damit auch.

A . Z E T T

Gewiss müssen wir, um auf Abwege zu geraten, nicht unbedingt jemandem begegnen, der uns auf einen Abweg bringt. Die Bahn des Lebens ist schon krumm und schief genug. Auf jeder Kreuzung kann es uns in flottem Lauf oder bei einem tollpatschigen Bremsversuch hinaus aus der Spur und hinüber in eine übel beleumundete Querstraße tragen, wo uns die jeweilige Gosse und ihre Geschöpfe erwarten.

Falls jedoch mit Glück ein veritabler Verführer die Hand hebt, wenn schlimme Absicht den Zeigefinger beugt und streckt und beugt, wenn dann der dazugehörige Daumen eindeutig nach links weist, wäre es eine Kraftvergeudung ersten Ranges, ja ein Frevel gegen eine der wenigen männlichen Tugenden, gegen den Wagemut, dem so Lockenden und Lenkenden einen Korb zu geben und unverführt auf den alternativen Irrweg, nach rechts oder halbrechts, hinüberzuschlittern.

Daher gefiel es mir als sechzehnjährigem Gymnasiasten, im Jahr des Herrn 1969 auf einem zentral gelegenen Friedhof meiner Heimatstadt endlich mit einem älteren Drogenfreak bekannt zu werden, über den man mir bereits Merkwürdiges berichtet hatte. Der kalte Oktobernachmittag trübte sich früh, einhellig schlotterte unser Grüppchen in den damals obligatorischen langen Baumwolljacken, den sogenannten Parkas. Der meine war schwarz, hatte ein dunkelrotes Teddyfutter und bot weit mehr Stauraum, als ich nutzen konnte. Mein Geld, eine Handvoll Münzen, trug ich lose in der linken Hosentasche, den Schlüssel zur elterlichen Wohnung in der rechten. In meinem Parka befand sich in der Regel nichts außer Papiertaschentüchern, deren Hauptaufgabe darin bestand, an ihre scheinbar glatte, mikroskopisch besehen aber raue Oberfläche allerlei Krümel, Fäserchen und Feinstaub zu binden – jenen Weltabrieb eben, wie er sich beständig auf mir niederschlug.

Der Kerl, mit dem ich ins Gespräch geriet, hatte eine sehr große, sehr schmale, aberwitzig wundgeschnäuzte Nase. Und während sich unsere Blicke kreuzten, fragte er mich penetrant süßlich, ob ich ihm nicht ein Papiertaschentuch überlassen könne, ja ob ich ihm nicht die ganze – da, in der rechten Außentasche meines Parkas! – verborgene Packung schenken wolle. Sie sei ja bereits angebrochen und zudem arg angestaubt.

Ich hatte gehört, dass er allerlei obskure Faxen, auch hellseherische Tricks auf Lager hatte. Und mir gefiel, was da an mir zur Anwendung kam. Also trotzte ich dem raubvogelartigen Starren seiner eng beieinanderstehenden Augen und griff mit der hochmütigen Beiläufigkeit, zu der ich sechzehnjährig fähig war, in die Tiefe meiner Jacke. Meine Fingerspitzen fuhren über den Umschlag des Taschenbuchs, das ich gerade las, und wie ich das dahintersteckende Tempo-Päckchen erfasste, zischelte mein Gegenüber, das Druckwerk möge ich doch bitte, bitte stecken lassen. Mit dessen Verfasser habe er zwar noch ein Hühnchen zu rupfen, aber für die eines Tages unumgängliche Abrechnung sei die Zeit noch nicht reif.

Ich nenne ihn im Folgenden A.Z. Geschrieben: A Punkt, Z Punkt. Das sind die Initialen seines wirklichen Namens. Damals, als wir uns kennenlernten, versuchte er allerdings vergeblich, einen lästigen Spitznamen loszuwerden. Es war der Familienname just jenes Dichterphilosophen, dessen populärstes Werk ich in preiswerter Ausgabe bei mir trug: «Also sprach Zarathustra» war seinerzeit als Goldmanns Gelbes Taschenbuch für 2 Mark und 40 Pfennige zu haben.

Dass A.Z. auch an diesem Friedhofsnachmittag erdulden musste, mit «Nietzsche!» angeredet zu werden, lag an der Entlarvung, die ihm erst vor kurzem widerfahren war. Eine nicht kiffende Theologiestudentin, die von reiner Neugierde in unsere Kreise geführt worden war, hatte sich A.Z.s Reden eine Weile aufmerksam angehört und schließlich gemeint, es sei schon beeindruckend, wie viele Nietzsche-Sprüche er einfach so aus dem Ärmel schütteln könne.

Für A.Z.s Gefolgschaft, ein Dutzend minderjähriger Jünglinge und Maiden, bedeutete dies eine arge Überraschung, waren sie doch bislang davon ausgegangen, ihrem Guru blitzten diese Sentenzen als spontane Selbstentladungen durch das Denken und sie genössen, an seinen Lippen hängend, gemeinsam den Donnerhall genialischer Momente.

Trotz der erlittenen Ernüchterung hielt man ihm weiter die Treue. Aber seit seine Originalität in die Literaturgeschichte geerdet worden war, musste A.Z. damit rechnen, dass er, auch ohne besonderen Anlass und mehr oder minder spöttisch, als «Nietzsche» tituliert wurde. In der Regel verbat er sich dies gelassen und zog nur eine leicht säuerliche Miene. Allerdings hatte ich bald nach unserem Kennenlernen auch mit ansehen müssen, wie A.Z. einen schönen, blondgelockten Kommunarden, einen Pionier des biodynamischen Landbaus, an der Theke der Diskothek Paradise nur deshalb mit einem Faustschlag ins Gesicht zum Schweigen brachte.

Ins Paradise brachen wir vom Friedhof aus auf. A.Z. hielt unsere Unterhaltung am Laufen und fragte mich plötzlich, vielleicht weil ich recht zügig ausschritt, ob ich Sportler sei. Dies wollte ich nicht bestreiten, war ich doch im zurückliegenden Sommer bei den Leichtathletik-Kreismeisterschaften trotz meiner bescheidenen Größe Zweiter über 400-Meter-Hürden geworden und hatte nur zwei Stunden später als Schlussmann der selten gelaufenen 3 × 1000-Meter-Staffel sogar einen ersten Platz herausgeholt.

A.Z. nahm meine Schattenexistenz als Leichtathlet nachdenklich nickend zur Kenntnis. Und als wir das Paradise erreichten, meinte er, die Stimme zu einem bedeutungsschwangeren Flüstern senkend, er werde mich fortan «Body» nennen. Mir sei gewiss bekannt, dass dies auf Amerikanisch «Körper» bedeute. Er wähle die Vokabel allerdings nicht, um mich in meinem sportlichen Ehrgeiz zu bestärken. Im Gegenteil: Die absichtsvoll alberne Bezeichnung solle mich wie ein Widerhaken daran erinnern, dass ich – er klopfte an meine Parkatasche und damit auf das darin verborgene Goldmann-Bändchen – nicht zum muskulären Exzess – jetzt fauchte er mir feucht ins Ohr –, sondern zur sprachlichen Ekstase, also zum Schriftsteller berufen sei.

Inzwischen, Jahrzehnte später, wundert mich fast ein wenig, dass es das Paradise wirklich gab. Die Diskothek lag ausgerechnet vis-à-vis des Augsburger Kreiswehrersatzamts. In dessen Bau, einer ehemaligen Kaserne, sollte man bald darauf meine körperliche Eignung für den Wehrdienst prüfen. Und nachdem meine uneingeschränkte Tauglichkeit für alle Waffengattungen festgestellt war, heuchelte ich nur wenig später hinter denselben Backsteinmauern Gewissensgründe, um meine Verhandlung auf Anerkennung als Kriegsdienstverweigerer erfolgreich zu überstehen. Diese erste halböffentliche Korruption meiner Kreativität schlummerte noch in der Zukunft der Örtlichkeit, als wir auf der anderen Straßenseite über die Schwelle der Diskothek traten. Im rotorangen Schummer hielt sich A.Z. weiterhin an meiner Seite. Und weil ihm wichtig zu sein schien, dass ich nicht gering von ihm dachte, begann er, während er uns ein Pfeifchen stopfte, zu erzählen, wie es sich mit ihm und Friedrich Nietzsche genau verhalte.

Er wisse wohl, es gehe das Gerücht, er habe sich mit falschen Federn geschmückt. Da die Verleumder fast ausnahmslos grünschnäbelige Gymnasiasten seien, die Angelegenheit also gar nicht besser verstehen könnten, verzichte er in der Regel darauf, sie zu züchtigen. Er selbst habe keine höhere Schule besuchen können, stattdessen schon in meinem Alter Mutter und Schwestern mit eigener Hände Arbeit ernährt. Für wie alt ich ihn eigentlich hielte und ob ich nicht auch mal an der Pfeife ziehen wolle.

Schnell nahm ich dieselbe in den Mund, saugte übertrieben lang an ihr, allein schon, um die verlangte Altersschätzung hinauszuzögern. Aber dann war es infolge der inhalierten Wirkstoffe umso schwieriger, die ungeheuer plastisch gewordene Tiefe der Falten seines Gesichts in Lebensjahre umzudeuten. Auf dem Friedhof hätte ich ihn nach dem fahlen Gelb seines Teints, der Großporigkeit seiner Nasenflügel und in Anbetracht der pechschwarzen Haarbüschelchen, die sich aus seinen Ohren kräuselten, auf mindestens dreißig geschätzt. Nun, im Paradise, war all dies orangerot versiegelt und erinnerte mich durch seine noble Glätte zwanghaft an die elfenbeinfarbenen Büsten, die ich am selben Tag in der Fußgängerzone vor dem Billigkaufhaus Woolworth gesehen hatte.

Deutsche Dichter und Komponisten waren in ein Drahtgitterquadrat gepfercht gewesen. Locken und Stirn, Nase und Kinn und unter historischem Kragen stets ein schmaler, übermäßig stark gewölbter Streifen Brust. Trügerisch schwer wog jedes Exemplar in der Hand, als wäre ein Batzen Blei unter dem edel tuenden Kunststoff verborgen. Beinahe hätte ich – für einen Spottpreis! – Haupt und Blähbrust eines taiwanesischen Schiller erstanden.

Mit Nietzsche und ihm, verriet mir A.Z., habe es Folgendes auf sich: Der Philosoph und er seien durch eine Zeitschleife aneinandergeraten. Zunächst sei ihm gänzlich dunkel gewesen, was der Kerl, der sich regelmäßig in seine Träume mogelte und bald auch bei Tage, so er sein Pfeifchen rauchte, in stets gleichem Kostüm erschien, denn von ihm wolle. Endlich, nach langem Schweigen und grimassierendem Herumgedruckse, habe sich der schnauzbärtige Fremde mit «Ich bin dein Friedrich» vorgestellt, und sogleich sei man in das erste von vielen Gesprächen verwickelt gewesen. Hundert Stunden und mehr habe man in der Folgezeit zusammengesessen, um auf Augenhöhe über Gott und den Rest der Welt zu debattieren. Bald brachte Friedrich ein schweres dunkles Bier mit und luftgetrocknete Würste, die ihm seine Familie per Post aus Sachsen nachschickte, wohin immer er auch gereist war. Wenn er, A.Z., frühmorgens aus einem solchen Disput erwacht sei, habe er

Wurst wie Bier noch deutlich würzig, süß und salzig zugleich, auf der Zunge geschmeckt.

In große Einsamkeit geraten, habe sich dieser Friedrich unbändig nach einem ebenbürtigen Dialogpartner gesehnt, und wie sich seine und unsere Zeit in einer Schleife umeinandergelegt hätten, sei der Abstand, den die sympathetische Energie in solchen Fällen überbrücken müsse, hinreichend gering gewesen. Abrupte Entladung. Lichtbogen. Anhaltender Kraftfluss zwischen zwei Brüdern im Geiste. Ob ich, Body, mir dergleichen überhaupt vorstellen könne.

Mein Nicken genügte ihm. In der Tat waren mir Zeitschleifen und viele Jahre überbrückende Kurzschlüsse aller Art aus den Science-Fiction-Romanen, von denen ich zwei Dutzend besaß, hinreichend vertraut. Ein wahres Wunder, eigentlich schade, dass mir, dass meinem Geist noch nichts Vergleichbares zugestoßen war.

A.Z. las dieses Bedauern in meiner Miene. Er nickte verständnisvoll, wies mich jedoch sogleich darauf hin, meinem jugendlichen Ego sei damit auch erspart geblieben, was er nun bitter zu beklagen habe: Dieser Friedrich, den er als seelenverwandten Biertrinker und Wurstverzehrer bald gut zu kennen glaubte, war drüben, in seinem 19. Jahrhundert, unter dem Namen «Nietzsche» mit dem Verfassen sogenannter Werke beschäftigt. Ungeniert habe er hierzu auf den Ertrag ihrer Treffen zurückgegriffen und geschickt alle Fragen, die ihn, den meist elend blockierten Skribenten, bedrängten, in ihre Gespräche eingebettet. Ganze Sätze, ganze Passagen, die A.Z., nichts ahnend, Friedrichs Ohr und dessen tückisch gutem Gedächtnis anvertraut hatte, seien wortgetreu in die parallel zu ihren Treffen entstehenden Schriften eingegangen. Von dort hatten sie sich auf den linearen Zeitweg gemacht, um A.Z. ausgerechnet von den Lippen einer angehenden Pastorin, höhnisch fremdelnd und schließlich zusammen mit einem schwer zu widerlegenden Plagiatsvorwurf, entgegenzuhallen.

Dies sei die ganze Wahrheit. A.Z. sagte damals im Paradise: «Das ist die ganze historische Wahrheit!» Wie von einem Metzger sei sein geistig Fleisch von jenem Nietzsche in Textkonserven hineinverwurstet worden. Ob ich, der werdende Dichter, die wahren Zusammenhänge nicht für den Rest unserer Welt und für die Nachgeborenen, um deren Urteil er sich wirklich sorge, niederschreiben könne? Es müsse kein Roman sein. Ein kürzeres Format genüge, um dem unerhörten Diebstahl einen dauerhaften Rahmen zu verpassen. Ihm wäre damit zu einer gewissen Genugtuung verholfen. Und mir, der außer den läppischen Versen, die da in meiner Tasche auf die hintere Umschlaginnenseite des Zarathustra gekrakelt seien, bis jetzt so gut wie nichts verfasst habe, mir hinge damit erstmals eine bedeutende, eine meine ungenutzte Energie verheizende Aufgabe am Hals.

Ich solle nur recht bald damit beginnen. Noch sei ich günstig unbedarft. Kein Schriftsteller sehe voraus, wann und wie lange das, was er nach und nach an Wissen erwerbe, jene Dünnflüssigkeit besitze, die es dem in der sogenannten Tradition Schwimmenden erlaube, ein Werk zu schaffen. Gerade die starken Flossen und die muskulösen Schwänze tobten allzu exzessiv im Süßrahm des Gewussten. Dabei schlügen sie ihr Medium allmählich fest, und schließlich gebe es kein Entkommen aus der geisttötend steif gewordenen Sahne.

Währenddessen nahm die Discokugel über der noch leeren Tanzfläche ihre Arbeit auf. Zum ersten Mal bemerkte ich, wie unregelmäßig groß die Spiegelstückchen waren, die nun weiße Pockennarben über A.Z.s orangegetönte Wangen wandern ließen. Wahrscheinlich wurde Abfall, der Verschnitt irgendeiner Spiegelproduktion, zum Bekleben solcher Globen verwendet. Zudem war die Rotation unrund. Die Achse, die dort oben unter der Decke aus einem dreckverklebten Elektromotor ragte, musste irgendwann einen Schlag abbekommen haben. Ein wahres Wunder, dass dieses Eiern jeden Abend in Gang kam und die ganze Nacht hindurch währte.

Ich versprach A.Z., über die Sache nachzudenken, insgeheim jedoch hatte ich ihm seine Bitte bereits abgeschlagen. Wieso sollte ich mich in der an Hoffnungen reichen Blüte meiner Jugend mit einem offensichtlichen Verlierer verbünden? Mein Nietzsche, Plagiator unter Plagiatoren, hatte ihn unumkehrbar ausgetrickst. Und ich, selbst von Althergebrachtem umstellt, von den Bedeutungsaposteln der Literatur umzingelt, genoss es, A.Z.s hiesige Geltung in Absturzgefahr, im Niedergang, ja eigentlich schon am Boden unserer Zeit zerschellt zu wissen.

Das Paradise fiel noch im selben Winter der ersten Drogen-Razzia, die über die Bühne meiner Heimatstadt ging, zum Opfer. Ich wurde nicht Zeuge oder gar Leidtragender dieser Premiere, weil ich am selben Tag bei den Bezirkswaldlaufmeisterschaften auf schneebedeckter Bahn gestürzt war und mich eine üble Knieprellung am abendlichen Ausgehen hinderte. Als ich wenig später auf der gegenüberliegenden Straßenseite vorbeihumpelte, war der Ort, an dem ich so viel über den Schwarzhandel des Wissbaren erfahren hatte, bereits leergeräumt. Die gesamte Einrichtung lag als ein erbärmlicher Haufen auf dem Gehsteig: geborstene Gipskartonplatten, aufklaffende Schaumstoffsitzpolster, himmelwärts ragend die lächerlich gedrechselten Beine der Barhocker, fleckige Bahnen braunen Teppichbodens. Mir war erzählt worden, wie heroisch sich A.Z. seiner Festnahme widersetzt hatte. Noch als er, niedergeworfen und mit Handschellen gefesselt, nicht mehr um sich schlagen konnte, hatte er den Beamten, dessen Knie er zwischen den Schulterblättern spürte, mit starken Sentenzen traktiert.

Ich überquerte die Straße, um einen genaueren Blick auf das Gerümpel zu werfen. Ich sah die grünspanbeschlagenen Wurzeln der Zapfhähne aus der Unterseite derjenigen Fläche ragen, deren Edelstahlblech auch von meinen Parka-Ärmeln poliert worden war. Auf dem rohen Holz hatten sich merkwürdige Ablagerungen gebildet. Der gelblich halbdurchsichtige Belag musste sich aus der Atmosphäre des Paradise niedergeschlagen haben.

Als ich vorsichtig mit einem Papiertaschentuch darauftupfte, erwies er sich als hart, aber auch als so klebrig, dass Zellulosefasern haften blieben. Im Knick der Thekenfront schien die Substanz, wie es vom Glas mittelalterlicher Kirchenfenster behauptet wird, in unendlich zäher Viskosität zu flachen Tropfen abgeflossen. Diesen bückte ich mich entgegen, soweit es mein lädiertes Bein zuließ. Ich spürte jene Vergangenheitssucht, die ich hasste, gerade weil sie, sobald meine Zuversicht schwächelte, in mir ein elend pompöses Unwesen trieb. Schon ärgerte mich mein Unter-die-Theke-Gaffen. Womöglich spekulierte etwas in mir darauf, in einer dieser bernsteinartigen Linsen ein prähistorisches Insekt, eine bis über die Fühlerspitzen eingegossene Kellerassel des Paradise, dingfest zu machen.

*

Ziemlich genau siebzehn Jahre später, im novemberlich rauchigen Neukölln des Jahres 1986, nahm die Angelegenheit mit einem dreimaligen Anschlagen meines Telefons ihren Fortgang. Ich hatte mir in der damals noch ummauerten Stadt den ersten Anrufbeantworter meines Lebens angeschafft und frönte zum wiederholten Mal dem technologischen Laster, mir zunächst meine Ansage und dann die Botschaft des jeweiligen Anrufers anzuhören. Aber kaum war der von meiner Stimme angekündigte Signalpieps verklungen, forderte ein unverkennbar näselndes Organ einen gewissen Body auf, das geile Gelausche sein zu lassen und gefälligst den Hörer abzuheben.

Als ich A.Z. eine Stunde später in einem Café gegenübersaß, war es mir schon nicht mehr peinlich, dass er mich, als spielten die gut anderthalb verflossenen Jahrzehnte keine Rolle, erneut mit dem Namen anredete, den er mir seinerzeit aufzuprägen versucht hatte. Body hin, Körper her – ich glaubte, mir eine gewisse Gelassenheit, Großzügigkeit, ja Überheblichkeit leisten zu können. Denn er, der einstmalige Duzfreund Nietzsches, sah erbärmlich aus, so gotterbärmlich heruntergekommen, dass ich vermied, ihm länger in sein noch schmaler und spitzer, fast geierartig markant gewordenes Gesicht zu schauen.

Stattdessen pendelte mein Blick über seine Brust und seine Schultern. Und da es in der Gaststätte modisch grellhell war, kam ich nicht umhin, bis ins Detail zu erkennen, in welch bizarrem Aufzug er zu unserem Wiedersehen erschienen war: A.Z. steckte in einem Overall, dessen Rosa durch Verschmutzung einen unguten Glanz, einen fast fleischfarbenen Schimmer, angenommen hatte. Das Kleidungsstück bestand – und dies, nicht seine Unreinheit, war das Schockierende – aus keinem gängigen Textil, sondern aus einem festen, kaum knitternden, vermutlich sogar wasserabweisenden Papier. Mir war bekannt, dass solche Anzüge für Werbeveranstaltungen ausgegeben wurden und dabei allenfalls wenige Tage zum Einsatz kamen. Mein Gegenüber musste sein Exemplar bereits wochenlang getragen haben.

Er wisse sehr wohl, meinte A.Z., wie er aussehe. Aber nach der Dusche, die er sich bei mir gönnen wolle, und in den Kleidern, die ich ihm aus meinem Fundus zur Verfügung stellen werde, sei sein Anblick bestimmt leichter zu ertragen. Andererseits solle mich seine momentane Zerrüttung auch auf das einstimmen, was es gemeinsam anzugehen gelte. Er sei unterrichtet. Er habe auf dem bestmöglichen Wege, auf kosmischem Pfade, die nötigen Erkundigungen eingeholt. Faulheit könne man mir zwar nicht vorwerfen, sollte ich allerdings nur spießig fleißig weiterwursteln, würde ich auch in kommenden Vollmondnächten noch das eine oder andere Romanmanuskript im Müll versenken müssen.

Damit war das Nötige gesagt. Ich biss mir vor Ärger auf die Zunge. Aber ich gab mir Mühe, weiterhin blasiert freundlich auf A.Z.s speckige Brust zu gaffen oder die abgeschlagene Wand, die mit Klarlack versiegelten Altberliner Backsteine hinter seinem Rücken, zu fixieren. Keine drei Tage lag es zurück, dass ich bei Mondschein zwei pralle Ordner, einen ins Reine getippten Romantext plus diverse Vorarbeiten, in die Mülltonne meines Neuköllner Hinterhofes entsorgt hatte. In meiner fernen Heimatstadt konnte niemand davon wissen. Aber offensichtlich war A.Z. schon länger in Berlin und hatte mich über die niedrige Mauer, die den Hof gegen den Rest der Welt abgrenzte, bei meiner Romanabtreibung beobachtet.

«Na, keine Angst!», flüsterte A.Z. und beugte sich so weit über den Tisch, dass seine Nase fast an mein Glas mit Mineralwasser rührte. «Keine Angst, Body. Das Gequäle hat ein Ende. Gleich weißt du, worüber es sich wirklich zu schreiben lohnt. Hier ist dein Stoff!»

Wie in Zeitlupe, als gelte es, die Zurschaustellung von etwas Aufregend-Schönem möglichst lang hinauszuzögern, griff er an den Reißverschluss seines Overalls. Mir stockte der Atem, denn ich erwartete, mit dem Aufklaffen des überreifen Kleidungsstücks werde mir ein entsprechender Geruch entgegenschlagen, wagte jedoch nicht einmal, mich weiter zurückzulehnen. Als ich dann Luft holen musste, stellte ich erleichtert fest, dass A.Z.s nackte, käsig bleiche, lockig schwarzbehaarte Brust nur einen schwach süßlichen Duft verströmte.

«Siehst du es?», säuselte er und drehte die Augäpfel nach oben, als zeige sich das, was ich mir anschauen sollte, für ihn an der mit Spiegelfliesen beklebten Decke des Cafés. Und weil ich kein Erkennen vermeldete, packte er meine Rechte und führte meine Fingerspitzen, rhythmisch drückend, über seinen Brustkorb.

Alles, alles sei innerlich abgelagert. Bei ihm habe es sich auf den Rippen niedergeschlagen. Dies sei natürlich auch auf die

Verunreinigung der eingenommenen Substanzen zurückzu-
führen. Aber essentiell reine Stoffe seien in dieser Welt vielleicht überhaupt nicht aufzutreiben. Seit einer Woche fahnde
er in Kreuzberg und Neukölln nach jenem dienstbaren Vereh-
rer, der ihn volle zwanzig Jahre per Post mit LSD und anderen
halluzinogenen Drogen versorgt habe. Wahrscheinlich halte
sich der Gesuchte angstvoll vor ihm verborgen. Dabei wolle
er ihm gar keine Vorhaltungen machen, sondern ihn bloß wie
mich ein wenig nach den fossilen Schätzen tasten lassen. Ob
ich sie hinreichend deutlich spüren könne?

Erst als ich seine Frage mit «Ja!», sogar mit einem alles andere als ehrlichen «Ja! Ja! Ja!» beantwortet hatte, gab A.Z. meine Hand frei, schloss jedoch nicht, wie ich gehofft hatte, seinen
Overall, sondern begann sich mit allen zehn Fingern in einer
Art Morse-Rhythmus gegen die Brust zu trommeln.

Das Wunderbare an diesen Rückständen sei ihre Lesbar-
keit, sein ganzes Leben habe sich lückenlos darin gespeichert.
Fehlerfrei abnehmen könne den komprimiert codierten Text
natürlich nur er selbst. Die anderen, ich und der ganze Rest
unserer Zeitgenossen, seien auf eine der üblichen Umschriften
angewiesen. Aber – «Keine Angst, Body!» – eine solche habe
sich bereits bewerkstelligen lassen. In der Volksschule, die er
volle acht Jahre lang besucht habe, sei er stets für die Deutlichkeit seiner Handschrift gelobt worden.

Schon saß er rittlings auf seinem Stuhl, krümmte sich
über dessen Lehne der Wand entgegen. Und noch bevor er zu
deklamieren anhob, verstand ich, warum er mir seine papier-
überspannte Kehrseite zuwandte. Mit Kugelschreiber, mit
schwarzem und rotem Kugelschreiber, waren die Schulter-

stücke, waren das Rückenteil und sogar die Unterseiten der Ärmel von einem dichten Gekrakel verunziert. A.Z. hielt das Aufgemalte offenbar für Buchstabenfolgen, gewiss vermochte er selbst Wörter und Sätze abzulesen. Aber jeder andere konnte nur Schleifen, sehr ähnliche, nahezu identische fingernagelhohe Schleifchen, lückenlos aneinandergeschlungen, erkennen.

Links oben seien, wie ich Schlaukopf bestimmt bereits im Überfliegen erfasst habe, Episoden aus seiner Kindheit und seiner Jugend verzeichnet, vor allem Erinnerungen an seinen frühverstorbenen Vater, der zum Entsetzen des kleinen Sohnes ohne den rechten Arm aus dem Krieg zurückgekommen sei. Alles wirklich Wichtige, alles wirklich Wirkliche nehme im Krieg seinen Anfang. Nur durch beständige Rückbesinnung auf diesen Ursprung seien die phantastischen Unwirklichkeiten der ganzen langen, noch immer nicht enden wollenden Nachkriegszeit überhaupt auszuhalten.

A.Z. schüttelte ein heftiges, immer erneut anschwellendes, die gemeinten Dekaden beklagendes Schluchzen. Ich aber war so leise wie möglich aufgestanden und hatte meine Geldbörse gezückt. Da ich nicht wusste, was er, der schon vor mir hier gewesen war, getrunken und verzehrt hatte, legte ich meine gesamte Barschaft als eine Opfergabe an alle Götter der Zeitgeschichte zwischen unsere Gläser.

«Ich bin dein Stoff, Body!», hörte ich ihn noch ächzen, die Stirn an den lackierten Backsteinen der Kneipenwand, während sich mein Körper in einer Art Krabbengang, scheel nach vorn äugend, seitlich nach hinten tastend, Richtung Tür bewegte. Ich rettete mich in die Berliner Nacht. Und hinausgelangt in ihre Gegenwart, fiel ich in den forschen Trab eines 1500-Meter-Rennens, hielt das Tempo angstgedopt bis in Sichtweite meiner Behausung, musste dann allerdings, schwindlig vor Erschöpfung und den Schlüssel viel zu früh in der schweißnassen Hand, auf den eigentlich obligatorischen Schlussspurt verzichten.

Dankbarkeit war und ist wohl keine meiner Stärken. Zumindest fürchtete ich an den folgenden Tagen, ehrlich gesagt, sogar einige Wochen lang, dass A.Z. mir im Treppenhaus, an der nächsten Neuköllner Ecke oder auf dem U-Bahnhof auflauern könnte, um sein Angebot zu erneuern. Selbstverständlich ging es jetzt, nachdem er mir schockartig weitergeholfen hatte, mit dem Schreiben besser, viel besser, ja zum ersten Mal richtig gut voran. Binnen eines Monats gelangen mir drei umfangreiche Erzählungen. Endlich hielt ich Texte in Händen, mit denen ich nicht bloß im grandiosen Rausch der Niederschrift, sondern auch am ausgenüchterten Morgen danach noch glücklich war, Geschichten, die ich bis heute ohne Schamesröte lauthals vortragen könnte. Nun, da ich mir geschworen hatte, keine einzige Zeile mehr über mein Ich und all seine zurückliegenden Belange zu verfassen, nun, wo mir bereits die Formulierung «meine Zeit» wie ein obszön schrilles Glöckchen im Ohr bimmelte, stand dem jeweils gegenwärtigen Text und dem Wirklichkeitsgefühl, das er mir und seinen zukünftigen Lesern induzieren sollte, keine unüberspringbare Hürde mehr im Wege.

*

Herbst 2005, ein rundum makellos vergoldeter Oktober. Mit dem Auto machte ich mich auf den Weg, um unser Deutschland, meine Geburtsstadt im Visier, von Norden nach Süden, vom Osten nach dem Westen zu durchqueren. Gut zwei Drittel der Strecke waren zurückgelegt, als ich über eine anstehende Verpflichtung, einen poetologischen Vortrag, von dem bis dato nicht viel mehr als der Titel feststand, nachzugrübeln begann. Ich kann mich noch erinnern, mit welch schöner Jähheit mir, während ich über die Autobahn brauste, auf Höhe einer Abfahrt die ersten drei Sätze des Textes als ein rhythmischer Block einfielen. Und obwohl der dritte Satz arg lang war, verzichtete ich darauf anzuhalten, um alles zu notieren. Falls dies die richtige Startsequenz sein sollte, würden sich ihre Worte schon wieder in der ihnen zukommenden Reihung bei mir melden.

Mit dieser Entscheidung reißt der Film des Entsinnens. Ein Stück Erleben ist verlorengegangen und fehlt vorerst bis heute. Es muss sich um circa dreißig Kilometer, um eine Fahrzeit von etwa einer Viertelstunde handeln. Dass dies überhaupt als eine Absence erinnerbar geblieben ist, liegt wohl daran, dass A.Z. mir nun, die Feigheit meines Berliner Abgangs bedenkend, nicht erlaubte, klammheimlich zu entwischen. Bei seinem Besuch auf offener Strecke nutzte er die Umstände, um den Zeitpunkt des Abschieds seinerseits zu bestimmen.

«Body! Mein lieber Body!», hörte ich ihn, als er schon in einem sachten Wiederwegdriften befangen war, noch raunen, so einschmeichelnd übergriffig, wie ich es von früher her kannte, und eine letzte Bitte, ein wirklich dringliches Ansinnen, das ich nur mit allergrößter Anstrengung und unter pochenden

Kopfschmerzen sogleich zu vergessen schaffte, säuselte ihm über die transparent werdenden Lippen.

Schock. Schreck. Schwer erklärlicher Vorfall. Ich hielt an der nächsten Raststätte, trank nicht bloß einen Pott Kaffee, sondern verzehrte dazu eine koffeinhaltige Schokolade, machte anschließend beim Auto, schamlos öffentlich, allerlei kreislaufanregende Gymnastik und schwor mir, hopsend und hampelnd, derart lange und erschöpfende Strecken in Zukunft nur noch mit der Bahn zurückzulegen.

In meiner Heimatstadt empfing mich mein Bruder, und als er beiläufig fragte, ob ich Lust verspürte, unseren alten Kumpan «Nietzsche», welchen er für Jahrzehnte aus den Augen verloren habe, wieder zu begegnen, fügte ich mich in mein Schicksal. Mein Bruder versprach, dass sich noch für diesen Abend ein Wiedersehen arrangieren lasse. Freunde, ein Pärchen, hätten von einem kinderlosen Onkel ein altes Siedlungshäuschen geerbt. Die beiden – ich würde mich doch an Ferdi und Lucie erinnern? – seien sogleich eingezogen, dächten mittlerweile aber über einen Ausbau des Gebäudes nach und wollten hierzu seinen Rat.

So kam es, dass mein handwerklich versierter Bruder mit den beiden auf dem Dachboden herumpolterte, während ich unten im Wohnzimmer mit gemischten Gefühlen A.Z.s Erscheinen entgegensah. Inzwischen glaubte ich mich zu entsinnen, die frischgebackenen Hausbesitzer schon damals, als ich ihn auf jenem innerstädtischen Friedhof kennenlernen durfte, im Kreis seiner Bewunderer wahrgenommen zu haben. Auf dem Herweg hatte mir mein Bruder berichtet, Lucie und Ferdi seien auf dem Marathon der Jahre nicht nur einander, sondern

auch ihrem Guru treu geblieben. Der habe sich nach längeren
Zwangsaufenthalten in staatlicher Obhut aufs Land zurück-
gezogen, um nur noch Umgang mit einem kleinen Kreis hart-
gesottener Anhänger zu pflegen. Mich jedoch, das hätten ihm
die beiden erst neulich versichert, habe er nie aus dem geis-
tigen Auge verloren, von mir, den er weiterhin Body zu nennen beliebte, habe er regelmäßig gesprochen. Und obwohl ihn
die Kunde meiner Schriftsteller-Werdung erreicht, obschon er
sogar eins meiner Bücher gelesen habe, sei er nicht davon ab-
gewichen, dass mehr, dass weit mehr, dass noch etwas Besonderes, etwas ganz Bestimmtes von mir zu erwarten sei.

Nachdem Dachboden und Keller, Fassade und Innenwän-
de begutachtet, nachdem allerlei Ausbauvarianten und Um-
bauhindernisse durchgesprochen waren, wandte sich unsere
Unterhaltung vergangenen Angelegenheiten zu. Aus irgendeinem Grund vermieden es Ferdi und Lucie jedoch, die Sprache
auf ihren einstigen, auf ihren, wie ich annehmen durfte, auch
gegenwärtigen Meister zu bringen. Mein Bruder hielt sich
ebenfalls bedeckt, er schaffte es sogar, ein Vorkommnis, bei
dem A.Z. eine maßgebliche Rolle gespielt hatte, so zu erzählen, als gelte es, den ungenannt Bleibenden wie ein schwarzes
Loch zu umkreisen. So blieb mir, es ging schon auf Mitternacht zu, nichts anderes übrig, als selbst nach seinem Verbleib
zu fragen.

Lucies Zeigefinger fuhr über den Rand einer flachen Glas-
schale, deren Mitte ein hübsch arrangiertes Trockengesteck
zierte. Ästchen mit verhutzelten Beeren und erschlaffte, haa-
rige Stiele, die in mohnkapselartigen Samenbehältern ende-
ten, staken in sandig grauem Grund. Und während ich, über

meinem offenbar Verlegenheit auslösenden Vorstoß selbst betreten still geworden, gleich den anderen konzentriert-unkonzentriert in das Gefäß gaffte, bemerkte ich ein kleines stimmgabelartiges Gebilde, welches, einem Geflügelknöchlein nicht unähnlich, aus dem aschfeinen Grau aufragte.

Schnell schwoll mir der nächstliegende Verdacht, aber als ich ihm Ausdruck verleihen wollte, kam mir Ferdi zuvor: Nein, nein! Es verhalte sich nicht so, wie ich denke. Die Asche A.Z.s befinde sich noch in einer Urnenwand auf dem Friedhof, auf jenem Friedhof, den wir einst alle so gern aufgesucht hätten. Die Entführung, genauer gesagt, die heimliche Umfüllung der irdischen Überreste, sei allerdings geplant und nur noch eine Frage letzter Absprachen unter den leiblich Hinterbliebenen.

Mein Bruder, der sich nun anscheinend doch darauf besann, dass er mir ein Wiedersehen versprochen hatte, fragte Lucie, ob sie mir nicht endlich den Film zeigen wollten. Schließlich sei ich A.Z. vor langer Zeit recht nah gestanden, dieser habe mich, was sie vielleicht gar nicht wüssten, sogar einmal im ummauerten Westberlin besucht. Lucie wandte ein, sie habe das Videoband leider schon zurückgegeben, gestand aber, da Ferdi sie mit dem Ellenbogen anstupste, bereits mit dem nächsten Satz, der Film sei auf ihrem Festplatten-Recorder gespeichert.

Das ultraflache Gerät war mir bereits aufgefallen. Es stand, wie es sich gehörte, unter dem Fernseher, glich aber durch seine eigenwillige Lackierung – rundum war sein Gehäuse in schwarzrotem Wolkenmarmor gehalten – eher einer kleinen Grabplatte denn einem Hightech-Utensil. Schon hatte Lucie zur Fernbedienung gegriffen, im Fernseher flammte ein Menü auf, und während sie sich, vorwärts und seitwärts irrend, immer tiefer in die komplexen Bedienungsfelder klickte, blieb mir Muße zu überlegen, was mich nun bestenfalls, was mich schlimmstenfalls erwarten könnte. Zweimal hatte A.Z. mich aufgerufen, ihm nachzufolgen, zweimal hatte ich mir auf die Sprünge helfen lassen, um ihm zugleich mit einem Ausweichen untreu zu werden. Nach dem, was mir auf offener Strecke widerfahren war, zweifelte ich nicht daran, dass bereits ein dritter Anschlag im Schwange war.

Endlich gab es das erste Bild des Films zu sehen. Da war ein Stoff, etwas grob Gewebtes, eine rotkarierte, vielleicht wollene Decke. Der die Kamera Führende hatte sie wohl eingangs anvisiert, weil er wusste, dass Rottöne, von verschieden temperierten Lichtquellen evoziert, den eigentlich idiotensicher gewordenen Camcordern weiterhin gewisse Reproduktionsschwierigkeiten bereiteten. In der Tat flackerte das banale Schottenmuster – die Decke schien über Knien zu liegen – wild zwischen schmutzigen Orangetönen und einem fast schmerzlich grellen Feuerrot, die dunkleren Stellen sackten schwarz ab, doch dann war ein alles zurechtrechnender Chip so weit: Nach einer letzten Verfinsterung schwappten die Farben in ihr jeweiliges Mittelmaß, die Kamera schwenkte nach oben, und über dem Fransensaum der Decke rückte ein Rumpf ins Bild.

A.Z. trug ein T-Shirt, dessen Halsausschnitt sich tief genug rundete, um ein Büschel Haar ins Freie zu entlassen. Sein Brustbewuchs schien kein bisschen ergraut. Sogleich spürte ich eine heftige Erleichterung. Und auch als sich im Weiteren sein kahler Schädel in den Bildschirm schob, als dessen gecremte oder geölte Wölbung irgendein Licht als einen grell weißen Fleck zurückspiegelte, hielt ich in einem inneren Kraftakt an der Vorstellung viriler Vitalität fest.

Aber die Dauer der Einstellung unterhöhlte die idealisierende Anschauung, und schließlich hätte es des erläuternden Kommentars von Ferdi und Lucie gar nicht mehr bedurft. Das Filmchen zeigte einen Todgeweihten. A.Z. sei damals von einem Schlaganfall nur unzureichend genesen, das Gehvermögen habe er sich trotz qualvoll hartnäckiger Bemühungen nicht zurückerobern können. Und von seinen Armen habe ihm nur noch der linke mehr schlecht als recht gehorcht.

Das Video dokumentierte ein letztes Bemühen A.Z.s, das Bild zu beeinflussen, das sich die Welt von ihm machte. Mit einem stummfilmartigen Rucken gelang es ihm, die linke Hand vor die Brust zu heben. Ihre Finger waren vogelartig gekrümmt. Und diese arme Klaue wiederholte offenbar absichtsvoll eine mir zunächst unverständlich bleibende Folge von Bewegungen. Als Ferdi erklärte, A.Z. habe seine Getreuen, die ihn zuletzt in drei Schichten rund um die Uhr versorgten, mit dieser Geste gesegnet, war ich heilfroh, das nicht enden wollende, angeblich kreuzartige Auf und Ab und Hin und Her hinter einem weißen Balken verschwinden zu sehen. Lucie hatte das Audio-Menü geöffnet, um nach dem Ton des Films zu fahnden. Sie fand ihn nicht.

Nachdem wir das Paar verlassen hatten, meinte mein Bruder auf offener Straße, ich dürfe dem technischen Zufall dafür danken, dass es bei einer gehandicapten Vorführung geblieben sei. Er habe das komplette Video in Bild und Ton über sich ergehen lassen müssen, und er wünsche keinem, der A.Z.s eigentümlichen Singsang in Erinnerung habe, mit anhören zu müssen, welch schaurig wortferner Lautschwall zuletzt noch aus der Kehle des Gurus gegurgelt sei.

Hierzu schwieg ich, nicht aus Pietät, welche ich für eine zimperliche, für eine antipoetische Tugend halte, ich schwieg auch nicht aus Furcht davor, mein einschlägig begabter Bruder könnte entgegen der Barmherzigkeit, die er eben noch postuliert hatte, damit beginnen, A.Z.s finale Verlautbarungen akustisch nachzuahmen. Vielmehr blieb ich stumm, weil ich mich zu verschweigen mühte, was mir eben, wie aus einem Nichts, wieder in den Sinn gekommen war. Bald wollte ich es vergessen. Schon bald würde es erneut vergessen sein. Wie schön, dass alles, jedes Kennen und jede Erkenntnis, in die Obhut des Vergessens entschlüpfen kann.

Aber noch war ich nicht so weit. Mit großer Anstrengung verheimlichte ich meinem Bruder A.Z.s letzten Willen. Verschwiegen blieb, was er mir, seinem liebsten Jünger, zwischen zwei Abfahrten, süß säuselnd, ans Herz gelegt hatte. Auch gegen den dritten Feind, auch gegen den größten und ältesten Versucher, hatten mich seine lockenden Worte gewappnet, als er sich auf freier Strecke, auf dem grauen Band einer Bundesautobahn, mit einem «Body, vergiss mich nicht! Erinnere dich meiner, damit wir uns dort drüben wiedersehen!» aus allem Fleisch und Staub davonmachte.

WEIN UND BROT

Ein alter Schriftsteller, vor Jahren eine gute Spanne erfolgreich gewesen, nun vom sich stetig verdünnenden Aroma des einstigen Ruhms sowie vom Trockenbrot der Nachzeit zehrend und insgeheim längst keine Zeile mehr schreibend, genoss unter seinesgleichen den Ruf, ein großer Weinkenner zu sein.

Daher brachte dem verehrten Alten ein nicht mehr wirklich junger, aber nur knauserig selten Texte preisgebender und so, in zählebiger Erwartung, als vielversprechendes Talent geltender Zunftgenosse beim ersten Besuch eine Flasche Wein mit – einen Wein, der ihm, dem Unkundigen, als überragend, ja als Kunstwerk eigener Art empfohlen und teuer verkauft worden war.

«Nicht übel!», meinte der Gastgeber, als er, griesgrämig sückelnd, davon gekostet hatte. Aber mit einem wirklich großen Wein, mit einem jener raren Zentauren aus Natur und Können, habe dergleichen allenfalls – die Sprache könne ja gnädig sein! – den Sammelnamen Wein gemein.

Von welchem Wein er denn träume, murrte der Gast und erhielt, kaum dass er den Mund hinter dieser Frage schließen konnte, von seinem alten Kollegen zur Antwort, seit Jahrzehnten leide der an einem wiederkehrenden Traum, in dem bester Wein eine rätselhafte Rolle spiele.

Noch ehe der erschrocken aufmerkende Besucher sich klar

darüber war, ob er dieses Nachtgespinst kennenlernen wollte, hatte sein Gegenüber schon zu erzählen begonnen: Ein Weinberg, auf einer Mittelmeerinsel gelegen! Er selbst ein Winzer in den besten Jahren, der den fruchtbaren Vulkanboden weise bewirtschafte. Beim Lockern der Erde rund um die wertvollen Reben gebe plötzlich der Grund unter ihm nach, und er stürze in einen Hohlraum. Unverletzt finde er sich auf dem Boden einer kreisrunden Kammer, durch deren Gewölbe er gebrochen sei. Ringsum alles bemalt! Antike Fresken, die, zweitausend Jahre ungesehen, nun unter seinem Blick zu leuchten begännen! Exquisite Obszönitäten, wie er sie auch im Wachen seit jeher liebe: Faune, gekrümmt über Nymphen! Götter auf Freiersfüßen! Löwenrüden, die im tosenden Rund einer Arena Tigerinnen besprängen! Sogleich sei entschieden, dass dieser wundersame Raum der Ort sei, wo er nun endlich den vermutlich besten seiner Weine, die knappe Auslese eines einzigartigen Jahrgangs, erstmals – und genüsslich alleine! – verkosten wolle.

Hocker, Tischchen, Flasche und Lieblingsglas flögen von selbst herbei. Auch einen kleinen Aufhängkorb, voll mit dem frischen Brot, das er zu gutem Wein stets notwendig essen müsse, um den rechten Untergrund zu schaffen, halte er unversehens in der linken Hand. Die Finger seiner Rechten umschlössen schon einen Haken, von dem der Brotkorb in Griffweite von der Decke baumeln solle. Jedoch, sowie er die Spitze dieses Hakens gegen den Putz drücke, stürze ihm die ganze Bilderpracht, als vertrage sie keinen Piks, als ein entsetzlicher, als ein seit ungezählten Nächten unvermindert wahnhaft wüster Schutt – in Splittern! – vor die Füße.

Wie? Dies sei alles?, entfährt es dem Jüngeren. Hierfür gebe
es doch eine einfache Deutung! Sie liege gewissermaßen auf
der Hand des Traums.

Und jünglingshaft naseweis hebt er den Finger in der Absicht, den Zusammenhang zwischen Wein und Brot, zwischen
Brotkorb und gemalter Lust, zu enthüllen und auf diese Weise
dem Alb des verehrten Kollegen die schlimme Spitze zu nehmen.

«Unerhört!», brüllt ihn der Alte da an und fegt, damit der
Gast ja kein weiteres Wort wage, Wein und Gläser vom brot-
losen Tisch. Mit einem Schreiberling, der so erbärmlich, der so
armselig wenig vom Träumen verstehe, wolle er nichts weiter
zu schaffen haben, und er verweist den Adepten für immer des
Hauses.

DIE MELODIKA

Opernkomponisten sind Lügner. Jeder innig musische Mensch begreift dies über kurz oder lang. Und falls Ihnen jetzt Lust zum Widerspruch in die Kehle steigt, falls Sie Zweifel laut werden lassen möchten an der chronischen Verlogenheit derer, die Töne und Worte zu einer Art Geschehen zusammenfummeln, dann sind Sie entweder blutjung, oder es kann mit Ihrer Musikalität nicht allzu weit her sein.

Seien Sie nicht beleidigt. Kein Grund, gleich einzuschnappen. Lesen Sie einfach noch ein bisschen weiter. Ich bin gar nicht so dogmatisch verbiestert, wie es sich anhören mag. Außerdem gehöre ich fast zum Fach. Meine Mutter hat ein ganzes Pädagoginnenleben lang die Block- und die Querflöte unterrichtet. Auch meine Lippen haben von ihr gelernt, zunächst gegen eine Holz-, später gegen eine Silberkante zu pusten.

Mein Vater selig hat gut hundert Fernsehfilme, fast durchweg Krimis, so dicht mit Klang angereichert, wie es deren Dürftigkeit verlangte. Als Gebrauchskomponist war er in die Fußstapfen meines Großvaters getreten, auf den eine gute Handvoll legendärer Kurz- und Kürzestmelodien der frühen westdeutschen Fernsehwerbung zurückgeht, vertonte Slogans, die noch immer, fast wie Spruchweisheiten, in den Gedächtnissen und im Internet fortwesen, obwohl die gepriesenen Produkte, Lutschpastillen, Filterzigaretten oder flüssige Allesreiniger, längst liedlos oder überhaupt nicht mehr beworben werden.

Mich jedoch hat es auf den Abweg der Aufklärung verschlagen. Ich bin über italienische Filmmusik promoviert und habe dann in zügiger Folge, jeweils zu einem runden Geburts- oder Todestag, fünf populäre Komponisten-Biographien verfasst. Die vorletzte lief bereits recht ordentlich, die letzte hat sich fast unanständig gut verkauft. Der kommende Lebensbericht könnte dies noch übertreffen, so aus ihm die Wahrheit hinreichend verführerisch hell zum Himmel singt.

Aber eins nach dem anderen. Mein gegenwärtiger Gegenstand, der fragliche, der sechste Komponist, gilt als ungestüm im Kommen. Angesagt ist er schon eine kleine Ewigkeit. Seit drei Jahrzehnten lauert die Musikwelt, dieses tückisch träge Krokodil, auf sein Opus magnum, auf den ganz großen Wurf, mit dem er endgültig an den Rampenrand des Jetzttönens rücken soll, um diejenigen seiner Alterskohorte, die dort bislang irrtümlich verweilen durften, in den Orchestergraben der abgelaufenen Vorläufigkeit zu stoßen.

Und schon wissen Sie, wen ich meine. Noch während er letzte Hand an sein kommendes, alles entscheidendes Werk, an seine erste Oper legte, bestellte er mich zu seinem Biographen. Vielleicht weil er die eingängige Geschmeidigkeit meines Erzählens schätzt, vielleicht weil er mich für musikalisch hält, vielleicht weil er, traditionsselig, wie gerade Lügner es sein können, an das Schwarz auf Weiß des geschriebenen Worts, an die Gültigkeit der Schrift, an deren Offenbarungskraft glaubt.

Ich flog von München nach Florenz und nahm mir dort

einen Leihwagen. Wir hatten uns nie gesehen, bloß ein einziges Mal, allerdings ein volles Stündchen lang, telefoniert. Sein Haus, eine raffiniert restaurierte Ruine, klebt an einem umbrischen Felsen. Gleich beim ersten Rundgang durch das spektakulär verglaste Gemäuer führte er mich an sein Renaissance-Bett. In diesem von sechs Jahrhunderten geschwärzten Kasten habe er mit seinen drei Ehefrauen sechs Kinder, drei Mädchen und drei Buben, Wirklichkeit werden lassen.

Ich glaubte ihm das. Ich glaube es ihm noch heute, so wie ich ihm gern als wahr zugestehe, dass er eigentlich immer nur Jünglinge begehrt hat, aber auf die Zeugung von Nachkommen, die erste aller Mannespflichten, dennoch nicht verzichten durfte.

Dann zeigte er mir sein Archiv. Es füllt einen kreisrunden Raum, im licht überkuppelten Stumpf eines einst stattlich gewesenen Turms. Stets habe er alles Schriftliche aufbewahrt, allerdings bislang nie die Muße besessen, mehr als eine grobe chronologische Ordnung in die Unterlagen zu bringen. Gleich nach der Premiere seines ersten Bühnenwerks an der Bayerischen Staatsoper gedenke er hierfür eine Hilfskraft einzustellen. Er habe schon eine junge Musikwissenschaftlerin im Auge, die intelligent, fleißig und hingebungslüstern genug sei, um diese Atlas-Arbeit zu schultern. Die Materialfülle sei auf den ersten Blick schlimm einschüchternd. Allein der elektronische Briefverkehr der letzten Jahrzehnte fülle, lückenlos auf Papier ausgedruckt – hierauf habe er glücklicherweise stets geachtet! –, mehr als ein Dutzend Kisten.

Dagegen sei sein existenzieller Aufbruch außerordentlich bescheiden, ja kümmerlich dokumentiert: zwei Dutzend amtliche Bescheinigungen, dazu die Schulzeugnisse. Die Spur, die ein Waisenkind in den Akten der mit ihm befassten Institutionen hinterlasse, beschränke sich auf erstaunlich wenige Wegmarken. Auf den vergilbten Papieren sehe es aus, als sei er in Siebenmeilenstiefeln durch die frühen Jahre marschiert. Alles Erhaltene, alles behördlich auf ihn Gekommene und anderenorts noch auftreibbar Gewesene, sei, Blatt für Blatt aufeinandergelegt, gerade mal daumendick. Gewiss wolle ich mit diesen Anfängen beginnen.

Er drückte mir eine dunkelblaue, von einem Gummiband umspannte Mappe in die Hand. Er hatte mich richtig eingeschätzt. Ich studierte das Material noch in der ersten Nacht und verglich den Befund mit meinen Münchner Recherchen. Fleiß lohnt sich in meinem Metier fast immer; im Nu war ich mehr als bloß fündig geworden.

Am nächsten Morgen hatte er ein Frühstück für uns vorbereitet. Wir waren allein im Haus. Sein Lebensgefährte, ein aufstrebender italienischer Pianist, war kurz vor meiner Ankunft zu einem Auftritt nach Florenz abgereist. Falls ich, schlug er mir vor, nach dem Studium der Kindheits- und Jugenddokumente, einen Eindruck von seinem gegenwärtigen Leben gewinnen wolle, könne ich auf meiner Rückfahrt dort Halt machen und den jungen Mann, mit dem er nun schon im fünften Jahr jeden freien Tag und jede mögliche Nacht verbringe, rückhaltlos befragen. Sein Freund sei nicht nur seine Freude und Inspiration, sondern auch der beste Beobachter jener langen Spanne gewesen, in der er an seiner Oper gearbeitet habe. Und während ich meinen Teller ein letztes Mal mit regionalen Käse- und Wildschweinspezialitäten füllte und mir selbst Espresso nachschenkte, holte er sein Laptop, platzierte es auf dem Flügel und begann mir seine Oper vorzustellen.

Natürlich ahne ich, was Sie mittlerweile gegen mich einwenden könnten. Sie wären nicht der Erste, der mir die eine oder andere Unart, ja Untugend vorwirft. Faulheit allerdings ist mir bis jetzt nie vorgehalten worden. Und zu den mentalen Maschinerien, um deren Pflege und Weiterentwicklung ich mich kontinuierlich bemüht habe, gehört mein Sinn für musikalische Strukturen. Ich weiß, wie ein einschlägiger Baustein aussieht, wie eine musikalische Floskel gebastelt, variiert, gnadenlos ausgebeutet und schließlich wieder gekonnt unkenntlich gemacht wird. Die sechs Wochen, die seit unserem ersten und einzigen Telefonat vergangen waren, hatte ich nicht zuletzt darauf verwendet, sein bisheriges Werk unter diesem Blickwinkel zu erfassen und mir den Befund geordnet einzuprägen.

Nichts von dem, was er mir im Laufe unseres zweiten Tages auf dem Klavier darbot, seinen Audio-Dateien entlockte oder mit erstaunlich gelenkiger Stimme vorsang, konnte mich überraschen. Denn nichts, absolut nichts davon, war neu. Die Konsequenz, mit der er die Gesamtheit seiner bisherigen Findungen, Fleisch, Fett und Knochen der zurückliegenden Jahre, in das kommende Singspiel hineinverwurstet hatte, war stupend. Von Selbstzitierung zu sprechen, käme einer läppischen Verharmlosung gleich. Diese Oper versammelte schlicht alles, jeden Schlenker, jede Zuckung, jede Grimasse, die seinem Schaffen bislang die bekannte Markanz verliehen hatten.

Ich heuchelte Erstaunen und Neugier. Verstellung ist eine meiner Stärken. Und seine Eitelkeit, das Selbstgefallen des musikalischen Hochstaplers, ging mir auf den Leim. Als es umbrisch dunkelte, hatten wir sein Bühnenwerk exzessiv gründlich durchforstet. Mit schlauem Nachhaken, mit der Bitte um erneuten Vortrag, hatte ich ihn zu zahlreichen Wiederholungsschleifen verleitet. Schon im Lauf des Nachmittags waren wir vom Kaffee zum Wein übergegangen. Gleich mir vertrug er eine Menge, aber dass ich und damit meine Leber knapp zwei Jahrzehnte jünger war, verschaffte mir zusehends einen Vorteil. Seine Artikulation wurde weicher, er versang sich und lachte lauthals darüber. Die Linke auf den Tasten des Flügels, legte er den rechten Arm um meine Schultern. Offenbar vermochte ich ihm nicht nur als Kenner der europäischen Operntradition und Bewunderer seines Werks, sondern auch als schierer Kerl zu gefallen.

Am offenen Kamin kredenzte er seinen Lieblingsgrappa. Das Gesöff war mild, nahezu heimtückisch genial gealtert. Es kostete mich einige Disziplin, bloß daran zu nippen, während er sich vollends keinerlei Zwang mehr antat. Ich lenkte das Gespräch in die biographische Bahn. Schwerzüngig, aber dennoch mit sicherem Gespür für Szene und Handlung, begann er aus seinen Kindertagen im katholischen Waisenhaus zu erzählen.

Der Stoff war großartig. Kein Wunder, dass das Libretto seines kommenden Bühnenwerks ausschließlich Vorkommnisse aus diesen frühen Jahren verhandelt. Die Anekdote, in der ihm, dem hochbegabten, bitterarmen Knirps, zu seinem sechsten Geburtstag von einem wohlmeinenden greisen Pater das vielleicht lächerlichste aller modernen Instrumente, eine gebrauchte Melodika, geschenkt wird, trieb sogar mir, dem mit allen erzählerischen Wassern gewaschenen Autor, die Tränen in die Augen.

Die Melodika! Welch hinreißender Operntitel! In den glühenden Buchenscheiten des Kamins glaubte ich die abgegriffenen Plastik-Tasten und das plumpe Mundstück der armseligen und doch segensreichen Billigtröte zu erkennen. Um ein Haar wäre meine Phantasie vollends mit mir durchgegangen. Meine Gedanken begannen bereits damit, seine Melodika-Legende in Sätze umzuformulieren, die auch ohne ein erzählendes Ich, die gerade durch den Verzicht auf einen Ich-Erzähler, maximal anrühren würden, als ich mich auf das nun Wesentliche besann: Ich wollte ihn und seine Erinnerungsseligkeit, hier an diesem umbrischen Feuer, in unserer ersten und vermutlich einzigen gemeinsam durchwachten Nacht, sobald er hinreichend trunken, aber zugleich noch hinreichend bei Sinnen war, mit der Wahrheit zusammenstoßen lassen.

*

Womöglich sollte ich meiner verstorbenen Mutter die Schuld geben? Immerhin war sie es, die mich riskant früh in die Oper schleppte. Meinen letzten Autokindersitz, einen stoffbespannten Styropor-Quader, der meine schmale Bubenbrust in die richtige Höhe für den Sicherheitsgurt brachte, trug ich ins Münchner Nationaltheater, um dort besser Richtung Bühne gucken zu können. Beim ersten Mal fragte ich meine Mutter mitten in einer Arie, wann das Singen endlich aufhören und da vorne gesprochen werden würde, worauf sie mich mit einem nachsichtigen «Psst!» zum Schweigen brachte.

Auch mein lieber Komponist zischelte mir ein «Psst!» ins linke Ohr, als wir uns an meinem dritten italienischen Tag vor dem Leihwagen zum Abschied brüderlich fest in die Arme schlossen. «Psst!» Er wusste, dass ich verstand, wie dieses zutrauliche Stillegebot gemeint war. Dann hieß es sich sputen. Ich wollte beizeiten los. Sein Lebensgefährte hatte freundlicherweise zugestimmt, sich mit mir am Flughafen für ein erstes Kennenlernstündchen zusammenzusetzen. Wie umstandslos wir Männer doch Vereinbarungen treffen können, so nur ein gewisser, hinreichend fester Grundton für alles Weitere, für das Zukünftige gefunden ist.

Seit ich wieder zuhause am Schreibtisch bin, geht es mit der Arbeit mehr als nur zügig, nahezu beschwingt voran. Schon kommendes Wochenende will ich eine erste Fassung der beiden Kindheitskapitel auf elektronischen Schwingen südwärts schicken. Und falls es dem, dessen Anfänge darin beschrieben und gewürdigt werden, so gefällt, werde ich einen Auszug, wahrscheinlich die Melodika-Szene, einer großen Zeitung zum Vorabdruck anbieten. Mit etwas Glück könnten Freunde des Musiktheaters dann am Tag der Opernpremiere nachlesen, wie die Finger eines musisch begabten Waisenknaben auf den weißen und schwarzen Tasten emsig nach der Tonfolge eines einfachen Kinderlieds suchten und diese nach unschuldig ernstem Bemühen unter den Augen eines greisen Ordensmanns auch fanden.

Wie ich meinen Komponisten spätnachts, am nur noch schwach glimmenden Feuer, mit der nachweislichen Existenz einer bis in seine Studienzeit hinein quicklebendigen Mutter und einer sechs Jahre älteren, gleich ihm unehelich geborenen Schwester konfrontierte, legte er mir beide Hände auf die Knie: «Wie wahr! Wie trefflich herausgefunden!» Und dies sei bei weitem nicht alles! Selbst die Melodika, die ihm in der Schlüsselszene seiner Oper von einem wohlmeinenden Pater überreicht werde, sei in Wirklichkeit zuerst von seiner großen Schwester gespielt worden. Die Gute habe komplexe Mühe, Liebe, Strenge und sogar handgreiflichen Zwang, darauf verwenden müssen, ihm, dem zappeligen und erzfaulen Rabauken, nach und nach die Handhabung des quäkenden Undings beizubringen. Dies bleibe insgeheim unvergessen. Und dass den Familiengrabstein, über den Namen von Mutter und Schwester, das eingravierte Bild ebenjenes erzdämlichen Instruments ziere, könnten wir uns, irgendwann bei Gelegenheit – vielleicht nach der Premiere? – auf dem neuen Münchner Südfriedhof gern zusammen ansehen.

Verurteilen Sie mich? Verurteilen Sie mich, den bestellten Biographen, bitte nicht zu schnell! Auch mir ist die Familie heilig. Ach, allein schon zu wissen, wie lange meine Eltern in ihrem einzigen Kind zumindest einen zukünftigen Orchestermusiker, eventuell auch einen Soloflötisten, womöglich gar einen kommenden Tonsetzer gesehen haben, um sich schließlich mit einem versierten Sachbuchautor zufriedengeben zu müssen, bleibt mir ein Stachel im Herzen.

Was Sie hier lesen, geht zu den Akten. Ich lege es ab bei den Kopien und Ausdrucken, die meinem lieben, verlogenen Komponisten, jetzt und in Zukunft, Mutter und Schwester nachweisen könnten. Material zu Material! Ich selber werde es in diesem Leben wohl nicht mehr zu Weib und Kind bringen. Aber einen weiteren meiner Art, einen mit allen Wassern der

Recherche gewaschenen zweiten Biographen dieses zweifellos großen Ton- und Wortsetzers, kann ich mir durchaus beim kritischen Durchforsten meines Nachlasses vorstellen. Bis dahin mag sich die Wahrheit mit der Oper decken. Ich bin bereit, meinen Teil beizutragen. Er ist bescheiden. Aber mir schwindelt vor Teilhabe, wenn ich mich, die Zukunft erträumend, in die Premiere versetze und einen wuchtig intonierenden Bass, den kommenden ersten Darsteller des Paters, eine kühn überdimensionierte Melodika aus Pappmaché in Händen, an die Rampe schreiten sehe.

IM BIENENLICHT

EINS

Ich bin allein, aber ich führe keine Selbstgespräche. Selbst heute, wo ich zum allerletzten Mal am Empfang Dienst tue und allen Grund zum Brabbeln hätte, wird mir keine unbedachte Silbe über die Lippen schlüpfen. Schließlich war ich dabei, als hier unten, am Eingang und im Foyer des Kanzlerinnenamtes, die neuen Hochleistungsmikros montiert wurden. Niemand, kein Imker, muss mir erklären, wie gut die Audio-Software inzwischen ist. Jeder Seufzer, jedes Gähnen wird schneller als der Schall mit früheren Seufzern oder früherem Japsen zu irgendeinem fatalen Befund verrechnet. Deshalb ist der alte Knabe an der Pforte, deshalb bin ich stets schön still geblieben. Wenn keiner herein- oder aus dem Kanzlerinnenamt hinauswollte, wenn weder Gruß noch Auskunft vonnöten war, ist von mir kein Laut, kein Wort und schon gar kein ichiges Gemurmel zu hören gewesen.

Aber ich denke in sauberen Sätzen. Das kann man lernen. Wir haben es vor Jahr und Tag in der Ausbildung systematisch eingeübt: «Unbekannte männliche Person mittleren Alters nähert sich Höhe Haupteingang im Laufschritt der Absperrung!» So hat es sich damals angehört. Wahrnehmung, Gedanke, Ausdruck. Jeder Tatbestand lässt sich in anständige Sätze fassen.

Was im akuten Kontext noch nicht klar ist, wird verbal als vorläufig-uneindeutig gekennzeichnet: «Person zieht handlangen schwarzen Gegenstand, möglicherweise Faustfeuerwaffe, aus rechter Jackentasche!»

Noch eine knappe Stunde bis Schichtwechsel. Letzter Schichtwechsel, dann Resturlaub, dann Ruhestand. So ist es jedenfalls gedacht. Mir tut der Rücken weh. Der neue ergo-adaptive Drehstuhl soll einmalig wirbelsäulenfreundlich sein, aber ich bin für eine Tätigkeit, die vorwiegend im Sitzen erledigt werden muss, schlicht zu lang. Geächzt wird trotzdem nicht. Mich soll bis zuletzt kein Mikro stöhnen hören.

Just wegen meiner Größe wäre ich dereinst um ein Haar nicht in den Gehobenen Personenschutz übernommen worden, doch dann haben meine überragenden mentalen Werte eine Ausnahme von der Regel möglich gemacht: Reaktionsgeschwindigkeit, spontane Raumkoordination, Stressresistenz, Gesamtkörperkontrolle! Ich prahle ungern. Aber was wahr war, soll wahr bleiben. In meinem Jahrgang bin ich mit Abstand die Nummer eins gewesen.

Die Kollegen von damals sind fast alle beizeiten in die freie Wirtschaft abgewandert. Private Security! Im Celebrity-Bereich gibt es bis heute Bedarf. Man muss bei den einschlägigen Fotos und Filmchen bloß auf den Hintergrund achten: Hinter den Promis steht unsereins weiterhin herum. Riesige Kerle mit Knopf im Ohr. Gern ein bisschen älter, gern hundert Kilo plus, sehr gern mit silbrigem Bürstenhaarschnitt. Ja, Entertainment Background Security, das wäre auch für mich eine Option gewesen. Zwölf Jährchen ist es erst her, dass mir Vater Staat noch einmal den goldenen Handschlag angeboten hat.

Aber ich habe – nach kritischer innerer Abwägung in korrekten Sätzen! – den Dienstverbleib, den Ehrendienst, also das nahezu funktionslose Herumgehocke an der Pforte des Kanzlerinnenamts vorgezogen. Obwohl man natürlich auch hier, bienenbedingt, irgendwann keine Dienstwaffe mehr führen durfte. Letzte Stunde, letztes Schichtende, Resturlaub, Ruhestand. So stellen sich die Imker, die Wachsverwerter, so stellt sich das Pack im fensterlosen ersten Stock meinen Abgang jedenfalls vor.

Z W E I

Ich bin nie ein Technikfeind gewesen. Im Gegenteil, ich war schon als Bub ein Bastler und habe bis heute den Kopf und, wenn nötig, auch ein Händchen für das gröbere Gerät wie für die feineren Maschinlein. Aus mir hätte ein ganz passabler Ingenieur werden können. Während die Bienen ihre ersten Probeläufe absolvierten, haben die Imker schnell gemerkt, dass ich der richtige Kerl für den Übergang war. Als der klügste Gorilla musste ich ihnen dabei helfen, die Spezies Personenschützer, die superbreitschultrigen Primaten, meine lieben Kollegen, nach und nach überflüssig zu machen. Man kann Fortschritt dazu sagen. Man hat dann auch, ohne mit der Wimper zu zucken, Fortschritt dazu gesagt. Und es hat geklappt. Bienenzeit. Wächserne Waben. Ruhe im Stock. Zumindest bis heute.

Wie eine Biene funktioniert, kann im Prinzip jedes halb-

wegs intelligente Kind verstehen. Aber das Erklären in anstän-
digen Sätzen ist den Imkern damals, als sie begannen, sich im
Kanzlerinnenamt einzunisten, lächerlich schwergefallen. Ich
will nicht prahlen. Aber was die ersten Bienen, fußballgroße,
komisch brummelnde Ungetüme, bereits leisten konnten und
was die Nachfolgegenerationen in Bälde bewerkstelligen würden, hat kein schlauer Imker unserer Kanzlerin verdeutlichen
dürfen.

Die alte Dame, die sie damals schon war, wollte seriös Bescheid wissen. Also schickte der Chef mich vor. Die Kanzlerin
gönnte mir und der angeblich unausweichlichen Zukunft des
Personenschutzes ein volles halbes Stündchen. Sie war und ist
bezaubernd, und in puncto Sachzwang kennt sie sich aus wie
niemand sonst. Wir plauderten, wir nahmen kein Blatt vor den
Mund. Honigzeit. Lang, lang ist's her. Wie viele europäische
Wahlen sie seitdem gewonnen hat! Längst ist unsere Kanzlerin als die Grand Old Lady of Global Politics jeder zimperlich
pingeligen Zeitrechnung enthoben.

Für mich jedoch hatte, als ich mit ihr an einem Tisch sitzen
durfte, eine Uhr zu ticken begonnen. Ich machte mir nichts
vor. Mir war klar, dass die Bienenentwicklung schon in Bälde
dazu führen musste, dass unsere urig solitären Dienstwaffen
eingezogen werden würden. Nein, ich bin nie ein Technikfeind
gewesen. Im Gegenteil: Ich war der Erste in unserer Abteilung,
der einen der damals sogenannten 3D-Drucker zuhause stehen hatte, und zwar ein Modell, das mehr als ein modisches
Spielzeug darstellte. Umgehend begann ich mit dem Nachbau
meiner Heckler & Koch Mammut. Selbst ist der Mann. Ich
mischte mir meine eigenen hitzefesten Kunststoffe. Schon

nach einem guten Jahr wog ich das hundert Prozent metall-
freie Ergebnis in der Hand.

Aber die Anfertigung der Pistole war ein Kinderspiel gegen
die Entwicklung der Munition. Schließlich brauchte ich einen
Hochgeschwindigkeitstreibsatz, aus dessen Molekular-Duft-
spur die supersensiblen Sensoren der Bienen nicht im Nu,
fast gleichzeitig mit dem Abfeuern des ersten Projektils, fatale
Schlüsse ziehen würden.

Gut Ding braucht Weile. Not macht erfinderisch. Ich war
schon eine halbe Ewigkeit an die Pforte endversetzt, als ich
endlich, während eines freien Wochenendes draußen in der
Schorfheide, den lang ersehnten Jungfernschuss riskieren
durfte. Die Premiere gelang. Ich will nicht prahlen. Aber gelernt bleibt gelernt. Und: Handwerk hat immer noch goldenen
Boden! In hundert Bruchstücke zersprengt, stürzte das zufälli-
ge Zielobjekt, eine tieffliegende Forstdrohne für Feuerfrühwar-
nung und Rotwildzählung, ein unschuldiger Oldie mit knat-
ternden Rotoren, vom brandenburgischen Himmel.

UND DREI!

Die Kanzlerin fährt vor. Heut ist der Tag. Der Tag, an dem es
gilt – in Sachen Imkerei wie in memoriam Personenschutz! –,
ein Zeichen zu setzen. So als unterliefe mir ausnahmsweise, verständlicherweise ein Selbstgespräch, murmle ich: «Da
ist sie ja. Bestimmt hat man sie informiert, dass heute mein
letzter Tag ist. Sie wird mir zum Abschied die Hand schütteln

wollen.» Das muss in aller Plumpheit so durchgehen. Die Imker sind keine Idioten, aber sie sind auch bloß Menschen und Zeitgenossen, und als Zeitgenossen und Menschen sind sie bildblöd und lahmhörig geworden.

Ich trete ins Foyer. Die Glastüren fahren auf. Die Kanzlerin kommt herein. Drei Schritt hinter ihr eine junge Referentin, die ich bis jetzt noch nie gesehen habe. Alle vier Binnenbienen haben sich von ihrem Energie-Sims gelöst und sind den beiden Frauen entgegengeschwebt. Die vier Außenbienen verharren genau über der Schwelle. Wachablösung. Die Außenbienen gehören zur brandneuen Freiluftgeneration. Wenn sie dicht über dem Wagen der Kanzlerin durch die Straßen der Hauptstadt zischeln, macht ihre Tarnkappenriffelung sie nahezu unsichtbar. Aber hier, im Mischlicht des Eingangs, geben sie ein passables Ziel ab.

Die Kanzlerin lächelt mir zu, und dann winkt sie mit dem Zeigefinger. Keiner kann wie sie, bei kaum angewinkeltem Arm, mit einem einzigen Finger winken. Die Referentin tritt vor. In der linken Hand hält die junge Frau ein kleines, quadratisches Päckchen. Himmelblaues Geschenkpapier. Bestimmt ist es eine Uhr. Ein Qualitätschronometer zum Abschied.

Wahrnehmung, Gedanke, Ausdruck. Ich denke jetzt nicht: Wie nett! Wie sinnig und erwartbar, dass es sich um eine Uhr handelt. Ich denke: Wieso in der Linken? Eventuell ist diese mir unbekannte weibliche Person Linkshänderin. Aber warum hat sie dann eben, nach kurzem Stillstehen, beim befohlenen Nach-vorne-Kommen, den rechten Fuß zuerst bewegt? Und warum ging ihr letzter Schritt schräg zur Seite? Wieso steht sie jetzt derart breitbeinig neben der Kanzlerin, eindeutig ein Quäntchen breitbeiniger, als junge Frauen in Hosenanzug oder Businesskostüm hinter oder neben der Chefin, hinter oder neben der Königin zu stehen pflegen?

Wahrnehmung, Gedanke, Ausdruck: vier Außenbienen, vier Binnenbienen. Neun Schuss in meinem Mammut-Nachbau. Neun Schuss. Acht Bienen. Acht Schüsse und ein neunter, dicht über den Scheitel der Königin hinweg, um ihr, der Verehrten, der weiterhin Schützenswerten, der mit den Jahren bildschön Gewordenen, der im Summen der Sachzwänge lernlustig Gebliebenen, die Grenzen gängiger Imkerei aufzuzeigen.

«Nicole, bitte! Nicole, sei so lieb!»

Nicole gehorcht der Kanzlerin und streckt die Linke mit dem Päckchen in meine Richtung, und – ach! – da flutscht ihr das Geschenk über die Fingerspitzen. Ich denke nicht: «Wie ungeschickt!» Ich denke nicht: «Die teure Uhr!» Ich verstehe im Nu, das kommt vom Schwung. Das ließ sich jetzt gar nicht vermeiden, denn zeitgleich hat Nicoles rechte Hand die Dienstwaffe gezogen. Kürzeste Strecke, kein Bewegungsüberschuss. Braves Mädchen: null Gefuchtel. Alles exakt so, wie es unsereinem, wie es unsereiner in der Personenschützer-Grundausbildung beigebracht worden ist.

Damals, zu meiner Zeit, haben wir noch vor der Spiegelwand geübt. Anschließend Videoauswertung. Super Slow Motion. Ich will nicht prahlen. Aber ich war mit Abstand der Jahrgangsbeste. Also habe ich die Drehung von Nicoles Hüfte antizipiert. Ein minimales Kniewippen geht unweigerlich voraus, das lässt sich nicht wegtrainieren. Und weil ich aus meinem Glaskabuff kommend, mit säuerlicher Miene und schiefschultrig, einen Griff in den tatsächlich schmerzenden Rücken vortäuschte, weil meine Hand folglich schon über meiner rechten Niere lag, habe ich meine Mammut kein Zehntelsekündchen später als Nicole die ihre im Anschlag.

«Waffe runter!», hören die Mikros uns gleichzeitig brüllen. Ach, die junge Kollegin und ich, wir wissen gleich gut, wie fix die Bienen Audiodaten verrechnen und wofür sie uns beide jetzt sicherheitshalber, also bienendumm, halten müssen. Was soll's! Sollen sie doch! Wir sind keine Imker. Wir sind alte Schule. Nicole und ich sind Personenschützer. Wie tausendmal eingeübt, übernimmt jeder die jeweils waffennahe Seite und schwenkt seine Mammut nach oben. Vier Außenbienen für mich. Vier Binnenbienchen für Nicole.

Die Kanzlerin hat sich flach auf den Boden geworfen. Beide Hände schützen den Hinterkopf exakt so, wie sie es damals vor Urzeiten – bei allem Respekt! – kreuzbrav von mir hat lernen müssen. Keine Angst, Frau Kanzlerin! Keine Sorge, Frau Königin! Ja, das kracht. Aber es wird bloß kleine und kleinste Splitterlein regnen.

Die Imker hören es. Verspätet sind sie ganz Ohr. Und zugleich dürfen sie sehen, wie auf acht Bildschirmen der Schein ihrer Welt, das Bienenlicht, im Brüllen der Mammuts erlischt.

DIE KUNST DES BAUCHMANNS

Die Serie ist zu Ende: Der Bauchmann ist gefasst. Und ausgerechnet jene Zeitgenossen, die ungeniert von seinen Verbrechen profitierten, indem sie die intimen Anschläge des Bauchmanns auf den ersten Seiten der Boulevardblätter, in den einschlägigen TV-Magazinen und auf den portablen Bildschirmen zu fragwürdigem Allgemeingut machten, heucheln jetzt Erleichterung: Es sei ein Segen, dass der große Unbekannte, dieses brutale Untier, keinem seiner vielen potentiellen Opfer mehr auf den Leib rücken könne.

Einen Sommer lang riss der rätselhafte Täter unser kostbarstes und zugleich flüchtigstes Gut, unser Aufmerken, an sich. Mit stockendem Atem lasen wir die Details des jüngsten Überfalls. Mit seltener Leidenschaft, fast mit Phantasie, mutmaßte man in Kantinen und an Kneipentheken, vor den Fernsehern der Wohnzimmer und in den Ehebetten über die Identität des Unbekannten. Ja manch einer, der spätnachts noch nach draußen gegangen war, um dem Hundchen Erleichterung zu verschaffen oder sich Zigaretten zu ziehen, drehte eine verhohlene Extra-Runde durch den nahen Park, in zitternder Sorge, dort unversehens dem Bauchmann und dessen Waffe gegenüberzustehen.

Nachdem er auf frischer Tat gefasst worden war, blieb er

zunächst stumm auf alle Fragen, selbst seinen Namen behielt er lange für sich. Auf dem Foto, das die Staatsanwaltschaft deshalb herausgab, sieht man einen jungen Mann mit großen dunklen Augen und gleichmütiger Miene in die Linse der erkennungsdienstlichen Zwangsbehandlung blicken. Bei seiner Festnahme soll der Bauchmann, der nicht groß, aber ausgesprochen stämmig ist, zwei Düsseldorfer Polizisten, die sich an seine muskulösen Arme geklammert hatten, fast propellerartig um sich gewirbelt haben, bevor er lächelnd innehielt und sich ohne weiteren Widerstand abführen ließ.

Wer sein Ur-Opfer war, wer als Allererster von ihm gezeichnet und ausgezeichnet wurde, weiß keiner außer ihm selbst. Seit er hinter Schloss und Riegel ist, haben sich bei der Polizei noch ein Dutzend weiterer Männer gemeldet, deren Körper beweisen, dass sie dem Bauchmann und seinem spitzen Gerät unterworfen waren. Und sicher gibt es noch manchen, der aus verständlicher Scheu oder aus einer bizarren Habsucht heraus nicht preisgeben will, was der Bauchmann mit ihm angestellt hat.

Der Erste, der schließlich vor die Medien trat, um seine wahrlich bemerkenswerten Blessuren mit Worten zu beschreiben, war wohl nicht zufällig ein Regionalpolitiker und Landesparlamentarier, der vor diesem Bekenntnis nur wenig öffentliche Zuwendung genossen hatte. Der Bauchmann hatte ihn während eines Empfangs in einem Hotel überrascht. Nichts Schlimmes ahnend, verließ der Volksvertreter das gesellige Gedränge vor dem Buffet, um die Herrentoilette aufzusuchen. Deren Tür bereits vor Augen, wurde er rücklings in eine Kammer gezerrt, in der das Hotelpersonal allerlei Reinigungsutensilien und einen gewaltigen Vorrat Toilettenpapier verwahrte. Aus mehreren Achter-Packs dieser Rollen war schon ein Lager vorbereitet. Die elementare Wucht des Niedergeschleudert-Werdens raubte dem Überrumpelten jeden Mut zur Gegenwehr. Der Bauchmann hieß ihn die Hände auf die Augen legen. Dann entblößte er die Körpermitte des angstvoll Bebenden und ging an sein Werk.

Sicher scheint, dass ausschließlich beleibte Männer dieses Schicksal ereilte. Sehr großes Übergewicht, ein ausgesprochen unförmiges Fett-Sein, war allerdings, obwohl dies heute gelegentlich behauptet wird, nie Bedingung des Zugriffs. Ein Bäuchlein und ein wenig Hüftspeck waren dem Künstler anscheinend ebenso recht wie eine pralle Wampe. Vorerst bleibt unklar, inwieweit die Beschaffenheit der zur Verfügung stehenden Fläche, deren Wölbung, Faltung oder Käsigkeit das jeweilige Werk beeinflusst haben. Auch in diesem Kunstfall muss die Deutung sich gedulden, bis nachhaltige Betrachtung und kritischer Vergleich den nötigen Raum geschaffen haben.

Kein Betroffener hat sich bislang bereiterklärt, die fraglichen Stellen fachmännisch ablichten zu lassen. Selbst ein junger, unlängst für den Bundesfilmpreis nominierter Schauspieler, den der rabiate Künstler beim Sonnenbaden auf dem Balkon überraschte, macht hiervon keine Ausnahme. Obwohl er bislang eher für das Gegenteil von Schamhaftigkeit bekannt gewesen ist, weigert auch er, den eigentlich schon seine Profession zu expressiver Darbietung verpflichten müsste, sich strikt, sein Bauchwerk in den allgemein zugänglichen Bildfluss einzuspeisen.

So ist es ein Glück, ja ein Segen, dass der Täter nun aus der Einsamkeit der Untersuchungshaft nach der Hand einer ausgewählten Öffentlichkeit tastet. Über seinen Verteidiger ist er an uns herangetreten. Nur uns, einem kleinen, aber renommierten Kölner Kalender- und Kunstbuchverlag, scheint er Vertrauen zu schenken. Natürlich war sich jeder in unserem Team der Brisanz dieser Annäherung bewusst, und erst nachdem wir uns mit einem in urheberrechtlichen Fragen erfahrenen Notar beraten hatten, vereinbarten wir mit dem Rechtsbeistand des Bauchmanns und der zuständigen Staatsanwältin einen Termin vor der Schließfachwand des Hagener Hauptbahnhofs.

Was uns dort in die Hände fiel, ist ein kleiner Schatz. Ein Stapel grandioser Radierungen, gedruckt auf handgeschöpftes Papier, alle Bilder quadratisch, keines größer als vier Handflächen, jedes ein Meisterwerk. Da unser hausinterner Experte, ein in allen Kratz-, Ritz-, Schab- und Schnitztechniken erfahrener Kunsthistoriker, freimütig gestand, dass die Bilder des Bauchmanns die Grenzen seiner Kompetenz überschritten, holten wir mehrere Außengutachten ein. Aber selbst ein Ethnologe aus Essen, der sich in Sachen ritueller Tätowierung und Körperbemalung einen internationalen Ruf erworben hat, konnte nicht zweifelsfrei klären, von welchen Druckplatten die vorliegenden Abzüge erstellt worden waren.

Der Bauchmann schweigt dazu, und solange er sich nicht zum Entstehen dieser Arbeiten äußern will, werden die kruden, von schierer Sensationslüsternheit gelenkten Vermutungen wohl weiter ins Kraut schießen. Wir können nur beteuern, dass nichts, rein gar nichts darauf hindeutet, die Bildwerke wären von den blutigen Bäuchen frisch tätowierter Opfer abgenommen worden.

Nichts ist verwischt, keine Linie verschmiert oder verzerrt. Alles wurde mit handelsüblicher Kupfertiefdruckfarbe erstellt, und dass die Bilder nicht selten nackte, üppig gerundete Körper zeigen, kann doch nicht platterdings als Indiz für ein Entstehen am bloßen Leib genommen werden.

Die Waffe des Bauchmanns, eine raffiniert modifizierte amerikanische Tätowierpistole, bleibt als Beweismaterial im Gewahrsam der Behörden, bis der durch die Anhörung der zahlreichen Opfer bestimmt langwierige Prozess abgeschlossen ist und der Bauchmann ein hoffentlich nicht übermäßig hartes Urteil erhalten hat. Allzu hoch dürfte die Strafe indes nicht ausfallen, hat er doch keinen der Gezeichneten ernstlich verletzt. Allein einem kraftsportgestählten Mann in den besten Jahren, einem leitenden Manager der rheinischen Verpackungsmittel-Industrie, wurde, als ihn der Bauchmann auf der nächtlichen Sauna-Terrasse eines Fitness-Centers mit klassisch griechisch-römischen Griffkombinationen niederrang, eine einzige Rippe gebrochen. Ausgerechnet dieser Geschädigte hat nun nicht nur auf eine eigene Klage verzichtet, sondern sich in einem großen Printmedium dazu bekannt, unser Buchprojekt ideell und materiell zu unterstützen.

Dies macht uns mehr als nur Mut. Wem ginge es nicht zu Herzen, wie dieser Mann, ein Opferlamm der Kunst und erst unlängst einem ihrer Altäre entronnen, sich bereiterklärt hat, den Weltweg der im Hagener Bahnhof aufgefundenen Radierungen mäzenatisch zu befördern. Zuversichtlich vertrauen wir daher auf das Feingefühl und das Mitempfinden unserer

Zeitgenossen. Aber auch blanke Neugier soll uns recht sein, wenn wir in Bälde, schon im kommenden Herbstprogramm, als einen hochwertig gedruckten Band eine Auswahl der Bilder vorstellen und damit einen ersten Einblick in das Werk des Bauchmanns geben.

Mit einer Reihe weiterer Opfer führen wir bereits so behutsam, wie es die Umstände erfordern, erste Vorgespräche. Die Zukunft lockt. Irgendwann kann einer der Tätowierten gar nicht anders, als uns sein Ja-Wort für das Kommende zu geben. Und ist der Bann erst ein einziges Mal gebrochen, wird es zügig für manch Weiteren kein Halten mehr geben. Noch suchen wir nach der rechten Form für eine erste Darbietung. Eventuell ist ein schlichter schwarzer Laufsteg, nicht allzu lang und bescheiden hoch, der angemessene Ort. Klein und persönlich geladen sollte das Publikum sein. Gewiss lassen sich auch Musiker finden, die mit den Mitteln der Klangkunst verhindern werden, dass sich die Präsentation der Werke des Bauchmanns, seiner Kunst am Leibe, in verkrampft ehrfurchtsvoller Stille vollzieht.

Ist ein derartiges Defilee, ist diese neuartige Vernissage erst einmal mit Glück gelungen, wird selbst das Unmögliche denkbar: Der Künstler könnte an einem Tisch unseren Bildband signieren. Zunächst mag ihm hierfür ein Stift genügen. Aber nach einem Weilchen gesellt sich der erste seiner einstigen Partner hinzu. Man tauscht ein ernstes Lächeln, ein Wort gibt das andere. Die Scheu verfliegt. Was spräche dann noch dagegen, dass ein Sakko aufgeklappt, ein Hemd Knopf um Knopf geöffnet, ein Unterhemd hochgekrempelt wird? Vor den Augen ausgewählter Kunstfreunde wird schließlich noch einmal zum elektrisch schnurrenden Werkzeug gegriffen. Und verspätet, aber gewiss nicht zu spät, finden der Name des Bauchmanns und die Kunst des Bauchmanns zueinander.

HERZSTURZBESINNUNG

Wie allmählich selbst unsere Kleinen begreifen müssen, sterben rund um den Globus mehr und mehr Menschen daran, dass ihnen das Herz aus der Brust fällt. Um diesem Schicksal, dem gewöhnlichen Herzsturz, beizeiten zu entgehen, müsste einer wie ich mittlerweile halbversehentlich vor einen LKW stolpern oder mutwillig von einem Dach hüpfen.

Die statistisch erfasste Häufigkeit von Selbsttötung und Unfalltod nimmt jedoch stetig ab. Und gleich diesen beiden ungut spektakulären Sterbensursachen sind auch die früher dominanten tödlichen Erkrankungen, von den präpotenten Tumoren bis hin zu den diskreter mordenden viralen Infekten, nach und nach auf dem Weg in die Randständigkeit. Allerorten, selbst in den Krankenhäusern und Pflegeheimen, will der Herzsturz erstrangig werden, so selbstverständlich, dass man sich irgendwann nur noch ungläubig kopfschüttelnd daran erinnern wird, was für ein Kunterbunt an mehr oder minder dominanten Gründen in vergangenen Tagen zum Exitus führen durfte.

Vorerst sucht unsere logische Not weiterhin nach Ähnlichkeiten und Unterschieden. Zweifellos ist der Herzsturz etwas am einzelnen Körper, ein zwingend intimes Geschehen, andererseits scheint er von bestechend universeller Gleichförmigkeit. Aber eine Verschränkung mit herkömmlichen inneren

und äußeren Wirkprozessen, von den astronomisch beobacht-
baren kosmischen Verläufen bis hinab in das zelluläre Spiel
unseres leiblichen Gewebes, bleibt vorerst absolut dunkel. Die
Welt ist um ein Riesenrätsel reicher.

Vorerst bleibt jeder von uns schlicht gezwungen, Erfahrungen zu machen. Denn der Umstand, dass der Herzfall offenbar
stets vor mindestens einem, meist aber in Anwesenheit meh-
rerer Zeugen vonstattengeht, führt dazu, dass unsere Teilhabe
an den Herzstürzen der anderen eine Frequenz erreicht hat,
die weit über der Wahrscheinlichkeit liegt, mit der man in den
alten Zeiten Beobachter eines humanen Hinscheidens wurde.
Über kurz oder lang ist man erneut dabei.

Um mich nicht länger um ein Beispiel herumzudrücken:
Unfreiwilliger Beiwohner des fraglichen Ereignisses wurde ich
erstmals als Teilnehmer einer Podiumsdiskussion, mit der in
der Akademie der Künste unserer Hauptstadt das runde Jubi-
läum einer deutschsprachigen Literaturzeitschrift begangen
wurde. Zu fünft saßen wir, leicht erhöht, vor einem in erfreulich großer Zahl erschienenen Publikum. Die Moderatorin gab
jedem von uns mittels angenehm knapp gehaltener Fragen Gelegenheit, sich als kulturkundig in Szene zu setzen, und während ich zum zweiten Mal an der Reihe war, bemerkte mein
Blick eine Veränderung an der Brust des Diskutanten, der mir
am anderen Ende unserer konkav gekrümmten Reihe gegenübersaß. Ich kannte den Betreffenden erst seit diesem Abend
persönlich, aber er war mir ab und an als Text begegnet. Dazu
kam, dass wir, was bekanntlich eine besondere Nähe wie eine
spezielle Distanz stiftet, in derselben Stadt A. geboren und auf-
gewachsen sind.

Am fraglichen Abend trug mein Kollege zu dezent mittelbraunem Anzug ein auffälliges Hemd. Auffällig durch seine Farbe, für die mir bis heute keine stimmige Benennung einfallen will. Es war nicht altrosa, auch nicht pink oder magenta, erst recht nicht lachs- oder gar blutorangenfleischfarben. Der irgendwo im Feld dieser Fehlbezeichnungen liegende Ton war mir, schon bevor wir auf dem Podium Platz genommen hatten, ins Auge gestochen und machte mich nun, während ich sprach, erneut fast zwanghaft hinschauen, und so bemerkte höchstwahrscheinlich ich als Erster eine ungewöhnliche Faltenbildung, eine querlaufende Knitterlinie und dann, wie sich die Hemdbrust auf eine Weise nach vorne wölbte, für die es damals noch keinen Namen gab.

Dieser Herzsturz, der erste, dessen ich ansichtig wurde, vollzog sich, wie es immer der Fall ist, nahezu ohne Blutvergießen. Das Hemd meines Kollegen verfärbte sich kaum. Nur eine schmale, sichelförmige Verdunklung am unteren Rand der Wölbung verriet, dass ein Quäntchen Nässe den Stoff durchdrang. Der Herzsturz ist kein Blutsturz. Alle blutführenden Gefäße, auch die großen Adern, adstringieren so stark, dass es nicht zu dem eigentlich erwartbar großen Flüssigkeitsverlust kommt.

Auch die gewaltsame Spreizung der Rippenbögen blieb unter dem Kleidungsstück verborgen. Langsam sackte die Ausbeulung Richtung Gürtel. Der Betroffene presste beide Hände auf den Bauch, unsere Blicke verschränkten sich, er schien mir sein Erstaunen mimetisch mitteilen zu wollen, aber schon senkten sich seine Lider. Und allein die Geistesgegenwart unserer Moderatorin, die sich schnell zu ihm hinüberlehnte, verhinderte, dass seine Stirn neben dem Wasserglas auf den Tisch schlug.

Im Publikum war ein Arzt, ein alter, ja greiser, aber wachsamer Mann. Er begriff das Geschehen als Notfall und zögerte nicht, zu uns aufs Podium zu eilen. Er öffnete das Hemd, schob das darunterliegende T-Shirt nach oben, und über die Schultern des hilflosen Nothelfers sahen nicht bloß meine Augen zum ersten Mal, wie das muskulöse Organ, das doch weit mehr als ein Muskel ist, sich im Akt des Herzsturzes veräußert hatte und, umfangen von Luft und Licht, in einer letzten Folge schwächer werdender Zuckungen zur Ruhe kam.

Das Register der Weltgesundheitsorganisation listet den Hingang meines Kollegen unter den ersten tausend dokumentierten Fällen. Er war also, global gesehen, sehr früh dran, und wenn es ein Verzeichnis der einschlägigen Zeugen gäbe, ließe sich mein Name wohl unter den ersten zehntausend teilnehmenden Beobachtern finden. Wir beide, der Herzstürzler und ich, Söhne derselben Stadt und als Verfasser von Romanen ähnlich bescheiden bekannt, bildeten wenige Wochen in der Berichterstattung der deutschsprachigen Medien ein exemplarisches, fast brüderliches Paar. Ein Dutzend Mal wurde ich in Gesprächsrunden des Fernsehens geladen, populäre mediale Plattformen interviewten mich, und gleich drei seriöse Blätter boten mir Raum, mich essayistisch an dem zu versuchen, was kurz ein Titelthema schien, dann jedoch mit epochaler Wucht den Rahmen des bloß Thematischen sprengte.

Mir war umgehend gelungen, einen für meine Verhältnisse außerordentlich lukrativen Verlagsvertrag zu ergattern, aber während ich skrupulös zögerlich an meinem Text bastelte, erschienen rasant schnell die ersten Sammlungen von Herz-sturzbeobachtungsberichten und fast im Handumdrehen auch fiktionale Prosa, die einen Herzfall zum Ausgang der Handlung machte oder sich mühte, final-spektakulär in einen solchen zu münden. Mein einschlägiges Werk machte mir Mühe, und dass ich noch nicht aufgegeben hatte, sondern mich täglich halbseitenweise voranarbeitete, lag daran, dass ich mein Stocken und Stolpern nicht als ein vereinzelndes Versagen, sondern als Teil einer großen ästhetischen Krisis begriff.

Es steht nicht gut um unsere Künste. Wie tief die Verunsicherung ist, zeigt sich überdeutlich in den Gefilden der trivialen Bildlichkeit. Jenes noch vor kurzem allgegenwärtige Piktogramm des Herzens mit seinen busenförmigen oberen Ausbuchtungen und seinem in konkaven Linien zu einem Spitz zusammenlaufenden unteren Ende ist aus der Werbung, aus den Zeichnungen der Schulkinder, von Glückwunschkarten und weitgehend von unseren elektronischen Bildschirmen verschwunden. Die Scheu scheint immens. Und während wir das alte Zeichen klamm und bang vermeiden, wächst ein Vakuum, dessen Saugen eine irgendwie andere Herzigkeit herbeiziehen will, ohne dass uns bislang eine Ahnung von deren Gestalt dämmern würde.

Um erneut konkret zu werden: Zum zweiten Mal wurde ich Beobachter des fraglichen Geschehens, als ich, mein erster Vorfall lag noch nicht allzu lang zurück, nach Jahren der Abwesenheit meine Heimatstadt A. besuchte. Ich tat dies, um die Gattin ebenjenes Kollegen zu treffen, dessen öffentlichem Hinscheiden ich in der Hauptstadt beigewohnt hatte. Aus schnödem Eigennutz hatte ich Kontakt zu seiner Witwe aufgenommen, denn ich erhoffte mir, sie könnte irgendein Detail berichten, das dem Herzsturz ihres Mannes als ein Omen vorausgegangen war und sich nun für mein Roman-Projekt verwerten ließe.

Ich hatte einen frühen Zug genommen, so zeitig, dass ich gegen eventuelle Fahrplankalamitäten abgesichert war, aber die gewählte Verbindung brachte mich so pünktlich ans Ziel, dass mir noch Muße blieb, um vor dem vereinbarten Treffen durch die Fußgängerzone von A. zu schlendern. Diese gleicht, wie könnte es anders sein, den verkehrsberuhigten Bereichen ähnlich mittelgroßer deutscher Städte. Die Bedürfnisse und Zwänge, die Freuden wie die Nöte des Konsums haben dazu geführt, dass weitgehend verschliffen ist, was in verjährten Fotobänden historische Eigentümlichkeit behauptet, und auch mein Erinnerungsvermögen machte keine Anstalten, sich an dem einen oder anderen erhaltenen Detail zu einer kohärenten Vergangenheitsszenerie zu entzünden. Die Stadt A. war schlicht, was sie im beständigen Wegbrechen der Geschehnisse geworden war.

Die Straßenmusikerin fiel mir auf, weil sie über eine außerordentlich starke, hell gellende Stimme verfügte. Auch das Instrument, mit dem sie ihren Gesang begleitete, entwickelte eine besondere Intensität, so laut und durchdringend hart, wie sie wohl nur zustande kommt, wenn eine Saite vor einem großen Resonanzkreis aus Kunststoff angerissen wird und die knallige Präsenz des einzelnen Tons fast mehr an die Trommeln eines Schlagzeugs als an die in der Bauart verwandte Gitarre erinnert.

Ich blieb als Einziger stehen und hatte schnell den Ein-

druck, dass just das, was mich verweilen ließ, die besondere
Penetranz des Vortrags, die anderen Passanten zu einem zügigen Weitergehen, gelegentlich sogar zu einem diskreten Bogen,
zu einem verhohlenen Ausweichen nötigte. Der Popsong, den
die Banjospielerin vortrug, war mir aus meiner Jugend geläufig.
Die simple, symmetrisch gebaute Melodie hätte ich einigermaßen treffsicher mitpfeifen können, und der englische Text wurde mir zumindest so weit erinnerbar, dass jede Zeile mit ihrem
Anheben im Nu den restlichen Wortlaut des Verses herbeizog.

Der Herzsturz nahm während eines instrumentalen So-
los seinen Anfang. Zur virtuos rasanten Arbeit ihrer Finger
summte die Musikantin bloß noch, und als der Klang, der ihr
dabei, wie es bei geschlossenen Lippen anatomisch der Fall ist,
hauptsächlich aus der Nase gedrungen war, jäh verstummte,
ruckte das Banjo nach unten, sie drückte es sich weiterspie-
lend gegen den Unterleib, und obwohl mir die Ausbeulung
ihrer Bluse erschreckend unbezweifelbar verriet, was darüber
nach vorne drängte und nach unten plumpsen wollte, gelangen ihr eine Serie letzter, besonders heftig angerissener, aber
von dieser Wölbung bereits gedämpfter, erstaunlich weich aus-
schwingender Töne.

Damals war es noch naheliegend, in einem solchen Fall umgehend die drei Ziffern des allgemeinen Notrufs in das Mobiltelefon zu tippen, den Ort des Vorfalls anzugeben, diesen in
scheuem Euphemismus einen Kreislaufzusammenbruch oder
einen Herzinfarkt zu nennen und dann das Eintreffen der Ret-
tungssanitäter abzuwarten. Im Fall der Banjospielerin waren
die Einsatzkräfte rasant schnell zur Stelle. Ein junger Notarzt,
der als Erster aus dem Wagen sprang, sank vor der Musikantin

in die Hocke und betrachtete verwundert, noch ohne sie anzurühren, die Haltung, die ihr Körper eingenommen hatte.

Mittlerweile erstaunt wohl niemanden mehr, dass ein Herzsturztoter sitzend, nach vorne gesackt oder rückwärtig angelehnt, seine finale Ruhelage findet, fast so, als wäre es ihm in einer allerletzten Scham noch darum gegangen, ein horizontales Hingestrecktsein zu vermeiden.

Die Musikantin hatte ihr Herzfall in ein breitbeiniges Hinknien gezwungen. Das Kinn war ihr auf die Brust gesunken. Und kaum dass der Notarzt das Instrument vorsichtig zur Seite hob, erklang jenes gar nicht so leise, deutlich seufzende Geräusch, das fast immer zu hören ist, wenn das durch einen hindernden Umstand zurückgehaltene Organ erst verzögert in jene Endlage am unteren Ende des Rumpfes hinabsackt, wo es den unmittelbaren Kontakt mit seiner Austrittsöffnung verlieren darf.

Eine gute Stunde später klingelte ich an der Tür, welche den Namen meines verstorbenen Kollegen und den seiner Lebensgefährtin trug. Das chic renovierte Altstadthäuschen beherbergte eine Praxis für Chinesische Medizin, und die Frau, die mir öffnete, trug zu Bluse und Rock einen weißen Kittel, der einem, auch lässig aufgeknöpft, signalisierte, dass man es mit einer Ärztin zu tun hatte. Ich folgte ihr in einen Raum, dessen Möblierung nicht eindeutig preisgab, ob es sich um ein Behandlungs- oder um ein privates Arbeitszimmer handelte. Tee stand bereit. Sie fragte mich, ob die Anreise angenehm verlaufen sei, und ich kam nicht umhin, ihr von meinem Erlebnis in der Fußgängerzone zu berichten.

Sie hörte aufmerksam zu, fragte jedoch nicht weiter nach,

ließ es bei einem mehrmaligen Nicken bewenden und sprach mir dann ganz förmlich mit den bei Todesfällen üblichen Worten ihr Beileid aus. Sie merkte, wie sehr mich dies wunderte, und erklärte mir umgehend, genau hieran müssten wir uns nun gewöhnen: Wer Augenzeuge eines Herzsturzes werde, sei ab sofort als ein Angehöriger eigenen Rangs zu betrachten und habe, dies dürfte zügig zu allgemeinem Usus werden, Anspruch auf die rituelle Bekundung von Mitempfinden. Ob ich, zumindest ein wenig, mit der besonderen Historiographie der asiatischen Medizinsysteme vertraut sei?

Da dem nicht so war, ergriff sie die Gelegenheit, mir einiges zu erzählen, und ich hatte, Tee trinkend und zuhörend, Muße, sie dabei zu beobachten. Schon nach wenigen Sätzen stellte sie ihre Tasse ab und erhob sich, um sprechend hin und her zu gehen. Das Dozieren stand ihr, und da ich mich von eloquenten Frauen schon immer gern belehren habe lassen, gefiel es mir, von Entwicklungen und Zusammenhängen zu hören, die mir zuvor unbekannt gewesen waren.

Worauf die Witwe meines Kollegen hinauswollte, blieb mir jedoch lange dunkel. Was sie aus der Geschichte der chinesischen und japanischen und schließlich sogar der koreanischen und vietnamesischen Heilkunst zu berichten wusste, ließ sich zwar mit der Gewalt, zu der unsere Phantasie fähig ist, in die eine oder andere periphere Verbindung zu dem zwingen, was der Herzsturz uns mittlerweile bedeutete, aber ein wirklich luzider Kurzschluss wollte sich nicht einstellen. Erst als sie auf das sogenannte epidemische Dilemma zu sprechen kam, wurde ich hellhörig.

Im Unterschied zur abendländischen Medizin existiere

in der fernöstlichen Welt der Heilung keinerlei Erklärung für das Phänomen der massenhaften Erkrankung, keine Theorie der Ansteckung und damit auch keine schlüssige Erzählung von den großen tödlichen Seuchen. Umso größer sei hingegen die Furcht vor einem individuellen Verschulden. Auch magischen Einflüssen, dem Wirken von Hexerei und dämonischen Mächten, werde weiterhin – und gerade jetzt wieder! – große Wahrscheinlichkeit eingeräumt. Ob ich den Herzsturz für das Finale einer Infektion und das Gesamtphänomen für eine virale oder bakterielle Pandemie hielte? Ihr verstorbener Lebensgefährte, mein Kollege, wäre, so er noch Gelegenheit zu einem diesbezüglichen Grübeln und Räsonieren bekommen hätte, bestimmt schnell zum Anhänger einer derartigen These geworden. Ach, er sei übrigens, was ich womöglich gar nicht wisse, ein leidenschaftlicher, wiewohl nicht völlig neidfreier Bewunderer meiner Prosa gewesen.

In der Fußgängerzone waren mir einige Passanten aufgefallen, die einen Mundschutz trugen. Während der gesamten Herfahrt hatte mir im Großraumwagen eine junge Frau gegenübergesessen, die Nase und Lippen permanent hinter einem Viereck aus weißem Zellstoff verbarg. Selbst wäre ich nie auf eine solche Verhütungsmaßnahme gekommen. Schließlich war der Herzsturz auf allen Kontinenten gleichzeitig aufgetreten, und für Gebiete, die nur wenig durch Warenverkehr oder Tourismus mit der Restwelt verbunden sind, ist mittlerweile die gleiche prozentuale Todesrate belegt wie für die globalen Ballungszentren, in denen sich eine zwischenmenschliche Ansteckung durch Husten, Niesen oder Hautkontakt weit schneller hätte verbreiten müssen.

Dass mein verstorbener Kollege meine Texte geschätzt hatte, war mir in der Tat nicht bekannt gewesen. Und dass mir dies nun von seiner Witwe verraten worden war, rührte mich, gerade weil es ihr so glaubhaft beiläufig über die Lippen gekommen war. Ich selbst hatte in umgekehrter Richtung eine abergläubische Missgunst empfunden. Unsere gemeinsame Heimatstadt schien mir nicht groß genug, um zwei erstklassige Erzähler zur gleichen Zeit hervorgebracht zu haben. Einer von uns musste der schwächere Schriftsteller sein, ja schlimmer noch, vielleicht sogar eine Art poetischer Hochstapler, und das wenige, was mir aus der Feder des Toten vor Augen gekommen war, ließ mich mulmig vermuten, dass sein Werk nicht zwingend das zweitrangige war.

Die Zeit verging, und meine Gesprächspartnerin hatte sich im gleitenden Wechsel weniger Stunden in meine Gastgeberin verwandelt. Sie lud mich ein, mit ihr zu Abend zu essen. Bald saßen wir in ihrer Küche und ich durfte mir bei niederen Vorarbeiten, beim Raspeln einer Ingwerwurzel oder beim Würfeln einer Scheibe Tofu, auf eine angenehm schlichte Weise nützlich vorkommen.

Seit der Herzsturz in jeder Nische unseres gemeinsamen Alltags Gestalt werden kann, suchen wir, weil wir Regeln und mit diesen ihre Ausnahmen lieben, nach Umständen, in denen seine Frequenz auffällig hoch beziehungsweise markant niedrig ist. Schnell kam der Aberglaube auf, dass es eine rettende Vorbeugung bedeute, den oberen Bereich unseres Verdauungstrakts, also Speiseröhre, Kehlkopf und Mundmuskulatur, in Bewegung zu halten. In einem fort Nüsse zu knabbern oder möglichst permanent einen Kaugummi zu kauen bremse jenes fatal unwiderstehliche Nach-außen-Drängen, während es von einer längeren oralen Abstinenz, von einem Verzicht auf das Hinunterschlucken von Festem oder Flüssigem, begünstigt werde. Befangen in irgendeine Einverleibung, und handle es sich nur um das engtaktige Verschlucken des eigenen Speichels, sei man hingegen fürs Erste auf der sicheren Seite.

Als wir beim Abendessen saßen, hatte ich den letzten Zug, der mich an diesem Tag noch zurück in die Hauptstadt gebracht hätte, bereits verpasst. Ich fragte nach einem empfehlenswerten Hotel, aber die Witwe meines verstorbenen Kollegen bot mir stattdessen sein verwaistes Bett – sie sagte: seine Schlafkammer! – zur Übernachtung an, und rückblickend wundert mich, wie naheliegend und in keiner Weise anstößig mir diese Offerte erschien. Ich nahm an. Wir tranken reichlich chinesisches Bier zusammen. Und gegen Mitternacht lag ich, angenehm trunken, auf dem Futon und auf dem mit Getreidekörnern gefüllten Kopfkissen eines Toten.

Während des Abendessens hatte ich auch erfahren, welche Erfahrungen meine Gastgeberin in der fraglichen Sache mittlerweile gemacht hatte. Ihre bislang einzige Herzsturzbeiwohnung lag erst eine Handvoll Tage zurück. Die Reinigungskraft, die einmal pro Woche in Praxis und Wohnung für basale Sauberkeit gesorgt hatte, sei nach getaner Arbeit mit ihr auf die übliche Abschlusstasse Kaffee zusammengesessen. Als ihre Zugehfrau die Tasse zum Mund führen wollte, als deren Porzellanrand nur noch einen Fingerbreit von den bereits gespitzten Lippen entfernt gewesen war, habe die Hand in der Bewegung innegehalten, fast so, als käme ein Filmfluss in einem Standbild zur Ruhe. Und ihr, der hilflosen Ärztin, sei nur noch gelungen, die Tasse zu retten, deren Henkel dem erschlaffenden Griff zu entgleiten begann. Zum Glück habe sie bereits für morgen einen Ersatz, eine hoffentlich ähnlich verlässliche Reinigungskraft, gefunden.

Ich sprach ihr, so wie sie es mir vorgemacht und als angemessen nahegelegt hatte, mein Beileid aus. Wir ließen sogar die Biergläser gegeneinanderklacken. Und vielleicht dachten sie und ich im Stillen, die Umstände garantierten uns beiden nun jeweils eine gewisse Herzsturzpause, ja, wir hätten uns eine solche durch unser getreues Berichten verdient. Ich schlief schnell ein. Ich schlief, bekleidet mit einem Pyjama meines verstorbenen Kollegen, so fest und lang, wie es mir seit dem Anheben meiner Herzsturzzeit, seit dem fraglichen Abend in der Akademie der Künste, nicht mehr gelungen war.

Im Vormittagslicht weckte mich ein anhaltendes Summen, nicht sehr laut, aber doch laut genug, um ein Weiterschlummern zu verhindern. Ich schwenkte die Füße von meiner Liegestatt und verstand, dass das Geräusch von einem Staubsauger herrühren musste. Allerdings fehlten jene minimalen Tonhöhenschwankungen und die schabenden Nebengeräusche, die entstehen, wenn der Saugfuß eines solchen Geräts hin und her bewegt wird und ihm sein Korpus ruckweise folgt.

Als ich die Tür auf den Gang öffnete, der Privaträume und Praxis verband, sah ich den Staubsauger auf dem Teppichboden stehen und, mit demselben Hinschauen, beide Frauen: die Lebende wie die Tote. Beide wandten mir den Rücken zu, beide knieten, beiden waren die Unterseiten der Oberschenkel auf die Waden gesunken, und nur daran, dass die Witwe meines Kollegen den Kopf vor das nach vorne gesunkene Gesicht ihrer

95

neuen Zugehfrau gedreht hielt, durfte ich erkennen, dass sie nicht das Opfer, sondern wiederum die Zeugin eines Herzsturzes geworden war. Ich zog den Stecker des Staubsaugerkabels aus der Wand, ich räusperte mich und sprach ihr, so pietätvoll mir dies, barfuß und bloß einschichtig bekleidet, möglich war, mein Beileid aus.

In den folgenden Stunden versuchte ich vergeblich, meine Heimatstadt zu verlassen. Die Fahrkarte, die ich mir an einem Automaten ausdruckte, hätte es mir stündlich erlaubt, Richtung Hauptstadt aufzubrechen. Aber es gelang mir nicht, einen der Züge zu besteigen. Die Welt war mir binnen eines Tages zu weit geworden. Und als wieder einer, dessen Tür sich vor meiner Nase in ihre Rahmung geschoben hatte, ausgefahren war, sah ich über die leeren Schienen hinweg, dass auf dem Bahnsteig gegenüber ein Dutzend Menschen einen Mann umringten, der auf dem geteerten Grund, halb knieend, halb sitzend, eine Haltung einnahm, die mir mittlerweile gut vertraut war.

So geht es seinen Gang. Geflissentlich versuche ich mich auf dem Laufenden zu halten. Hier, in den wenigen verkehrsberuhigten Straßen zwischen Bahnhof und Altstadt ragt die regionale Tageszeitung oft genug in einer Verfassung aus den Abfallkörben, die ich, ohne zu übertreiben, als nahezu unversehrt bezeichnen kann. Auch eine gut erhaltene Ausgabe vom Vortag ist mir recht. Mit der gebotenen Sorgfalt lese ich alles, was unmittelbar von aktuellen Herzfallereignissen berichtet, und mein geschärftes Gespür findet mittlerweile auch in vordergründig herzsturzfreien Artikeln, zum Beispiel im Sportteil und sogar in den Anzeigen, Hinweise, die seine Allgegenwart mehr oder minder verhohlen belegen.

Ich bin nur noch zu Fuß unterwegs. Die Abende sehen mich auf Märschen an die Peripherie der Stadt. Irgendwann nach Mitternacht mache ich kehrt, um eine gute Handvoll Stunden später in einer Bäckereikettenfiliale des Zentrums meine beiden Frühstückscroissants zu verzehren. Untertags bevorzuge ich für meine kleinen Nickerchen im Sitzen Bänke ohne Lehne, ich nehme meinen Rucksack auf den Schoß, krümme den Rücken, und das Kinn sinkt mir auf die Brust. Ich achte auf saubere Kleidung, auch der Bart, den ich mittlerweile trage, ist gepflegt. Aber ich weiß, dass es nicht mein Äußeres, sondern vor allem die eingenommene Haltung, die Form meines Dasitzens ist, welche verhindert, dass die einschlägigen Ordnungskräfte meinen öffentlichen Schlummer stören.

Der Sommer lässt sich Zeit. Das Werk meines verstorbenen Kollegen ist umfangreicher als gedacht. Doch bald werde ich alles mit der erforderlichen Hingabe zum zweiten Mal gelesen haben. An der Qualität kann nicht der geringste Zweifel bestehen. Irgendwann wird unsere Heimatstadt stolz darauf sein, dass ihr ein solcher Erzähler entsprungen ist. Auch um diesen Moment verspäteter Wertschätzung nicht zu verpassen, werde ich weiterhin sorgfältig die hiesige Zeitung studieren. Gestern habe ich seine Witwe wiedergesehen. Sie verließ die Stadtbibliothek, gerade als ich das Gebäude ansteuerte, um mich dort erneut in die Schriften ihres Lebensgefährten zu versenken. Aber obschon sie gar nicht so kurz in meine Richtung blickte, schien sie mich nicht zu erkennen oder erkennen zu wollen.

An meinem ersten Herzsturzabend, damals in der hauptstädtischen Akademie, war es, noch vor Beginn der Veranstaltung, nach einem kurzen Vorgespräch zu fünft, dazu gekom-

97

men, dass er und ich alleine beieinanderstanden. Ich fühlte mich unbehaglich und hatte den Eindruck, dass es ihm ähnlich erging. Und während ich stumm verstockte, fiel er in ein nervöses Räsonieren rund um das Thema der anstehenden Veranstaltung, und ich bemerkte, dass unser gemeinsames Herkunftsidiom, der Dialekt unserer Heimatstadt, begonnen hatte, die Klanggestalt seiner Sätze zu überformen. Mit einem Mal fühlte ich mich genötigt, ihm Contra zu geben, und unterbrach sein Reden damit, dass ich sein Hemd für dessen extravagante Farbe lobte. Und anstatt einfach zu fragen, wie er diese denn nennen würde, schwadronierte ich nun selber drauflos, als müsste ich ihm und mir beweisen, dass mir als Wortkünstler zumindest genügend Fehlbezeichnungen einfielen.

In der Rückschau ist mir dies nicht wenig peinlich, aber zumindest vollzog es sich zeugenlos. Und genau betrachtet war unser Beisammenstehen samt dem unbeholfenen Zwiegespräch genau die Spanne, in der wir uns auf eine kollegiale und zugleich landsmannschaftliche Weise nahekamen.

Hier nun, in der schönen und modernen Stadtbibliothek von A., liegt mein Leseplatz so, dass mich die Aufsichtskraft, eine Frau meines Alters, in ihrem Blickfeld hat. Sie muss nur den Kopf heben und zwischen den beiden Flachbildschirmen, an denen sie in einem lässig selbstverständlichen Wechsel arbeitet, zu mir herüberschauen. Längst bin ich ihr bekannt. Meinem Kommen und Platznehmen schenkt sie, wenn ich mir den Stuhl zurechtrücke und dabei zu ihr hinsehe, ein Nicken, das ich wohl als eine diskret freundliche Begrüßung verstehen darf.

Wie gesagt: Ich achte auf mein Äußeres. Bislang kann man

mir mein Vagabundentum nicht ansehen. Auch wenn ich obdachlos bin, unterwegs auf den Straßen meiner Heimatstadt, wird es mir bestimmt noch eine Weile gelingen, wie ein irgendwie wohnhaft Hiesiger zu wirken. Es ist, zugegeben, nicht ganz frei von Eitelkeit, dass ich mir regelmäßig ein neues Hemd leiste, welches durch Schnitt, Farbe oder Muster eine gewisse Ausgefallenheit besitzt und folglich ins Auge stechen muss. Aber ich wage zu behaupten, dass ich mir hiermit vor allem selbst und allenfalls noch meiner Bibliothekarin gefallen will. Über ein Werk meines Kollegen gebeugt, betaste ich gerne meinen linken Brustmuskel, und wenn ich mich für eine kleine Lesepause zurücklehne, verschränken sich meine Finger dort, wo unter Hemd und Haut die untersten Rippenbögen zusammenlaufen.

Da ich der regionalen wie der überregionalen Berichterstattung vertraue, darf ich davon ausgehen, dass die Dinge weltweit weiterhin so liegen, wie sie eben liegen. Und immer, wenn ich mich im Stillen mit meinem verstorbenen Kollegen über den journalistisch hervorgehobenen Herzsturz eines Prominenten unterhalte, kommt es nach einigem Hin und Her dazu, dass wir beide das globale Gesamtphänomen für einen Geniestreich, für einen erneut meisterlich originellen Kunstgriff des sogenannten Lebens halten.

Dieses Einverständnis ist nicht frei von Koketterie. Und um es nicht bei allzu wohlfeiler Harmonie bewenden zu lassen, stellen wir unsere Erfahrungen erneut kontrastierend gegeneinander. Er fragt mich mit investigativer Strenge, ob es dereinst auf dem hauptstädtischen Podium nicht doch ein bislang ungenanntes Detail zu beobachten gegeben habe. Ich meinerseits mag ihm weiterhin nicht recht glauben, dass sich sein inwendiges Empfinden damals kaum von einem Magendrücken nach einer überreichlichen Mahlzeit unterschieden habe. Und siehe da: Plötzlich glaubt er sich zu entsinnen, dass ganz zuletzt ein helles Brennen, mittig hinter dem Brustbein, wahrzunehmen gewesen sei.

So rundet sich unsere Zeit. Lesemüde und wortlahm geworden, schweift mein Blick über die bunt gefüllten Regale. Mein Landsmann und Kollege schweigt. Ich hoffe, dass ich ihn eben, als ihm der Brustschmerz in Erinnerung kam, mit meinem «Na, immerhin!» nicht gekränkt habe. Er ist eigentlich nicht kleinlich. Er hat, das beweisen seine Texte zur Genüge, sogar eine Menge Humor. Und ich bin mir wahrlich nicht sicher, ob ich ihm in dieser wichtigen Hinsicht, schriftlich wie mündlich, Paroli bieten kann. Ach, wenn ich mir einen bezeugenden Beobachter für meinen eigenen Herzsturz wünschen dürfte, ich wüsste mir keinen besseren Berichterstatter als ihn.

Ich höre ihn lachen. Ich habe natürlich gehofft, dass er ebendiese Vorstellung, diesen imaginären Tausch der Perspektiven, witzig finden würde. Gemeinsam schauen wir uns um. Der Platz der Aufsichtsführenden ist verwaist. Vermutlich nimmt sie eine Pause wahr, die ihr als Bibliothekarin tarifvertraglich zusteht. Weit und breit kein anderer Mensch. Das Gehäuse scheint leer. Aber jeder seiner Winkel zwinkert uns zu, als wäre der Tempel – just jetzt! – unvergänglich.

DER GANZE ROMAN!

Er war bloß ein nebulös entfernter Verwandter gewesen, ein Onkel zweiten Grades, den ich in meiner Kindheit nur wenige Male vor Augen bekommen hatte. Kurz spielte ich mit dem Gedanken, das Erbe, das mir behördlich angetragen wurde, auszuschlagen. Aber dann erwies sich, dass die Hinterlassenschaft aus nicht viel mehr als einem älteren Wohnmobil bestand. Kein nennenswertes Vermögen, keine Wohnung, die aufzulösen gewesen wäre, überhaupt keine postmortalen Komplikationen irgendwelcher Art. Kremierung und Urnenbestattung hatte mein Anverwandter beizeiten im Voraus geregelt.

Als ich das fragliche Fahrzeug abholte, staunte ich darüber, mit wie wenig Kleidung, Geschirr und sonstigem Zeug er zuletzt ausgekommen war. Sogar das fast armlange Klappfach im Armaturenbrett war bis auf einen einsamen Gegenstand, ein umschlagloses, vom Licht der Wegstrecken gebräuntes Taschenbuch, leer. Ich fuhr auf die Autobahn, und wie ich das erste Mal Pause machte, nahm ich den Handschuhfachfund, das einzige Schriftwerk, das mir hinterlassen worden war, mit in das Restaurant der Raststätte.

Bei Kaffee und Kuchen begann ich zu lesen. Ich las mich fest. Ich lese noch immer. Wie großartig, dass es nahezu unmöglich ist, einen Roman nicht für einen Roman zu halten, obwohl ihm in diesem Fall sein Umschlag fehlt, obschon ihm die ersten und die letzten Blätter, also Anfang und Ende und damit wesentliche Glieder seines Erzählkörpers, verlorengegangen sind. Dieser Roman bleibt Roman, selbst wenn mir Titel und Verfasser für immer unbekannt bleiben sollten.

Leichthin steht seine beschädigte Gänze für das Ganze ein. Sein Torso hält, was das Genre verspricht. Und an den äußeren Rändern der Zeilen triumphieren die bleistiftblassen Ausrufezeichen meines Onkels zweiten Grades über jenen primären Kram der Welt, der Ganzheit behauptet, obgleich er allenfalls, obschon er, besten- wie schlimmstenfalls, verhängnisvoll vollständig zu sein vermag.

HONIG

ALLWURZLER

Ich bin kein Fachmann mehr. Auf dem Forschungsfeld, das beinahe ein ganzes Berufsleben lang das meine war, genügten zuletzt zwölf Monate Abstinenz, um den Anschluss zu verlieren. Volle vier müßiggängerische Jährchen ist es mittlerweile her, dass der Kenner und Könner, der ich war, in einen nicht ganz freiwilligen vorzeitigen Ruhestand trat. Von einem Tag auf den anderen hat meine Brust keinen Schnapper Laborluft mehr inhaliert, meine Hände waren ihr allerletztes Mal in Latex geschlüpft, meine Augen sollten keine einzige weitere Ziffer von den einschlägigen Bildschirmen schlürfen.

Restlos trocken, ganz sauber bin ich dennoch nicht. Es hat sich virulente Substanz abgelagert, halblebendiges, selbsttätig weitergärendes Bescheidwissen. Dazu die fatale Unterschwingung der einstigen Emsigkeit: Sehnsucht nach jenem Neuigkeitsgefühl, das uns an bestimmten Tagen im funktionalen Dickicht, im schlauen Verhau unserer Geräte als ein kollektiver Höhenrausch befallen konnte. Keine Sorge, ich will Sie nicht mit Beispielen traktieren. Es wäre vergebliche Müh. Sie würden allenfalls rudimentär verstehen, was auf meinem ehemaligen Tätigkeitsgebiet, damals im Institut in Hamburg, als vielversprechendes Zwischenergebnis, als ein euphorisierender Etappensieg galt und gewiss weiterhin gilt.

Hier, am Strand von Sempre Verde, dem grünsten Küstenstreifen Kaliforniens, spiele ich, wenn nötig, eine gezinkte Karte aus. Den Amis, mit denen ich beim Erwerb eines vegetarischen Burgers oder einer zuckerlosen Cola ins Gespräch komme, erzähle ich, falls nach meiner einstigen Berufstätigkeit gefragt wird, ich sei Wissenschaftsjournalist gewesen. Das klappt vorzüglich. Gerade das Populäre, das in die allgemeine Fasslichkeit Vermittelnde, wie es in «science writer» mitschwingt, macht lustigerweise jedes weitere Nachhaken überflüssig. Den professionellen Tausendsassa, der nichts genau kennt, aber alles mutwillig anpacken und trügerisch verständlich zurechtmodeln kann, belästigt man nicht mit Fragen nach dem diffizil Speziellen.

Allein Jesabel erkundigte sich, als wir, gebeugt über ein seltsames Stück Strandgut, miteinander bekannt geworden und in ein flüssiges Plaudern geraten waren, ob ich in meinen journalistischen Jahren gelegentlich auch über die ihres Erachtens zu wenig beachtete Flora des Meeres geschrieben hätte. Sie selbst habe vor kurzem noch Biologie an einer Highschool in Alaska unterrichtet, und im zyklischen Strömen der Stoffvermittlung sei sie zu der festen Überzeugung gelangt, dass gerade die leider schulisch so gut nie wie behandelten maritimen Pflanzen besonders reizvolle Erzählgegenstände abgeben könnten.

Jesabel war barfuß, und nicht bloß ihre Zehen gefielen mir sofort. Inzwischen weiß ich, dass sie in ihrer Jugend zu den Pionierinnen des amerikanischen Frauenfußballs gehörte, fast zwei Jahrzehnte in diversen Auswahlmannschaften kickte und zuletzt noch die Soccer-Mädchenmannschaft ihrer Schule trainiert hat. Davon ist ihren unteren Extremitäten – sie stand in pludrig weiten Shorts vor mir – nichts Nachteiliges zurückgeblieben. Im Gegenteil: Hinreißend organisch, wie von Mutter Natur gemalt, war sogar die helle, sichelmondförmige Narbe auf ihrem linken Knie, vermutlich Erinnerung an eine sportbedingte Meniskusoperation, um die Außenseite des gebräunten Gelenks geschwungen.

Ich ahne, was Sie jetzt unwillkürlich mutmaßen. Aber glauben Sie mir, ich war, bin und bleibe wohl auch in Zukunft ein eher zurückhaltender Zeitgenosse. Mein Englisch allerdings ist gut, nicht auf mein einstiges Fachgebiet begrenzt, sondern durch literarische Lektüren elaboriert und – so hoffe ich wenigstens! – weitgehend frei von jenen affenhaften Anbiederungen, zu denen wir Deutsche dem Amerikanischen gegenüber neigen. Falls sich ein günstiger Gegenstand ergibt, gelingt es mir auch in meiner einzigen Fremdsprache einen zwischengeschlechtlichen Gedankenaustausch in Gang zu setzen und zwanglos am Leben zu erhalten.

Unser Strandfund war just hierfür wunderbar geeignet. Jesabel stieß ihn, schon während wir die ersten Sätze wechselten, mit dem linken großen Zeh, später mit dem gespannten Rist, schließlich mit der ganzen Breitseite des linken Fußes an. Jedes Mal spielerisch, aber zuletzt doch so sportlich kräftig, dass sich das kuriose Ding samt dem, was ihm entspross, über den kalifornischen Sand einmal um seine innere Achse zu mir her wälzte.

Sie und ich, das kam schnell heraus, waren beide keine richtigen Touristen. Mich hatte ein ehemaliger Kollege, der mir aus der europäischen Keimzeit seiner Karriere einiges verdankt, bereits zum dritten Mal eingeladen, sein Strandhaus zu nutzen. Jesabel ist sogar gebürtige Kalifornierin. Die Liebe habe sie dereinst nach Alaska verschlagen, die Ehe dort festgehalten und jetzt, kinderlos verwitwet und aus dem Schuldienst entlassen, spiele sie mit dem Gedanken, dauerhaft an den südlichen Pazifik zurückzukehren. Zurzeit sei sie quasi auf Probe hier, wohne bei einem Cousin, auf welchen ich, kaum war er erwähnt, eine rätselhaft heftige Eifersucht empfand.

Jesabel hatte wohl etwas hiervon gespürt, denn sie schob ein Weilchen später, klug verzögert und lässig freimütig, nach, dass ihr Cousin zu hundert Prozent, sie sagte «tausend Promill», schwul sei. Sie müsse uns demnächst bei Gelegenheit bekannt machen. Bestimmt fänden wir, Godfrey und ich, uns auf Anhieb sympathisch.

Als ich mir unseren Fund unter den Arm klemmte, zog sie im Scherz eine grimmige Schnute. Als zeitgleiche Entdeckerin beanspruche sie die Hälfte des Strandguts. Oben oder unten? Sie würde die obere, die vegetative Hälfte vorziehen. Ich dürfe den Topf behalten. Ob wir uns, noch an Ort und Stelle, hierauf einigen könnten?

Ich schlug vor, diese wirklich heikle Streitfrage lieber bei einem gemeinsamen Essen zu erörtern. Da ich Ausländer sei, müssten nicht nur die einschlägigen kalifornischen Gesetze, sondern womöglich auch das internationale Seerecht berücksichtigt werden. Behutsames Verhandeln, diplomatisches Fingerspitzengefühl und Kompromissbereitschaft täten nun not, sonst kämen wir beide, warnte ich Jesabel, womöglich nicht um die Hinzuziehung sündteurer Spezialanwälte herum.

Es wurde, falls sich dergleichen in reizvoll beschwingten Momenten, in Köstlichkeitsquanten, messen lässt, der längste Lunch meines Lebens. Wenn mich nicht alles trügt, sprach ich das beste Englisch, das mir je über die Lippen gekommen ist. Unser merkwürdiger Strandfund, dem wir im zarten Zuwuchs der geschlechtlichen Geneigtheit mehr und mehr verdankten, stand auf dem Tisch. Der Kellner hatte ihm diskret einen Teller untergeschoben.

Während des Essens kratzte Jesabel, zuhörend oder erzählend, mit dem Zeigefingernagel, einmal sogar mit der Gabel über das von Salzwasser und Sonnenbestrahlung stark angegriffene Plastik des Behälters. Was diesem knapp handhoch entspross, schien mir gummibaumartig, allerdings ledrig verwittert und, abgesehen von einem hauchzarten grünlichen Schimmer, fast knochenweiß ausgeblichen. Auch ohne besondere technische Hilfsmittel, mit einem einzigen Querschnitt, hätte ich verifizieren können, ob es sich überhaupt um eine echte, abgestorbene oder noch stoffwechselnde Pflanze handelte. Aber unser Tischgespräch ging andere Wege. Wir amüsierten uns, wir lachten über Gott und die Welt, wir bekamen nicht genug voneinander. Wir verabredeten uns zu einem zweiten Strandspaziergang.

Der Fund, dem wir unser Kennenlernen und vielleicht ein Stück weit sogar das schnelle Zutrauen ineinander verdankten, landete irgendwann nach Mitternacht auf dem Geländer meiner Veranda. Wer am Morgen vom Wasser herüberblickte, musste das Objekt für einen banalen Blumentopf halten. Allenfalls konnte sich der eine oder andere etwas dichter Vorbeiwandernde kurz darüber wundern, dass Pflanze und Gefäß durchgehend monochrom, von oben bis unten grünstichig weiß waren. Mir war das Ding, als ich es angeschwemmt daliegen gesehen hatte, auf den ersten, schon unwillkürlich deutenden Blick wie ein Dekorationsartikel, wie die aus Kunststoff gegossene Nachbildung einer gängigen, auf tausendundeiner Fensterbank wohnhaften Zimmerpflanze vorgekommen.

*

Ohne prahlen zu wollen: Jeder, dem ich spärlich bekleidet vor Augen komme, wird mir zugestehen müssen, dass ich für mein Alter nicht übel in Form bin. Zuhause in Hamburg steige ich vor dem Frühstück auf ein Trockenrudergerät. Für meine kalifornischen Tage hatte ich mir aus dem Internet ein kleines Gymnastikprogramm gelenkschonender, aber dennoch rasant schweißtreibender Übungen zusammengestellt. Untrainiert hätte ich bei unserem Wiedersehen irgendwann Mühe gehabt, mit Jesabel Schritt zu halten. Sie liebt es, im knöchelhohen Wasser militärisch flott auszuschreiten. Wir hatten schon annähernd zwei Meilen in den Waden, als sie mir verriet, dass sie mir das Haus ihres Cousins zeigen wolle. Ein halbes Stündchen noch. Ob wir langsamer gehen sollten?

Mir dämmerte, dass sie den ganzen Weg zwischen ihrem momentanen Domizil und unserem Treffpunkt gerade zum zweiten Mal zurücklegte, und ich war heilfroh, mir vor dieser famos fitten Strandgängerin in Sachen Kondition keine männliche Blöße geben zu müssen.

Zu meiner Überraschung war mir dann das Haus ihres Cousins nicht unbekannt. In einem Bildband, der in meinen häuslichen Regalen bei anderen architekturgeschichtlichen Werken steht, finden sich, wenn mich nicht alles täuscht, zwei oder drei Fotos des kuriosen Bauwerks. Als wir vom Strand aus hinüberblickten, flirrte es wie eine gewaltige gläserne Linse im kalifornischen Licht. Unter Einwirkung einer jener halluzinogenen Drogen, die man in meiner Jugend mit kalifornischer Lebensart verband, oder mit jenem Überschuss Phantasie, den auskeimende Verliebtheit zwangsläufig generiert, muss man wohl unweigerlich an ein gelandetes Ufo denken.

Bei näherer Betrachtung erweist sich das Gebäude allerdings als aus Allzumenschlichem errichtet. In seine Fassade sind bestimmt einige tausend leerer Glasflaschen eingemörtelt. Jesabel erklärte mir, Godfrey habe das Haus einst radikal konsequent aus zivilisatorischem Abfall errichtet und sei diesem puristischen Prinzip auch bei den Erweiterungs- und Umbaumaßnahmen der Folgezeit treu geblieben: Altglas, Altmetall, Altplastik! Selbst das verwendete Holz stamme durchweg aus dem Abbruch anderer Gebäude.

Drinnen wurde dann nichts aus dem geplanten Plausch zu dritt. Godfrey hatte Besuch bekommen. Es schien sich um eine Art Delegation zu handeln. Durch eine Glastür blickten wir in einen Konferenzraum. Ein Dutzend ähnlich gekleideter Männer und Frauen standen um einen großen ovalen Tisch, offenbar sollte gleich eine Sitzung beginnen. Jesabels Cousin kam immerhin kurz heraus, um mir die Hand zu schütteln. Er trug zu einem hellgrünen Batikhemd eine lange Pluderhose aus sonnengelb gefärbtem Leinen. Als er sich wieder abwandte, fiel mir auf, wie komisch weit dieses Kleidungsstück am Po abstand. Und mit einem letzten Blick in den kleinen Versammlungssaal glaubte ich zu erkennen, dass sich auch bei einigen der dort Wartenden das Gesäß arg auffällig nach hinten rundete, als trügen sie eine Art Zierpolster unter den orientalisch weiten und durchweg leuchtend sonnenfarbenen Beinkleidern.

Jesabel bat mich auf einen Eistee in einen wunderbar schattigen Innenhof. Wir nahmen Platz auf einer putzig kleinen Hollywoodschaukel, so schmal, dass unsere nackten Knie aneinanderrührten, und Jesabel erläuterte mir, was da um uns grünte und blühte, was sich aufstrebend umschlang und spiralige Luftwurzeln auf unsere Köpfe senkte. Der Fachmann, der ich gewesen bin, hat sich eigentlich nie besonders für Pflanzen dieser Größe interessiert. Lieber sind mir stets Gewächse gewesen, die als manipulierbare Kultur in eine Petrischale passten. Und als sich meine professionelle Neugier dereinst doch erstmals einem Grünzeug zugewandt hatte, an dem sich Stängelchen und Blättlein erkennen ließen, war es mit meinem Forschen und Finden ruckzuck vorbei gewesen.

Jesabel schien alle Pflanzen ihres Cousins wie Personen zu kennen. Und als ich den Scherz riskierte, eigentlich müsste jeder Strauch, jede Kletterpflanze, jedwede Orchidee hier in diesem fast familiär verbundenen Biotop zur Gattungsbezeichnung auch einen individuellen Vornamen bekommen, meinte sie lachend, sie wolle über diesen romantischen, diesen bezaubernd deutschen Vorschlag nachdenken und sich mit ihrem Cousin beratschlagen. Godfrey sei allem Neuen, auch dem in neuer Gestalt wiederkehrenden Alten gegenüber, mehr als bloß aufgeschlossen.

Irgendwann im Verlauf unserer Unterhaltung über die Geschöpfe, die uns, lichtsaugend und stoffwechselnd, umgaben, geriet die Schaukel, ohne dass Jesabel oder ich uns merklich mit den Fußspitzen abgestoßen hätten, in ein sachtes Wiegen.

Die Gelenke des Freiluftmöbels quarrten ein wenig, und das Reibungsgeräusch erinnerte mich an das Gurren von Tauben, das ja durchaus, horcht man nur lang genug hin, wie mechanisch erzwungen klingen kann. Allmählich gelang es mir, aus dem zunächst fast betäubend homogenen Duft der Gewächse das eine oder andere Aroma herauszuriechen. Differenzierung ist mir wichtig: Gleichheit, Ähnlichkeit, Verschiedenheit! In dieser Hinsicht werde ich immer Wissenschaftler bleiben. Wir schaukelten, es quarrte, ich schnupperte, ich unterschied, ich ordnete zu, und allmählich wurde mir, ganz nebenbei, zur süßen Gewissheit, dass ich den Rückmarsch nicht allein antreten würde.

Obgleich es Ihren Ohren vulgär klingen muss, sollte ich nicht unerwähnt lassen, dass wir beide, bevor wir uns erneut an den Strand aufmachten, nacheinander, ich zuerst, dieselbe Toilette aufsuchten. Schließlich hatten wir jeweils zwei wirklich voluminöse Gläser Eistee geleert. Wie gar nicht anders zu erwarten, fand ich ein Trockenklo vor, das auf Knopfdruck, ohne einen einzigen Tropfen kalifornischen Süßwassers zu vergeuden, alles, was man ihm überantwortete, rein pneumatisch in sich sog. Von Jesabel wusste ich bereits, dass Godfrey den Phosphatbedarf seiner Gartenpflanzen ausschließlich hiermit deckt. Dergleichen ist ökologisch lobenswert; also nahm ich keinen Anstoß daran, meinen Teil beizutragen.

Allerdings irritierte mich das Fehlen einer Tür erheblich. Der Toilettenraum war nur durch einen aparten Vorhang, durch einige Dutzend neben- und hintereinandergereihter Perlenschnüre vom Flur getrennt. Das schmucke Gehänge sorgte zwar für Blickdichtheit, aber ich vermisste, ungewohnt hoch auf einem wuchtigen Altholzwürfel thronend, jenes Gefühl von Abgeschlossenheit, das ein verriegelbares Türblatt gewährt und auf das ich – gerade als Gast, gerade als Europäer! – Anspruch zu haben glaubte.

Als ich, aufgestanden, mit beiden Händen erneut in den mattglänzenden Vorhang griff, bemerkte ich, dass da recht große Naturperlen aufgefädelt waren. Und wie dann, nur diese eine Beobachtung später, auch meine Nase zwischen die unregelmäßigen linsen-, bohnen- oder blasenartig verformten Perlmuttkügelchen fuhr, stieß ich mit Jesabel zusammen. Bestimmt war sie eben erst von außen an den Vorhang getreten. Gewiss hatte ich ihre Schritte überhört, weil der Absaugmechanismus des Trockenklos ein beachtliches Röhren erzeugte. Auf der Schwelle von Godfreys Sanitärnische, an dieser für deutsche Verhältnisse wahrlich unorthodoxen Stelle, fanden meine Hände zum ersten Mal ganz kurz auf Jesabels Hüften. Und ihre Fingerkuppen tupften gegen meinen Bauch, bevor sie durch den hell klickernden Vorhang an meiner statt in den Phosphatspendebereich schlüpfte.

Die Wahrheit war längst überfällig. Also gestand ich Jesabel, während wir, Stunden später, im selben Restaurant wie am Vortag zu Abend aßen, dass ich nie Wissenschaftsjournalist gewesen sei. Ihr gegenüber hätte ich keinesfalls von dieser eingefleischten Schwindelei Gebrauch machen dürfen. Ich bäte sie in aller Form um Verzeihung.

Meine Entschuldigung wurde angenommen, und ich war darauf eingestellt, nun nachträglich eine wahrheitsgetreue Erklärung zu meiner einstigen Berufstätigkeit abzugeben. Jesabel meinte jedoch nur, nun habe sie in Sachen Schwindelei und

Eingeständnis jeweils etwas gut bei mir. Fürs Erste wolle sie bloß festhalten, dass sie ihrerseits tatsächlich – und zwar mit Leib und Seele! – Biologielehrerin gewesen sei.

Wie es denn eigentlich unserem Strandfund gehe? Die Eigentumsfrage sei weiterhin ungeklärt. Sie hoffe sehr, unser Streitobjekt sei wohlauf. Egal, welchem Gelderwerb ich in Deutschland nachgegangen sei, ich wüsste doch hoffentlich, worauf es bei Pflanzen ankomme? Licht, Wasser, Mineralstoffe! Botanische Grundkenntnisse gehörten schließlich zum Allgemeinwissen.

Nach dem Dessert würde sie mich nachhause bringen, um sich mit eigenen Augen davon zu überzeugen, ob auf meine Achtsamkeit Verlass gewesen und ich meiner Fürsorgepflicht nachgekommen sei. Licht, Wasser, Mineralstoffe. Auch Wärme in Maßen sei wichtig!

*

Als ich tags darauf ungewohnt spät erwachte, hatte ich, strahlend bunt und bestechend detailscharf, von meinem ehemaligen Labor geträumt. Das Institut, in dem ich Teamleiter gewesen war, befand sich, Träume lieben es, Räume zu verschmelzen, in Godfreys Recycling-Haus. Jene abertausend Flaschenböden, die ich gestern als Fassade bestaunt hatte, wandten ihre gläsernen Kreise nun nach innen, auf die Wände des Konferenzraums, durch dessen Tür ich die Besucher von Jesabels Cousin beobachtet hatte. Godfreys Gäste waren zu meinem einstigen Forschungsteam geworden, und im Grund der Flaschen befand sich, wie in besonderen Petrischalen, der Gegenstand unserer

Arbeit. Beschwingt ging ich umher. Ich erkannte Kollegen aus allen Jahrzehnten meiner Institutszeit und nickte ihnen aufmunternd zu. Lächelnd nickten sie zurück. Sie trugen ihre weißen Laborkittel offen über orientalisch kragenlosen Blusen und knallgelben Pluderhosen. Alle watschelten ein wenig. Fast jedem war der Kittel komisch über einen eklatant ausladenden Hintern nach oben gerutscht. Die durchgängige Gesäßbetontheit der Schlanken wie der Beleibten, der Kleinen wie der Hochgewachsenen stiftete eine anheimelnde, fast artspezifische Gestaltgemeinschaft.

Die Stimmung war grandios. Alle spürten, dass unsere Arbeit, dass unser Bemühen um unser Forschungsobjekt, um unser akutes vegetatives Gegenüber, vor einem phänomenalen Durchbruch stand. Ich begann nach Jesabel zu suchen, um die Vorlust des Erfolgs mit ihr zu teilen. Ich entdeckte ihren Cousin. Mit ausgebreiteten Armen stand Godfrey an der Wand, seine Fingerspitzen fuhren über die Glasböden, ganz offensichtlich quantifizierte er so, rein manuell, die Stoffwechselintensität der darin wachsenden Kulturen. Über die Schulter blickte er melancholisch, fast schmerzlich, plötzlich aber auch irgendwie spöttisch, ja mit einem Anflug von Hohn zu mir herüber. Und dann hauchte er unhörbar leise – ich las ihm das Wort von den Lippen ab –: «Allwurzler!», und ich erwachte so abrupt, als ginge es irgendeiner klandestinen Weckinstanz darum, just dieses Wort keinesfalls ins Vergessen entschlüpfen zu lassen.

Ich bin kein Fachmann mehr. Aber eine geistige Prägung, eine Formatierung des Denkens, ein Lenksystem meines Handelns, ist mir aus meinen fachmännischen Jahrzehnten geblieben: Ich richtete mich auf, ich stellte fest, dass ich allein im Bett lag. Ein Knistern in meinen Schläfen ließ mich schließen, dass ich mit Jesabel ungewohnt viel kalifornischen Rotwein getrunken haben musste. Eine allerletzte Erinnerung malte uns beide an den nächtlichen Strand. Wir liefen eng umschlungen, so schlafwandlerisch sicher, so animalisch vierfüßig, wie es vielleicht nur gleichermaßen prächtig Berauschte vermögen.

Ich begann nach Spuren zu fahnden. Beide Kopfkissen des Betts waren benutzt, aber das erhoffte Indiz, ein Haar Jesabels, ließ sich darauf nicht finden. Auch im Bad kein Hinweis. Auf dem Küchentisch fand sich ein Glas mit einem Rest Wasser, allerdings ohne den erhofften Schmierer jenes Lippenschutzstifts, dessen mattes Pink ich deutlich vor dem inneren Auge hatte. Sogar der Geschmack des Kosmetikums schien mir plötzlich erinnerlich, während der recht wahrscheinliche Vollzug eines Kusses meinem Entsinnen unerreichbar blieb.

Ich ging auf die Knie und sah unter jedes Möbel. Vor der Tür zur Veranda entdeckte ich ein zusammengeknülltes Papiertaschentuch. Ich verglich es mit denen, die ich benutzte. Sie unterschieden sich durch eine andere Prägung des Randes. Die Vorstellung, dass Jesabel, bevor sie über die Schwelle ins Morgengrau hinausschlich, tückisch verhalten in ebendieses weiße Quadrat geschnaubt hatte, klärte mir jählings den Kopf. Zum ersten Mal in den vier Jahren meines Müßiggangs trauerte ich dem verlorenen Zugriff auf die Apparate des Instituts nach. Im Nu hätte ich dort bestimmen lassen können, ob die Speichelspuren im Glas und das Quäntchen vertrockneten Nasenschleims von derselben Person stammten und ob diese weiblich war.

Ich trat auf die Veranda. Wie befürchtet, war das Geländer

leer. Unser Strandfund, den ich tags zuvor, obwohl ich nicht wusste, ob noch ein Restchen Leben in ihm war, in die Sonne gestellt und brav gegossen hatte, war verschwunden. Jesabel, die naturwissenschaftlich geschulte Pädagogin, Jesabel, deren wohlgeformte Füße bestimmt noch immer mit einem Ball umgehen konnten, Jesabel, die eine Schwindelei und ein Geständnis bei mir guthatte, Jesabel, ich ächzte vor Ärger, ich seufzte voll Sehnsucht, meine Strandfreundin Jesabel hatte sich als Diebin davongestohlen.

Letzte Woche, während ich im Flugzeug Richtung USA gesessen hatte, war mein kalifornischer Gastgeber zu einem Kongress nach Europa, nach Hamburg, in die Stadt meines einstigen beruflichen Wirkens gereist. Irgendwo über dem Atlantik müssen unsere Maschinen in den einschlägigen Korridoren aneinander vorbeigeflogen sein. Vielleicht sahen wir sogar den gleichen Spielfilm, aber wahrscheinlicher ist wohl, dass mein Freund noch an seinem Vortrag feilte. Er ist augenblicklich der Avantgardist, die kommende Koryphäe auf dem Gebiet, das ich einst als zukunftsträchtig erkannte. Und weil ich dieses Forschungsgelände töricht ungeduldig schon zwei, drei Jährchen, bevor seine Zeit unweigerlich kommen sollte, partout sofort als ein neues Hauptarbeitsfeld unseres Instituts etablieren wollte, brachte ich mich im lausigen Hickhack der Interessen, im Grabenkrieg der konkurrierenden Projekte selbst um meine Stellung und um das mögliche Hochplateau meiner Karriere.

Dass ich nun, von Jesabel beklaut und klammheimlich verlassen, noch einmal an diese hart vernarbte Stelle rührte, war einer alten, fast zur Tugend gewordenen Berufsgewohnheit, meinem pedantischen Nichtlockerlassen geschuldet. Ich hatte mir meine Lesebrille auf die Veranda geholt, um deren Geländer genauer zu untersuchen. Dort, wo unser Strandfund gestanden war, hatte das Gießwasser, durch die Bodenöffnung des Topfs sickernd, einen grauen Fleck auf dem weißlackierten Holz hinterlassen, der sich verdächtig rau anfühlte.

Ich brauchte ein Vergrößerungsgerät. Ich zog alle Küchenschubladen auf, durchsuchte auch den Schreibtisch meines Gastgebers erfolglos. Da fiel mir ein, dass seine Frau vor Scheidung und Trennung im Keller ein kleines, altmodisch analoges Fotolabor unterhalten hatte. Die Tür war verschlossen. Ich brach sie mit einem Schraubenzieher auf und wurde fast umgehend mit dem Fund einer exzellenten Lupe belohnt. Und nicht nur das. Was ich draußen auf der Veranda mit dem schärfsten Küchenmesser vom Geländer schabte, was sich dort – schon einen stolzen halben Millimeter tief! – in den harten Acryllack gegraben hatte, konnte ich mit Hilfe der obsoleten, aber wunderbar leicht handhabbaren fototechnischen Apparaturen noch einmal um ein Mehrfaches vergrößern und ins zweifelsfrei Sichtbare heben.

Forschen und Finden beflügelt. Unterscheiden und Gleichsetzen stärkt. Ähnlichkeit und Abweichung konstituieren den Kosmos. Den ganzen Tag war ich in meinem neuen, in meinem ersten kalifornischen Labor tätig. Ich aß nichts, aber ich nahm, hierzu riet mir meine operative Vernunft, viel Flüssigkeit zu mir. Und am Abend, nach einer fünften Kanne grünen Tees, fühlte ich mich gereinigt und gefestigt genug, die Verfolgung aufzunehmen.

Mein wiedererwachtes Gespür für die ökonomische Architektur experimenteller Abläufe hieß mich, auch äußerlich auf jeden unnötigen Ballast zu verzichten. Ich beschränkte mich auf zwei Kleidungsstücke, eine knielange Hose und ein besonders weit geschnittenes kurzärmliges Hemd, das ich während einer ersten ruheständlerischen Reise in Honolulu aus einer Laune heraus gekauft, aber wegen seines gewagten Blumenmusters bislang nie getragen hatte. Jetzt ging mir auf, warum ich es dennoch immer wieder auf Reisen mitgenommen hatte.

Jesabels Beispiel folgend, wollte ich den Weg erstmals barfüßig zurücklegen. Und weil meine kalifornische Freundin es mir so vorgemacht hatte, marschierte ich in knöchel-, bald sogar wadenhohem Wasser und genoss aus vollem Herzen, wie das Licht des sichelklingenschmalen Neumonds die hochspritzenden Tröpfchen ins Perlmuttweiße verklärte.

Mein ferner Kollege musste zu dieser Stunde seinen Hamburger Vortrag bereits gehalten haben. Erstmals hatte er sich auf eine hinreichend lange und breite Versuchsreihe stützen können. Behutsam, ohne die bestimmt niederschmetternd eindrucksvollen Zahlen zu nennen, hatte er mir am Telefon davon erzählt. Und auf sein generöses Angebot, mir die Salzwasserbecken seiner Farm zeigen zu lassen, hatte ich mit einem «Ja, sehr gern!» reagiert, mit einer Zustimmung, aus der hoffentlich keine wehmütige oder gar missgünstige Unterschwingung herauszuhören gewesen war.

Gestern, als Jesabel und ich bei der zweiten Flasche Wein waren, hatte ich sogar mit dem Gedanken gespielt, gemeinsam mit ihr jene Anlage zu besuchen, von der ich vor Jahr und Tag als forschender Fachmann noch selbst geträumt hatte. Bis heute scheinen mir küstennahe Pools die richtige Vorstufe zu den wirklich großen Farmen, die man gewiss schon in der kommenden Dekade auf hoher See errichten wird.

Nun beflügelte es mich, mir diese schwimmenden Plantagen vorzustellen. Schon war ich aus dem zügigen Gehen in einen kraftvollen Dauerlauf gefallen. In festem Rhythmus, nach jedem sechsten Zehenballenaufsetzen, schwenkte mein Blick hinaus aufs nachtgraue Meer. Dort draußen, weit draußen, wo gewaltige Mengen Plastikmüll, von globalen Strömungen zusammengetrieben, als ungeheure scheinbar tote Flächen im Salzwasser kreisten, würden eines nicht allzu fernen Tages Aussaat, Pflege und Ernte vonstattengehen.

Vom weiteren, vom bei weitem größten Stück des Wegs ist mir kein Meter mondbeschienener Strand erinnerlich. Unermüdlich trabend, Fuß fassend, Fuß lösend, sprach ich halblaut mit Jesabel und erzählte ihr in meinem allerbesten Englisch, in einem bestechend süperben Amerikanisch und schließlich auch in einem selig unbefangenen Deutsch, wie alles begonnen hatte.

Unser Institut war nicht die einzige ozeanologische Forschungseinrichtung, die sich mit dem Kunststoffmüll beschäftigte, den der Mensch seit einigen Generationen in stetig wachsender Menge den Weltmeeren überantwortete. Wie sich niederes Leben, meist mikroskopisch klein, im Nu auf dem breitmachte, was scheinbar steril im Salzwasser trieb oder allmählich auf den Meeresgrund sank, war schon früh registriert worden. Wir jedoch, die Hamburger, waren die Ersten, die eine höherklassige, eine sichtbar blühende und fruchttragende Pflanze entdeckten. Wir identifizierten ein Gewächs, das nicht bloß Halt auf den Styroporbrocken, Flaschen und

Kanistern, auf den Planen, Tüten und Folien fand, sondern sich – einwurzelnd, dauerhaft einwurzelnd und munter stoffwechselnd! – von verschiedenen Kunststoffen ernährte.

Als ich mich Godfreys Anwesen näherte, war ich darauf eingestellt, mich anzuschleichen, ja, mich bäuchlings in den Sand zu werfen und so voranzurobben, mir dann mit der Wucht des Körpers, notfalls mit Zähnen und Fingernägeln, Zutritt zu verschaffen, um mich mit Raub für den erlittenen Diebstahl zu rächen. Aber eine laue Brise trieb mir Musik entgegen. Psychedelische Klänge, in denen sich elektronisches Schwingen und Wabern auf künstlich verführerische Weise über das Klopfen und Pochen hölzernen Schlagwerks, über geselliges Murmeln, Lachen und das jähe Aufjauchzen von Stimmen legte. Ein Fest schien im Gange. Und eine fröhlich ausgelassene Zusammenkunft bot sich auch meinen Augen, als ich, bar jeder Vorsicht, auf das Haus zuschritt.

Türen und Fenster waren in die Nacht hinaus geöffnet. Draußen und drinnen ging man umher oder stand in Grüppchen beisammen. Ich erkannte Godfreys gestrige Gäste wieder, sie waren offenbar über Nacht geblieben, und inzwischen mussten noch zahlreiche weitere ihrer Art eingetroffen sein. Ich war froh um mein Blumenhemd und meine extra weit geschnittene Hose, ich war froh, nichts darunter zu tragen. Obwohl sie nur arg ungefähr dem orientalischen Look entsprach, den diese Glaubens- oder Gesinnungsgemeinschaft pflegte, stellte meine nächtliche Aufmachung doch eine Art Annäherung, einen europäisch höflichen Kompromiss mit dieser, mir noch immer verführerisch unverständlichen Uniformität dar.

Jesabel hatte mich entdeckt und kam mir mit schwingenden Hüften, fast ein wenig watschelnd entgegen. Sie nahm mich bei der Hand, führte mich ins Haus und durch die Plaudernden und Trinkenden in den Garten. Hier, im Innenhof, waren wir mit den Pflanzen allein. Auf der Hollywoodschaukel, die unsere Knie miteinander bekanntgemacht hatte, stand der bleiche Topf, das untere Teil unseres Strandfunds. Ich ergriff ihn und schaute hinein. Auch ohne jedes technische Hilfsmittel erkannte ich das typische, fast kunstvoll ornamentale Muster, das die zehrenden Würzelchen im Kunststoff hinterlassen hatten. Sogar Faserreste waren in den Rillen und Löchlein verblieben, als die Pflanze, offenbar ohne übertriebene Sorgfalt, ausgetopft und anderswohin, in einen, so hoffte ich inständig, ebenso fruchtbaren, vielleicht sogar noch besser nährenden Grund gesenkt worden war.

Wie schön, dass Sie mir lesend erneut in diesen nun nächtlichen Hof gefolgt sind! Inzwischen kennen Sie mich ein gutes Stück weit. Schließlich habe ich nicht wenig Worte unserer Muttersprache darauf verwendet, Sie mit der porösen Oberfläche meines Wesens und Strebens, meines Tuns und Lassens, meines Denkens und meiner Bedenken bekanntzumachen. Sie werden sicher verstehen, dass ich Jesabel fragend ansah. Sie nickte willig. Und dann wandte sie sich um, sie drehte sich einen halben Kreis um jene Achse, die in unseren Körpern mit dem Schädel beginnt und in den Steißbeinwirbeln endet.

Jesabels ranke, stramm sportliche Gestalt war an einer entscheidenden Stelle verändert. Was mir schon gestern an Godfreys Gästen aufgefallen war, was ich vorhin an den Rückseiten vieler Feiernder erneut gesehen hatte, es war, wie auch immer, auf Jesabels schlanken Rumpf übergesprungen. Meinem antwortheischenden Blick hätte als Fragewort ein langgezogenes amerikanisches «Where?» oder ein lippenrundendes deutsches «Wo?» entsprochen. Und Jesabels Kehrtwendung, ihr gänzlich unkokettes, ihr keineswegs zweideutiges, ihr völlig unfrivoles Darbieten des Unübersehbaren entsprach zweifellos einem «Hier ist es! Hier ist es doch! Hier ist es an Ort und Stelle!».

Allwurzler ist ein Name, auf den wir damals im Institut gewiss nicht gekommen wären. Sogar wenn es um etwas Grundsätzliches ging, schreckten wir vor grundsätzlichen Benennungen zurück. Außerdem hatte mein Team nur wenige, weit bescheidenere, gut daumenhohe, bestenfalls kleinfingertief einwurzelnde Exemplare aus atlantischen Gewässern begutachten können, bevor es sich unter der Leitung meines Nachfolgers anderem zuwenden musste. Selbst jetzt noch, wo ich mit Jesabel unter ähnlich oder gleichartig Bepflanzten wandle, kalifornischen Eistee schlürfe und zurückproste, so einer der Steißlastigen sein Glas gegen uns erhebt, spielt mein begrifflicher Apparat in alter wissenschaftlich eingefleischter Routine mit Alternativen, mit eher trockenen, mit bemüht unverfänglichen Benennungen. Wer weiß, welch grelle oder obskure Prägungen in Bälde die «science writers» favorisieren werden.

Sei's drum, Jesabel legt den Arm um meine Taille, wir, die Romantiker, die transozeanischen Träumer, wollen hier im Mondlicht Leib und Kunststoff nicht gegeneinander ausspielen und noch ein selig hüftschwingendes Weilchen beim alten Namen, bei Allwurzler bleiben.

DIE LUSTIGE WITWE

Eben noch, bei seiner Rückkehr, draußen auf dem abendlich düsteren Flur, wo nur eine solitäre Zimmerpflanze, ein weit ausladender Geweihfarn, und die Ankündigung einer Volksmusikveranstaltung die kahlen Wände schmückten, hatte Blüm auch diesen Landgasthof, wie fast alle, in denen er bislang berufsbedingt abgestiegen war, im Selbstlauf des unwillkürlichen Urteilens erneut für einen unschönen, wenig angenehmen, für einen, genau genommen, schwer erträglichen Ort gehalten.

Jetzt aber, wo die Tür unhörbar im Lärm des großen, gut gefüllten Schankraums gegen ihren Rahmen sackte, nahm Blüm wahr, wie sich etwas in ihm auf das nun anstehende Verweilen freute und er das Wieder-hier-Sein bereits auf eine merkwürdig weiche Weise, von den Knien bis hinauf in den Nacken, zu genießen begann. Dies also hatte den ganzen Tag lang, seit dem Frühstück mit der Kosmetikerin, in seinem Gemüt auf der Lauer gelegen. Er beschloss, bevor er auf sein Zimmer ging, noch ein bisschen darüber nachzudenken. Selbsterkenntnis hatte, so man nicht gleich eine Religion daraus machte, noch keinem geschadet.

An der Theke war ein einziger Hocker unbesetzt. Blüm brummte etwas, das als Gruß durchgehen konnte, und schob sich zwischen zwei einheimische Männer. Sie hatten sich über die Lücke hinweg unterhalten und setzten ihr Gespräch, kaum dass Blüm ein Schwarzbier bestellt hatte, hinter seinem Rücken fort. Es gelang ihm, nicht zuzuhören. Das Stimmengewirr war beachtlich, sein Gehör nicht mehr das allerschärfste und der hiesige Dialekt an Undeutlichkeit schwer zu überbieten.

Als ihm die Region übertragen worden war, hatte Blüm einige Energie darauf verwandt, sein Hochdeutsch, vor allem zwei Dutzend Schlüsselwörter und eine Handvoll kundenwichtiger Sätze, so dumpf wie möglich klingen zu lassen. Sein Familienname kam ihm inzwischen derart verschwommen über die Lippen, dass sich fast alles zwischen Dühm und Blömm aus dessen einziger Silbe heraushören ließ. Und selbst wenn nachgefragt wurde, hütete er sich vor einer klaren, die Konsonanten und Vokale separierenden Artikulation und wich aus in ein launiges «Blüm, so wie das Blümchen blüht!».

Dergleichen gehörte zur Verkaufskunst, zumindest zum Verkaufskunsthandwerk, und Blüm wusste, dass er ein überdurchschnittlich guter Verkäufer war. Zehn Jahre hatte er Neuwagen aller Klassen verhökert, eine weitere Dekade Versicherungen gegen jede Art von Angst, und so, wie es diesen Frühling lief, würde er auch mit seinem gegenwärtigen Produkt ein weiteres erfolgreiches Jahrzehnt vollbekommen. Kein Beinbruch, dass es heute ausnahmsweise nicht geklappt hatte, dass er seine teuerste und provisionsträchtigste Anlage, die mit dem kompletten mechanischen und elektronischen Pipapo, dann doch nicht an die bereits stark zu einem Ja neigende junge Interessentin losgeworden war.

«Ein Gruß von zarter Hand!» Der Wirt stellte ihm ein bis an den Rand bräunlich gefülltes Schnapsglas neben das Bier und wies in die Tiefe des Gastraums. Dessen Tische hatte man zu langen Reihen zusammengeschoben. Die meisten Plätze waren besetzt. Auffällig viele Frauen waren da. In den Durchgängen, welche die Stuhllehnen ließen, standen Männer, die Gläser in der Hand, zu zweit oder zu dritt beisammen. Die Wirtin kellnerte. Und ganz hinten, wo ein schwarzer Vorhang eine bei Bedarf enthüllbare Erweiterung, anscheinend eine Bühne, verbarg, saßen Burschen und Mädchen Schulter an Schulter auf der Stufe, deren Holz den Saum des Vorhangs zu Knickfalten staute.

Blüms Blick suchte die Kosmetikerin. Eigentlich musste er weiterhin davon ausgehen, dass sie nach dem Frühstück abgereist war. Das altmodische «Leben Sie wohl!», das sie ihm, als er, bereits verspätet, aufgesprungen war, noch zugerufen hatte, war ihm sofort, trotz des lustigen Tons, wie ein schnödes «Auf Nimmerwiedersehen!» vorgekommen. Aber welche Frau außer ihr konnte ihm, dem Ortsfremden, diesen hochprozentigen Trunk, wahrscheinlich einen der hier im Grenzgebiet beliebten tschechischen Starkbitter, spendiert haben? Blüm bemerkte, dass er in unwillkürlicher Spannung die Luft anhielt, er atmete bewusst durch, und obwohl er die Kosmetikerin leider nirgends entdecken konnte, hob er das Gläschen und grüßte damit aufs Geratewohl ins schummrige Geschiebe.

Heute Morgen, als sie sich im leeren Frühstücksraum einfach zu ihm an den Tisch gesetzt hatte, war Blüm in jähem Widerwillen entschlossen gewesen, sich auf keinen Fall vorzustellen und damit auch einer Namensnennung ihrerseits vorzubeugen. Auf Fragen nach seiner Berufstätigkeit wollte er so vage wie möglich antworten. Aber er hatte sich in der Frau, die er nun schon einen ganzen lieben Tag lang für sich «die Kosmetikerin» nannte, getäuscht. Ohne dass sie sich ein einziges Mal nach seinem Gelderwerb erkundigte oder etwas über den ihren verriet, hatten sie beide eine gute Stunde verplaudert, so frisch, ja fast frei, als wären sie unversehens auf einen verwilderten Grünstreifen zwischen ihren jeweiligen Lebensfahrbahnen geraten. Den Abbruch dieser Unterhaltung, ihres ersten und, wie er bis eben noch angenommen hatte, auch letzten, also einzigen Gesprächs, hatte Blüm dann so lang hinausgezögert, dass er seinen Wagen mit quietschenden Pneus über die kurvige Landstraße jagen musste. Um ein Haar wäre er, was ihm in fast drei Jahrzehnten nicht unterlaufen war, unpünktlich zu einem geschäftlichen Termin erschienen.

Die Kosmetikerin musste ungefähr in seinem Alter sein. Dies hatte Blüm indirekt, aus einigen humoristisch zeitgeschichtlichen Anmerkungen, erschließen können. Ganz offensichtlich amüsierte es diese Frau, dass die hiesigen Lande von großformatigen Ereignissen umgekrempelt worden waren, während sich ihr Leben als ein blindlings mitlaufender Faden durch das heftig bewegte Gewebe zog. Blüm gefiel, wie sie über die Aufgeblasenheit des Politischen scherzte, mehrmals musste er so herzlich lachen wie lange nicht mehr. Irgendwann, auf dem Hochplateau ihrer wunderbar unordentlichen Unterredung, war sie kurz Richtung Toiletten verschwunden. Und als sie mit frisch nachgezogenen Lippen zurückkam, hatte er bereits, als könnte er dadurch Zeit gewinnen oder zumindest einer zeitraubenden Unterbrechung vorbeugen, sein nagelneues Mobiltelefon zum allerersten Mal auf Vibration gestellt.

Dass sie für ihn die Kosmetikerin hieß, wurzelte in zwei

Gründen. Zum einen bestürzte ihn, nachdem er sich ihr Alter errechnet hatte, die feine Glätte ihres Teints und das unglaublich faltenarme Spiel ihrer Mimik. Obwohl sie, wenn sie ihrem Humor die Sporen gab, zum Grimassenschneiden neigte, verzogen sich Wangen und Mundpartie nie zu einer jener halb erschlafften, halb verkrampften Schreckenslarven, die Blüm nicht bloß von seinen älteren Kunden kannte, sondern auch, sobald ihn eine spiegelnde Fläche übertölpelte, als das eigene Alltagsantlitz akzeptieren musste.

Als wäre sie Blüms bewunderndem Blick zumindest einen kleinen kausalen Wink schuldig, hatte die Wohlerhaltene die Unterhaltung irgendwann in pflanzliche Sphären gelenkt. Wenn er sich recht erinnerte, waren sie über die Zusammensetzung des Frühstücksbuffets, über dessen brutale Wurstlastigkeit, auf Obst, Gemüse und Kräuter zu sprechen gekommen. Blüm kannte sich, weil der geschäftliche Dialog dies regelmäßig verlangte, einigermaßen mit dem landläufigen Grünzeug aus. Seine Frühstücksgefährtin aber erwies sich als eine wahre Wildblumen- und Kräuterexpertin. Sie rühmte die Vielfalt der hiesigen Flora, und als sie ihm irgendwann erläuterte, wie einfach sich aus einem hier im Grenzgebiet recht häufigen Wegrandgewächs, einem unscheinbaren Schachtelhalm, mit Alkohol und destilliertem Wasser eine gerade für die alternde Haut gut geeignete Gesichtslotion herstellen lasse, war Blüm der Gedanke gekommen, diese erquicklich namenlos bleibende Zufallsbekanntschaft, die er in Bälde, spürbar ungern, für immer verlassen würde, wäre beruflich in Sachen Naturkosmetik unterwegs.

Blüm nippte am Schnapsglas. Dass er dabei unwillkürlich

die Augen schloss, dass er behutsam, fast andächtig schlürfte, kommentierte sein Beisitzer linkerhand mit einem zweideutig klingenden «Na denn: Wohl bekomm's!», worauf der Kerl rechts ein lakonisches, wohl spöttisch gemeintes «Is ja eher was für kleine Mädchen!» hinterherschob. Blüm verspürte einen merkwürdigen, fast ritterlichen Zorn. Im Nu war er entschlossen, die Ehre der Kosmetikerin, falls es zu einer einzigen weiteren despektierlichen Bemerkung käme, mit scharfen Worten zu verteidigen. Aber da schaltete sich der Wirt ein, dem anscheinend aufgefallen war, wie hart Blüm das halbleere Gläschen auf die Theke zurückgestellt hatte. Basis dieses Likörs sei eine Wildpflanze, die nur noch entlang der hiesigen Grenze in hinreichend pflückbarer Menge wachse: das Bittere Feuchtröckel!

Blüm hatte Blätter und Kelch sofort vor Augen. Gegen Mittag, nach einem langwierigen, wirklich übergründlichen, alle technischen Fragen und auch die Finanzierungsproblematik bis ins Detail klärenden Gespräch, waren seine junge Kundin und er hinters Haus gegangen. Bevor es an dessen Rückseite einen recht steil bewaldeten Hang hinaufging, senkte sich das Gelände noch einmal zu einer Mulde, gerade tief genug, um die Apparaturen diskret darin verschwinden zu lassen, aber nicht so tief, dass es Probleme mit dem Grundwasser gegeben hätte.

Die junge Frau war frischgebackene Erbin. Und aus den Umständen der Erbschaft ergab sich, das hatte Blüm schnell begriffen, ihr heikles Verhältnis zu Haus und Grund. Nach dem plötzlichen Herztod des Vaters, Blüm sprach ihr hierzu sein Beileid aus, hatte die Mutter das von der dreiköpfigen Familie lang als Ferienhaus genutzte Gebäude der Tochter überlassen, was diese als nicht geringe Belastung empfand. Ihre Mutter wolle es nie mehr betreten, es erinnere sie zu arg an den Verstorbenen. Sie selber sei studienhalber drei Jahre im Ausland gewesen und nun, plötzlich und in Zukunft, für alles, auch für den Einbau der seit kurzem gesetzlich vorgeschriebenen Anlage verantwortlich.

Als sie hinter dem Haus wadentief im dicht und saftig emporsprießenden Bitteren Feuchtröckel standen, war die junge Hausbesitzerin in die Knie gesunken, hatte mit der Hand über die dunkelgrünen Spitzen gestrichen und ihn gefragt, ob er diese Pflanze kenne und wie er ihren Duft denn finde. Sie habe sich als Kind und vollends als Halbwüchsige, wenn sie und ihre Eltern zwei, drei Sommerwochen hier an der Grenze verbrachten, immer vor dem Geruch des Krauts geekelt, weil sie unweigerlich an dasjenige denken musste, was hier, in der Mulde zwischen Haus und Wald, während der familiären Anwesenheit ungeklärt im Grund versickert sei.

Der Wirt schenkte Blüm einen zweiten Likör ein. Der gehe aufs Haus. Man brauche schon einen weiteren, eigentlich sogar einen dritten, um die Eigenart des Getränks wertschätzen zu können. Er solle ruhig noch ein bisschen mit dem Bier warten. Bier laufe einem ja nicht davon.

Blüm nahm das Gläschen und drehte sich wieder Richtung Gastraum. Der hatte sich hinter seinem Rücken vollends gefüllt. Und jetzt, wo sich die Wirtin, das Tablett in Kopfhöhe, durch die gedrängt Stehenden fädeln musste, kam ihm die Räumlichkeit trotz der etwas niedrigen Decke endgültig wie ein Saal, fast wie ein Festsaal vor.

Es klickte zweimal vor seiner Brust. Seine beiden Beisitzer hatten mit ihm angestoßen. Auch sie hielten auf einmal Feuchtröckel in den Händen. Ohne dass ein Wort nötig gewesen wäre, fanden drei Gläschen an drei Unterlippen. Der Wirt hatte recht. Der Starkbitter war gewöhnungs-, ja erkenntnisbedürftig. Wie merkwürdig weich, nahezu ölig einem das Destillat die Kehle hinunterfloss. Fast hätte man meinen können, es wäre alkoholfrei, zumindest war keinerlei Schärfe am Gaumen oder in der Tiefe des Rachens zu spüren.

In der Mulde hinter dem Haus hatte seine Kundin eine Feuchtröckelblüte gepflückt, um ihm zu zeigen, wie völlig blattgrün deren Kelch rundum, in- wie auswendig, sei. Und dann drehte sie das Abgerupfte um, und er begriff, wodurch das Kraut zu seinem Namen gekommen war. Die Form des Kelchs ähnelte einem langen, die Hüften betonenden Glockenrock. Das satte Grün glänzte wie rundum befeuchtet. Und um die Analogie zu vollenden, ragte ein kräftiger Stempel aus dem Blütenrund, durch eine Rille zweigeteilt, als lägen da zwei schlanke Beine beisammen.

Blüm hielt dem Wirt das leere Gläschen hin und deutete mit der Linken auf seine Beisitzer. Auch sie sollten in den Genuss eines weiteren Bitters kommen. Als er das erneut äußerst großzügig gefüllte Glas absetzte, verschüttete er ein wenig Flüssigkeit. Seine Hand war nicht mehr sicher. An der Hochprozentigkeit des Getränks bestand, Weichheit hin, Öligkeit her, also kein Zweifel. Und dass er weit weniger vertrug als in seinen jungen Jahren, war Blüm längst aufgefallen. Selbstbeobachtung, kritische Selbstbeobachtung hielt er für eine seiner Stärken und insgeheim, keiner wusste dies, für die Basis seines

Erfolgs als Verkäufer. Vor allem Frauen mochten es, wenn man als Mann nicht im Blindflug durchs Dasein segelte.

Von rechts und von links hielt man ihm die frisch gefüllten Gläschen hin. Aber bevor Blüm erneut anstoßen konnte, spielte etwas in seiner Brust verrückt. Es zuckte und schlug. Da, unterhalb der plötzlich schmerzhaft hart gewordenen linken Brustspitze, zuckte und schlug es wie mit einem winzigen Hämmerchen, bedrohlich dicht, ganz nahe bei, vor oder hinter, ja womöglich mitten in seinem Herzen.

*

Als Wirt konnte er zufrieden sein. Der Saal war voll wie lange nicht mehr. Weil seine Frau und er mit dem Bedienen nicht mehr nachgekommen waren, hatte er ihren Sohn nach unten gerufen, damit auch der noch ein paar Runden mit dem Tablett drehte. Natürlich hatte er gehofft, dass die Schundas auch als Duo noch einmal richtig Publikum ziehen würden. Wer hatte es dereinst nicht herzlich bedauert, dass das Familien-Trio, weil die Tochter zum Studieren ins Ausland gegangen war, das Auftreten einstellen musste. Wie allerdings der Tod des Vaters, des bei beiden Geschlechtern gleichermaßen beliebten Wenzel Schunda, aufgenommen worden war, wie sich die Kunde seines Ablebens im Lauf der letzten Monate zu einem Urteil, vielleicht sogar zu einer Verurteilung verdichtet hatte, war auch für einen erfahrenen Gastronomen, für einen Kenner der hiesigen Gemütslagen, schwierig einzuschätzen gewesen.

Er hatte die Sache mit seiner Frau besprochen. Und merkwürdigerweise hatte ausgerechnet sie, die ihm niemals einen

Seitensprung verziehen hätte, Verständnis für Wenzel Schunda geäußert. Natürlich seien die Umstände, unter denen man den Toten drüben in Tschechien in seinem Wagen aufgefunden hatte, schändlich und für die nach drei Jahren frisch aus der Fremde heimgekehrte Tochter ein schwerer Schlag. Aber wer wolle einem Mann, dessen Frau seit Jahren – ach was, seit Jahrzehnten! – jedem Kerl, der ihr vor den Busen laufe, gnadenlos schöne Augen mache, vorwerfen, dass er jenseits der Grenze, bei den bekanntermaßen warmherzigen tschechischen Mädchen, den bekanntlich billigen Trost gesucht habe. Das Herz des armen Wenzel Schunda sei, dafür hätte dessen Eheweib gewiss gesorgt, schon vor dem finalen Infarkt gründlich angeknackst gewesen.

Sosehr den Wirt diese Logik aus dem Mund seiner Gattin überrascht hatte, aus der Luft gegriffen war ihre Schlussfolgerung nicht. Erst heute Morgen, im Frühstücksraum, hatte Magda Schunda, Witwe seit gerade mal einem knappen halben Jahr, vor seinen Augen und unter den alles andere als wohlwollenden Blicken seiner Frau, diesen Vertreter so schamlos gründlich um den Finger gewickelt, dass ihm vom bloßen Zugucken die Knie weich geworden waren. Er gab seiner Frau und seinem Sohn das Zeichen, keine weiteren Bestellungen anzunehmen. Während des Auftritts sollte nicht gekellnert werden, so viel Respekt war man der Kunst, war man gerade den volkstümlichen Künsten schuldig.

Die Thekenhocker waren allesamt verwaist. Nun, wo es jeden Moment losgehen konnte, kam es den meisten auf Nähe, nicht nur auf Ohren-, sondern auch auf größtmögliche Augennähe an. Der Vertreter hatte sein Mobiltelefon neben dem inzwischen wohl lau gewordenen Bier vergessen. Vorhin, als sich sein Gast ruckartig an die linke Brustseite gegriffen hatte und schlagartig bestürzend blass geworden war, hatte er als Wirt mit dem Schlimmsten, mit dem Ausfall der heutigen Veranstaltung, gerechnet. Zweimal waren ihm, seit er die Gaststätte vor drei Jahrzehnten von seinem Onkel geerbt hatte, Männer mit Herzattacken an der Theke beziehungsweise am Tisch zusammengebrochen. Kurz schien ihm sicher, Glück wie Pech würden statistischen Gesetzen gehorchen und das sogenannte Schicksal spiele ausgerechnet heute Abend zum dritten Mal seine schwärzeste Karte aus. Aber dann hatte der offenbar zunächst selbst bis ins Mark erschrockene Kläranlagenverkäufer den krampfigen Griff, mit dem er Hemd und Brustmuskel gepackt gehalten hatte, gelockert, erleichtert ausgeatmet, lächelnd den Kopf geschüttelt und das Smartphone, dessen Vibration er offenbar missdeutet hatte, aus der Sakko-Innentasche gezogen und auf die Theke gelegt.

Im Saal wurde es still. Der Wirt suchte nach dem, um dessen Herz er sich irrtümlich gesorgt hatte, und entdeckte ihn ganz vorne, mitten unter den jungen Leuten. Der alte Knabe musste sich robust Richtung Bühne durchgedrängelt haben. Womöglich hatte ihm die eingegangene Kurznachricht Auftrieb gegeben. «Na, also!», hatte der Vertreter mit Blick auf sein Mobiltelefon geknurrt. «Warum nicht gleich so, Mädchen!», und dann den dritten Feuchtröckel auf einen Zug hintergestürzt.

Der Vorhang hob sich ruckelnd und blieb, das war dem Verschleiß der uralten Mechanik geschuldet, einen halben Meter über dem Bühnenboden hängen. Der Wirt wusste, dass sein

Sohn nun mit dem Hammer zwei-, dreimal gegen das größte Zahnrad der Seilzugübersetzung klopfen würde. Rhythmisches Klatschen kam auf. Die vorderen Reihen konnten gewiss schon die rotbestrumpften Waden und die dunkelgrünen Rocksäume von Magda und Rosi Schunda sehen.

Wenzel Schunda war stets in Bundhosen und lupenrein weißen, längs gerillten Kniestrümpfen aufgetreten. Er hatte nie ein Instrument gespielt und war im Vergleich zu Gattin und Tochter bloß ein mittelmäßiger Sänger, dafür jedoch ein begnadeter Conferencier gewesen. Wie unglaublich viel der Zwischentext, das in die trockene Leere zwischen den Stücken Gesprochene, zum Erfolg eines Volksmusikabends beitrug, konnte er, als Kneipier selber Abend für Abend auf das beiläufige Wort angewiesen, besser als die meisten beurteilen.

Der Vorhang setzte sich wieder in Bewegung. Und noch bevor seine Kante ihren Höchststand erreicht hatte, begannen Mutter und Tochter zu spielen. Er schloss die Augen. Er wusste von den einstigen Auftritten her nur allzu gut, wie sich die beiden am typischen Hackbrett des Grenzgebiets, am Holzkasten des Doppelzymbals, gegenübersaßen, wie rasant die vier Klöppel über die Stahlsaiten flogen, wie anmutig die Lackschuhe der Frauen auf den Pedalen der Dämpfung tanzten. Fürs Erste sollte ihm der harte Klang des angeschlagenen Drahts genügen. Gleich würde das geschmeidige Miteinander der Stimmen ein Übriges tun.

Noch war nichts entschieden. Wenn dieses Lied, eine flott voranhüpfende Weise, ein Volksmusik-Evergreen des Grenzgebiets, in einen letzten lang ausschwingenden Mollakkord gefunden hatte, galt es für Magda Schunda, die Gäste zu begrüßen.

Erst dann wollte er hinüberschauen. Notgedrungen würde die schmucke Musikantin an die vergangenen Konzerte, an verflossene Abende und damit an die verlorene Dreiheit erinnern müssen. Dergleichen war kein leichtes Spiel; dergleichen war nie ein leichtes Spiel gewesen. Aber es bestand Hoffnung, es war vielleicht sogar wahrscheinlich, dass der lustigen Witwe unter aller Augen, unter dem Blick ihrer Tochter wie unter den Blicken ihres jüngst errungenen Verehrers, auch dieses Kunststück glückte.

JUNGER PFAU IN ASPIK

Nun ist es an uns. Gestern Abend wurde Junger Pfau in Aspik per Spezialtransporter aus dem Museum für Malerei der Gegenwart angeliefert und liegt seitdem aufgebockt im Kühlraum unserer Werkstatt. Konstante fünf Grad Celsius, vierzig Prozent Luftfeuchtigkeit, maximal UV-Licht, also Keimrate nahe null, das sind die Werte, mit denen wir, Herr Dr. Eidmann, mein Arbeitgeber, und ich, seine technische Assistentin, in Fällen von spontaner Degeneration bislang gut gefahren sind. Wie üblich läuft eine Präzisionskamera, um den fatalen Prozess, sowie er erneut oberflächig in Erscheinung treten sollte, bildgetreu zu dokumentieren. Im Laufe des Nachmittags wollen wir mit unseren Geräten erstmals in die Tiefe des Werks, an den Ursprung seiner jähen Selbstversehrung hinabfühlen.

Ausnahmsweise gibt es echte Augenzeugenschaft. Ein Student, als Aufsicht in der Dauerausstellung «Meilensteine des Hier und Jetzt» eingesetzt, hatte, nachdem der letzte Besucher gegangen war, die obligatorische Abschlussrunde durch die Säle gedreht, um Liegengelassenes und zu Boden Gefallenes einzusammeln, jenen einen vergessenen Katalog oder Führer, die drei, vier, fünf offenbar unvermeidlichen Papiertaschentücher. Wie es der Zufall fügte, hielt er vor Junger Pfau in Aspik inne, stand, in ahnungsreiche Bewunderung versunken, vor dem doppelbettgroßen Gemälde, als dessen Firnis, falls es sich überhaupt um einen handelsüblichen Firnis handelt, rechts oben, zwei Handbreit unter dem Edelstahlrahmen, aufplatzte und eine hellgrün leuchtende, nahezu phosphoreszierende Substanz austrat.

Ich, technische Assistentin und Mädchen für alles, habe heute Morgen mit dem jungen Mann telefoniert. Er ist sicher, ein zischelndes Geräusch vernommen zu haben. Mutterseelenallein musste er mit ansehen, wie das Sekret, während es bis an die untere Rahmenkante hinabbrann, sektartig aufperlende Bläschen warf. Inzwischen ist alles zu einer matten, kaugummiartigen Masse erstarrt. Als mein Chef, unvorsichtig, wie es eigentlich nicht seine Art ist, mit dem Zeigefinger dagegentupfte, klebte dieser fest, und nachdem er die Fingerkuppe ruckartig wieder abzogen hatte, blieb ein deutlicher Abdruck ihrer Rillen im Grün zurück.

Jetzt liegt es bei Dr. Eidmann, wie weiter verfahren wird. Ein Fax der Museumsleitung garantiert juristisch verbindlich, dass man ihm von Eigentümerseite freie Hand lässt. Noch im Verlauf des Vormittags will die Versicherung den verantwortlichen Risikomanager schicken. Wir kooperieren seit Jahren mit ihm, und wie immer, wenn ein Fall hochheikel ist, wird er meinem Arbeitgeber sein volles Vertrauen aussprechen, hastig ein paar Fotos schießen und dann umgehend das Weite suchen.

Uns ist klar, was er befürchtet. Eidmann und ich wissen um das Hochsicherheitslagerhaus, welches der Versicherungsmann einmal, nur ein einziges Mal, als wir zu dritt eine phantastisch flugs gelungene Bildrettung feierten, mit vom Prosecco gelöster Zunge sein «Hospiz der lebenden Leichen» nannte. Dort wird verwahrt, was einen üblen Transportunfall,

einen Ausstellungsbrand oder das Säureattentat eines zorni-
gen Jungkünstlers nur zersplittert, verkokelt oder schlimm
verätzt überstanden hat. Derart unrettbar Ruiniertes verwahrt
der Versicherer bis zum Sankt Nimmerleinstag, nachdem eine
Schadenersatzsumme in fünf-, manchmal sechs-, in raren Fällen sogar siebenstelliger Höhe ausgezahlt werden musste.

Leider kann ich – so gern ich dies täte! – nicht behaupten,
Geld wäre uns im Rahmen unserer Profession gleichgültig.
Dass mein Arbeitgeber auf eigene Rechnung in eigener Werkstatt arbeitet, dass er nicht länger als höchstqualifizierter, aber
allenfalls mittelmäßig entlohnter, weil angestellter Restaurator Übermalungen von einer mittelalterlichen Madonna schält
oder die Nägel in den Füßen und Händen ihres Sohnes auf ihr
Schmiededatum untersucht, ist dem nicht enden wollenden
Boom des Handels mit Gegenwartsmalerei zu verdanken.

Ich hatte, bevor mich die Kunst erlöste, ein volles, ödes
Jahrzehnt als Röntgenassistentin in einer Facharztpraxis an jenen sündteuren Geräten gearbeitet, mit denen deren Besitzer
sich eine goldene Nase verdiente. Als Restaurationstechnike-
rin in Dr. Eidmanns Diensten bekomme ich fast das Doppelte
meines früheren Gehalts, vom Vergnügen des Erkundens, vom
Wagnis der Instandsetzung, vom Kitzel des Gelingens ganz zu
schweigen.

Victor Eidmann, meinen heutigen Chef, habe ich als Pa-
tienten kennengelernt. Von seinem chronisch schmerzenden
Nacken, von Wirbeln, Bandscheiben und Muskulatur, sollte
die übliche Serie deutbarer Tiefenbilder angefertigt werden.
Als ich ihn damals in den fensterlosen Räumen der Röntgen-
praxis bat, für eine letzte Aufnahme die Position zu wechseln,

nutzte er den Moment, in dem mein Ohr seinem Mund ganz nahe war, um mir zuzuflüstern, er würde mir gerne draußen, im freien Tageslicht, nach Möglichkeit noch heute ein berufliches Angebot unterbreiten.

*

Gut Ding braucht Weile. Meine liebe Simone, die beste technische Assistentin, die ich mir denken kann, hat mittlerweile schon das eine oder andere herausgefunden. «Ein Kunterbunt auf Buchenholz», so launig arglos lautet der Untertitel, mit dem die Künstlerin Junger Pfau in Aspik versehen hat. Dies und die Maße des Bildes finden sich in einem ersten vorläufigen Verzeichnis ihrer Werke. Das Holz ist zweifelsfrei Buche, sechs breite, mehr als mannslange, vermutlich verfugte Bretter. Wie dick sie sind, verbirgt der Rahmen aus eloxiertem Aluminium. Stolze 33 Zentimeter ragt er von der Wand in den Raum. Die Bildoberfläche liegt rundum nur fünf Millimeter tiefer, selbst wenn die Planken ungewöhnlich stark sein sollten, wurden handhoch Farben unterschiedlicher Art und dazu, das offenbart sich auf den ersten Blick, auch andere, malereifremde Substanzen aufgetragen.

Junger Pfau in Aspik gilt als Höhe- und Schlusspunkt der dritten Werkphase, welche, soweit bekannt, gerade mal zwölf weitere, ähnlich massive, gleich großformatige Bilder der Meisterin umfasst. Bei keinem sind unseres Wissens bislang autodestruktive Phänomene aufgetreten. Allerdings können Simone und ich in diesem Punkt nicht völlig sicher sein. Die meisten Gemälde befinden sich in Privatbesitz, und die jeweiligen Eigentümer, seien sie heißblütige Sammler, eitle Protze oder kaltschnäuzige Investoren, könnten unter Umständen geheimgehalten haben, dass es Probleme mit dem Erhalt des Originalzustands gibt.

Die Massive Malerei, in der angloamerikanischen Literatur meist Fat Painting genannt, ist ein ausschließlich deutsches Phänomen. Unsere Künstlerin ist in Chemnitz, dereinst Karl-Marx-Stadt, geboren, hat in Leipzig studiert und, abgesehen von einem unfruchtbar gebliebenen New Yorker Jahr, immer in Ostdeutschland gelebt. Ihr Œuvre ist, was der Markt liebt, recht gut, aber nicht restlos überschaubar. Von den ganz frühen Arbeiten haben sich nur eine Handvoll bemerkenswert unorigineller Videoinstallationen erhalten. Die zweite Phase ihres Schaffens bilden die sogenannten Makrobiotischen Collagen. Die Meisterin hatte berühmte Gemälde – ausnahmslos von Postkarten und Postern zu Tode reproduzierte Hits der klassischen Moderne – aus Grasnarbe, Blättern, Gemüse, Obst und Pilzen bis ins Detail getreu nachgebildet und diese vegetativen Duplikate während der ersten und einzigen Ausstellung dem natürlichen Verfall preisgegeben. Nichts davon hat in irgendeiner Form überdauert, sogar die fotografische oder filmische Ablichtung der Verrottung wusste die Künstlerin zu unterbinden. Und so kann man allenfalls die Erzählungen der damaligen Betrachter, vor allem den rührend ausführlichen, verworren enthusiastischen Bericht ihres Galeristen, dem damals doch rein gar nichts zu verkaufen blieb, als eine Art Fortwähren werten.

Dann folgte, unmittelbar auf das offenbar völlig steril gebliebene amerikanische Jahr, die mirakulöse Phase der Massiven oder Fetten Gemälde. Wie viele in schneller Folge in der sogenannten Zweiten Leipziger Ära entstanden, wird von der Meisterin bis heute geheim gehalten. Die dreizehn bekannten wurden schon bei ihrer ersten Präsentation in Berlin allesamt verkauft, zu Preisen, die für Werke einer bislang nur in Kennerkreisen renommierten Künstlerin bereits bemerkenswert waren.

Damals spottete ein Grandseigneur der deutschen Kunstkritik im wichtigsten der einschlägigen Magazine, diese mehr als bloß wuchtigen, wegen der entstehenden Zugkräfte schwierig zu hängenden Bildnisse seien offenbar nach Gewicht – 50 Cent das Gramm? – an die neuen Besitzer gegangen. Aus guter Quelle, aus dem Munde unseres Versicherungsmanns, wissen Simone und ich, dass dieser Scherz die damals gezahlten Summen ziemlich genau trifft.

Die heutige, für Ausleihkosten relevante monetäre Wertabwägung liegt selbstverständlich bei weitem höher. Keiner der ambitiösen Nachahmer, die bald in Düsseldorf, Frankfurt, Hamburg oder in den Ateliers unserer Hauptstadt zu Pinsel, Spatel und Sprühpistole griffen und als New German School of Fat Wild Painting eine Weile international von sich reden machten, ist auch nur annähernd in die gleiche Spekulationssphäre vorgestoßen.

*

Herr Dr. Eidmann und ich sind uns in einer ersten Diagnose einig: Wo Junger Pfau in Aspik sich entäußert hat, liegt in der Tiefe des Bildes ein kugelförmiger, gut pflaumengroßer

Wärmeherd. Die Infrarotstrahlung, die von ihm ausgeht, ist schwach, hält aber seit meiner ersten Messung unvermindert an. Der Energiekern rührt an die Vorderseite des obersten Buchenbretts. Dort hat der Prozess offensichtlich begonnen, vermutlich weil das rohe Holz mit einer Substanz imprägniert worden war, die sich erst allmählich, im sogenannten Lauf der Zeit, als ungeeignete Grundierung für das erwiesen hat, was von der Malerin als nächste Schicht aufgetragen wurde.

Die ausgetretene Masse ist ein wüster Mischmasch. Bis jetzt konnten mein Chef und ich Öl- und Acrylfarben, organische Lösungsmittel, einen handelsüblichen Montageschaum und ordinären Glukosesirup identifizieren. Das Ganze ist an der Luft ausgehärtet und hat als spontane Verpfropfung seiner selbst ein weiteres Ausfließen verhindert. Ich riet meinem Chef, erst einmal abzuwarten. Nicht anders habe ich es bei ihm gelernt. Und ich bin froh, dass ich ihn mit guten technischen Argumenten an einem voreiligen Handeln gehindert habe.

Das Behutsame, die Sachtheit und Zögerlichkeit, die Eidmann wie eine zweite Haut umhüllt, stiftet nicht wenig von dem Vertrauen, das ihm von unseren Auftraggebern entgegengebracht wird. Vermutlich scheint ihnen Eidmann die Vorsicht in Person. Ich kenne ihn besser. Tausendundeine gemeinsame Arbeitsstunde haben mich tiefer blicken lassen. Insgeheim, im Kern seines Wesens, neigt mein Chef dazu, allem längere Zeit Ungeklärten zuletzt in einer Art männlichem Kurzschluss mit brachialer Gewalt auf die Spur kommen zu wollen.

*

Gestern, am dritten Tag nach Anlieferung des Gemäldes, stand ich schon kurz davor, mechanisch in die Tiefe zu dringen. Ich hielt das Skalpell bereits in der Hand, als Simone mit wehendem Laborkittel auf die Glastür des Kühlraums zugestürmt kam und mir einen Zettel mit einer deutschen Festnetznummer und dem ominösen viersilbigen Namen der Meisterin unter die Nase hielt.

«Heidi» ist ihr echter Vorname, präziser gesagt: die landläufige Abkürzung ihres Taufnamens. Man darf es einen kunstbetrieblichen Geniestreich nennen, dass sie die beiden Silben schon ganz früh durch simples Verdoppeln und Zusammenschreiben zu ihrem Künstlerinnennamen und beizeiten zu einem urheberrechtlich geschützten Markenzeichen gemacht hat. Man muss hören, wie einschlägig kundige Asiaten den hellen Viersilber aussprechen, um eine Ahnung von seiner mittlerweile globalen Magie zu bekommen. Im Kulturfernsehen habe ich zwei leibhaftige Chinesen, die Pekinger Kuratoren der bislang einzigen vorläufigen Gesamtschau der Massiven Gemälde, diesen Namen singen gesehen.

Wir verloren keine weitere Minute. Zusammen marschierten wir ins Büro. Und wie Simone dann ihren ganzen Mut zusammennahm und unter der eruierten Ziffernfolge anklingelte, hob fast umgehend die Meisterin höchstselbst ab und meldete sich mit «HeidiHeidi», als wäre dies der normalste Name der Welt.

Von Schreibtisch zu Schreibtisch durfte ich beobachten, wie Simones angespannte Miene sich während des weiteren Wortwechsels löste, bis sie auf eine Weise lächelte, die mir zuvor nicht vor Augen gekommen war. Was ich mithörte, offenbarte, wie wenig die Künstlerin überrascht darüber war, dass Junger Pfau in Aspik sich eigenmächtig verändert hatte.

«Sie meinen, so was kann vorkommen? Einfach so vorkommen?», hörte ich Simone das Vernommene ein wenig automatenhaft wiederholen. Und nach dem Telefongespräch teilte meine Assistentin, der zuvor nie ein derbes Wort über die schön geschwungenen Lippen gekommen war, mir mit, die Meisterin habe ein heiteres «Fuck it! Shit happens!» folgen lassen, bevor sie ohne Umschweif anbot, sich eigenhändig um das Gemälde zu kümmern. Wo sich das Bild denn augenblicklich befinde, hatte sie von Simone noch wissen wollen. Ob wir übermorgen ab Mittag an Ort und Stelle sein könnten? Ja, ihr sei klar, wie sie dorthin komme. Das seien doch kaum mehr als hundert Kilometer. Wenn es nicht arg regne, müsse die Strecke für sie problemlos bis in die Mittagsstunden, bis ungefähr eins zu schaffen sein.

Dass Simone am fraglichen Tag einen Imbiss vorbereitet hatte, so salzig-süß ausgewogen, dass er sowohl als kleines Mittagessen wie auch als Snack zum Kaffee durchgehen konnte, hätte mich allein nicht überrascht. Meine Simone nimmt dergleichen einfach in die Hand. Aber wie sorgfältig, ja liebevoll der Tisch mit Blumen dekoriert war, ging in seinem entschiedenen Gestaltungswillen doch sichtlich über das Maß des denkbar Angebrachten hinaus.

Zusammen sahen wir aus dem Fenster, als HeidiHeidi bei uns vorfuhr. Selbstredend hatten wir beide mit einem Automobil gerechnet. Simone mit einem Taxi vom nahen Bahnhof. Mir hingegen wäre, weil ich Kunstschaffenden gern eine gewisse Exzentrik unterstelle, ein schicker Oldtimer, vier oder fünf Jahrzehnte alt und originalgetreu restauriert, angemessen erschienen. Auf ein Zweirad jedoch – auf einen Drahtesel mit Anhänger! – waren wir beide schlicht nicht vorbereitet. Und obwohl wir mittlerweile erfahren haben, dass es sich um ein Elektrobike der Spitzenklasse handelt und der Anhänger trotz seiner grazilen Leichtbauweise mit einer Vierteltonne beladen werden darf, bleibt erstaunlich, wie pünktlich und mit wie viel Werkzeug und Material die Meisterin bei uns eintraf.

«Sie sind also der Onkel Doktor!», scherzte sie, während sie meine Rechte auf eine angenehm kraftvolle Weise drückte und mir dazu, als bräuchte der Handschlag einen symmetrischen Ausgleich, mit der Linken auf die Schulter schlug.

«Und wir beide hatten ja schon telefonisch das Vergnügen! Darf ich Simone sagen?»

Sie durfte. Und als sie sich ungeniert bei Simone einhängte und die beiden, gleich alten Freundinnen, Arm in Arm Richtung Büro marschierten, fiel mir auf, wie sinnig die Rabenschwärze von Simones kurzem Haar mit dem nicht minder künstlichen Platinblond der Mähne von HeidiHeidi kontrastierte. Von einem schlichten Gummi wird ihr langes Haar zu einem glatt gebürsteten Pferdeschwanz zusammengehalten. Und sein metallisch kalter Schimmer verhindert stilsicher, dass diese Frisur unangemessen mädchenhaft wirken könnte.

Ich bin wirklich heilfroh, dass sie und Simone sich so umstandslos gut vertragen. Wenn es da einen Missklang gegeben hätte, wäre ich vom Zwang, zwischen der Älteren und der Jüngeren zu vermitteln, hoffnungslos überfordert gewesen. Warum und bis zu welchem Grad sich Frauen wechselseitig mögen oder partout nicht leiden können, ist mir stets dunkel geblieben. Meine Simone und die Meisterin schienen zum Glück ganz zwanglos auf einer Wellenlänge zu schwingen. Und nur sekundenkurz fühlte ich mich, den ominösen Kontrast der beiden vergleichbar artifiziellen Haarfarben vor Augen, auf eine fast ein wenig kränkende Weise vom Reich des Weiblichen ausgeschlossen.

*

Unser Besuch hat Zeit mitgebracht. Und da mir von ihr gleich bei ihrer Ankunft das Du angeboten worden ist, nenne ich sie nun schon eine schöne Weile schlicht Heidi, was unserem fraulichen Zusammenwirken etwas Kollegiales verleiht. Mein Chef tituliert sie respektvoll mit «Frau HeidiHeidi», sie nennt ihn meist Doktor, gelegentlich auch humorig Doktorchen, als wäre er eine Art Hausarzt und Junger Pfau in Aspik sein Patient. Als wir Kaffee tranken und sie sich den von mir am Abend zuvor gebackenen Kuchen und die belegten Brötchen schmecken ließ, fragte Eidmann ein wenig drängelnd nach der Tiefenstruktur des Gemäldes. Aber Heidi meinte nur, vorerst könne sie sich kein bisschen entsinnen, was sie da vor Jahr und Tag alles übereinandergepinselt, -gesprüht und -gespachtelt habe. Das Historische, das verlaufsgetreue Gedenken, sei nie ihre Stärke gewesen. Aber die eine oder andere Erinnerung würde sich, so sie ihrem Gedächtnis keine Daumenschrauben anlege, bestimmt noch einstellen. Als Erstes müsse Junger Pfau in Aspik allerdings aus dieser schaurigen Kältegruft befreit werden.

Unser Gabelstapler, mit dem das schwergewichtige Gemälde in den Kühlraum verfrachtet worden war, kam erneut zum

Einsatz. Heidi kletterte selbst in den Sitz, manövrierte das Bild hinüber in unseren kleinen überglasten Innenhof und kippte es mit viel Gefühl schräg gegen eine der dortigen Säulen.

Auf Eidmanns Einwand, ob es nicht sicherer wäre, das Bild erneut auf stabilen Böcken parallel zum Boden zu platzieren, meinte Heidi, leicht geneigt habe sie Junger Pfau in Aspik einst aufs Holz gebracht. Das Gemälde müsse sich an den fraglichen Winkel erinnern. Falls noch mehr aus seinem Inneren abfließen wolle, würde eine Schieflage, knapp 30 Grad aus der Senkrechten, diesen Drang angemessen befördern. Und Licht – volles, warmes Sonnenlicht wie hier in diesem famosen Innenhof! – habe ihren Werken wie ihrem Werkeln stets gutgetan.

Diese Logik schien meinem Chef einzuleuchten, vielleicht weil er bei bedeutenden Künstlern eine gewisse Versponnenheit erwartet. Dagegen irritiert ihn sichtlich, wie begeistert Heidi von meinen technischen Gerätschaften ist. Mittlerweile haben sie und ich das Gemälde einer umfassenden Tiefenuntersuchung unterzogen, und eine Auswahl der bunten Ausdrucke, die seinen inneren Aufbau wiedergeben, hat Heidi am Boden zu einem patchworkartigen Neubild arrangiert.

Wenn sie barfuß rund um das Ausgelegte oder auf den Zehenspitzen sogar quer über das hochglänzende Fotopapier spaziert, summt sie selbstvergessen vor sich hin. Sobald sie dann noch ein tiefkehliges Brummen oder gar einen hellen Juchzer ausstößt, spüre ich, wie Doktor Eidmann mich anschaut. Und vermutlich würde ich, so ich zurücksähe, etwas hilflos Hilfeheischendes in seinem Blick bemerken.

*

Zugegeben, ich war, männlich ahnungslos, nicht darauf vorbereitet, dass die Meisterin einfach bei uns Quartier nehmen würde. Als sich ihr Ankunftstag seinem Abend entgegenneigte, bot Simone an, ihr ein Zimmer in einem nicht allzu weit entfernten Landgasthof zu buchen. Aber HeidiHeidi wies dies mit dem Argument zurück, jetzt komme es darauf an, in Tuchfühlung mit Junger Pfau in Aspik zu bleiben. Sie habe ihr Zelt dabei. Pop-up! Sie wisse nicht, ob uns dieses wirklich stupende mechanische Prinzip bekannt sei? Ein solches Zelt baue sich nahezu von selbst auf.

In der Tat hatten Simone und ich dergleichen noch nie gesehen. Die Künstlerin faltete den kompakten Packen zu einem flachen Quadrat auseinander, und als sie dort, wo dessen virtuelle Diagonalen sich schnitten, mit dem Handballen auf eine Kunststoffscheibe drückte, schnellten Fiberglasstäbe in die Höhe und spannten ein Iglu auf, dessen Nylonhaut nur noch die allerletzte Straffung fehlte. Vier kleine Löcher müsse sie nun zum Spannen der Leinen ins Parkett bohren. Junger Pfau in Aspik werde mir, dem Hausherrn, für dieses Zugeständnis dankbar sein. Gerade die extraschweren Gemälde seien just hierzu in der Lage. Nur vier Löchlein. Jedes bloß acht Millimeter im Durchmesser. Bestimmt sei ich bereit, der Kunst dieses Opfer zu bringen.

Wenn ich auf meine mittlerweile zwei Jahrzehnte währende Arbeit als selbständiger Restaurator von Gegenwartskunst zurückblicke, wundert mich schon, wie selten ich persönlich mit den fraglichen Künstlern zu tun bekommen habe. Einige derjenigen, deren Arbeiten als anhaltend gegenwärtig gehandelt werden, haben natürlich bereits das Zeitliche gesegnet.

Gerade Maler gehen nicht selten arg rabiat gegen den Leib vor, der ihr Genie geduldig und anspruchslos wie ein Maultier durch die Jahre zu tragen bereit ist. Und manche Besitzer großer Namen sind, was traurig stimmen mag, längst nur noch vegetativ, quasi topfpflanzenähnlich, am Leben. Ein hoffnungslos trunksüchtiger Plastiker, dessen Gebilde aus Draht und Leichtbeton weltweit zentrale Plätze zieren, höhnte, als Simone ihn endlich auf einer Kanarischen Insel erreichte, ins Telefon, ihm sei «ziemlich schnurzegal», wie und womit wir seine unter dem eigenen Gewicht kollabierte Skulptur wieder zusammenflicken würden. Hinreichend lange Schrauben und ein potenter Kleber ließen sich doch in jedem Baumarkt auftreiben. Alles Weitere überlasse er unserer Kreativität.

Simone, die das fragliche Objekt während eines Berlin-Wochenendes noch intakt im dortigen Regierungsviertel gesehen hatte, beaufsichtigte zusammen mit einem Referenten der Kulturstaatsministerin den Abtransport der Trümmer. Und als wir, schon gut zwei Wochen später, die feinen Risse, die nach dem Zusammenfügen der Fragmente noch an das Kunstunglück erinnerten, mit einem hochelastischen Silikon füllten und die Versehrung mittels einer von Simone nachkomponierten Farbe vollends unsichtbar machten, fühlten wir uns wie die treusorgenden Pflegeeltern eines Kindes, das von seiner rohen Vatermutter in die Welt verstoßen worden war.

Wie beschwingt und inspirierend geht mir die Arbeit an Junger Pfau in Aspik mit meiner Simone und der großen Heidi-Heidi von der Hand. Heute wollen wir mit dem mechanischen Vordringen beginnen. Die Meisterin hat hierzu aus der Fülle des mitgebrachten Werkzeugs ein Set graziler Hobel ausgewählt.

«Macht ihr beide mal!», ermutigt sie uns. «Schaben und Schälen. Mit Herz. Ich gucke einfach nur zu.»

Wir nehmen sie beim Wort, und was wir in hauchdünnen Streifen abheben, nimmt uns die Meisterin gleich aus der Hand, um es sorgsam – offenbar kommt es ihr auf die Reihenfolge an – in eine Pappschachtel zu schichten.

Während Simone und sie dabei wie alte Schulfreundinnen plaudern, gerate ich ins Sinnieren. Kommenden Mittwoch wird es auf den Tag genau zwei Dekaden her sein, dass ich mich selbstständig gemacht habe. Seitdem bin ich mein eigener Herr, und die fünf Jahre, die ich mittlerweile mit Simone zusammenwirken darf, haben mich als für sie verantwortlichen Arbeitgeber in meinem Chef-Sein bestärkt. Wie seltsam entlastend, ja fast erlösend mutet es nun an, unter dem Kommando einer genialen Gegenwartskünstlerin gleich einem einfachen Handwerksgesellen mitzutun.

*

Seit Heidi das Sagen hat, bin ich doch ein bisschen in Sorge um meinen Chef. Stets hat sich Dr. Eidmann mir gegenüber alles andere als dominant verhalten. Stets akzeptierte er, dass ich, was das Röntgen, das Tomografieren oder die Untersuchung mit Ultraschall angeht, über ein Plus an Ahnung und Fingerspitzengefühl verfüge. Mehr als einmal bewies er mir mit einem «Das müssen nun wirklich Sie entscheiden, liebe Simone!», dass er seiner technischen Assistentin und damit einer

Frau auch in puncto Tiefenbilddeutung, ganz frei von besserwisserischen Allüren, das letzte Wort lassen konnte. Nun aber hat sich die geschlechtliche Gewichtung verschoben, und eventuell ist deren Balance unausgesprochen schon immer heikel gewesen.

Anfangs wurde mir die Intimität unserer Zusammenarbeit dadurch erleichtert, dass ich ihn für gleichgeschlechtlich gepolt gehalten hatte. Und als wir unseren ersten einschlägig virilen Praktikanten in der Werkstatt hatten, einen drahtig zierlichen, fast mädchenhaft hübschen Studenten der Archäologie, welcher für meinen Chef unübersehbar mehr als bloß fachlich schwärmte, rechnete ich damit, dass bald die Funken zwischen den beiden Kerlen fliegen würden. Aber nichts dergleichen geschah. Mein Dr. Eidmann blieb blind für die sehnsuchtsklammen Blicke des Jünglings und taub dafür, wie dessen unermüdliches Fragen und Nachfragen nicht bloß der damaligen Sache galt, sondern fast schmachtend deren Sachwalter umwarb.

Wir hatten damals eine Serie uriger Farbfotografien in Arbeit. Die Negative, frühmoderne Schwestern der späteren Dias, waren in den Wirren des vergangenen Jahrhunderts verlorengegangen. Die einzigen Abzüge, die sich erhalten hatten, waren mit einem speziellen Salzpapier hergestellt worden, dessen Rückseite bräunlich zu welken begann. Eidmann tippte auf bestimmte Stickstoffverbindungen, die unsere Luft der Allgegenwart der Dieselmotoren verdankt. Eine kleine Serie von Tests, die wir uns hierzu eigens ausdachten, erhärtete den Verdacht.

Die Strahlentherapie, mit der uns die Rettung der Bilder gelang, darf ich in aller Bescheidenheit kongenial nennen, denn weder Eidmann noch ich, keiner von uns beiden, wäre allein auf das mehrstufige Verfahren gekommen. Mein Chef zögerte nicht, es auf seine Kosten patentieren zu lassen, und dass wir die damit verbundenen Nutzungsrechte gleichberechtigt halten, war für ihn eine Selbstverständlichkeit. Heute Abend erst habe ich Heidi davon erzählt. Dr. Eidmann war etwas früher nachhause gegangen. Ich konnte mich noch nicht von Junger Pfau in Aspik losreißen, und als Heidi mich schließlich auf einen Teller Suppe einlud, sagte ich gerne ja.

Seit sie im Lichthof der Werkstatt kampiert, macht sie sich jeden Abend selbst etwas zu essen. Was sie hierzu braucht, hat sie auf ihrem Fahrradanhänger mitgebracht: einen kleinen Gasbrenner und einen ganzen Schwung Einweckgläser, welche Eintöpfe oder dickflüssige Suppen enthalten. Allerlei Grünzeug, das hinter den Werkstattgaragen auf einem verwahrlosten Wiesenstreifen wächst, hat sie zu wertvollen Wildkräutern erklärt. Und auch mir streut sie jetzt einfach eine Handvoll davon über meinen dampfenden Teller.

Es gibt Hühnersuppe. Als Heidi sie aus dem Glas in einen Topf kippte, sah das gelb gelierte Fett alles andere als appetitlich aus. Aber jetzt, wo die Hitze ihr Werk getan hat, gibt es auch ästhetisch nichts mehr zu beanstanden, vom Geschmack ganz zu schweigen. Ich weiß nicht, warum ich Heidi eben gefragt habe, ob sie Kochen für eine Kunst hält. Dr. Eidmann wäre hierüber sicher erstaunt gewesen. Obwohl wir seit Jahr und Tag gemeinsam an einschlägigen Werken zugange sind, haben wir nie ein Wort darüber verloren, wo die Grenzen der Bildenden Kunst zu anderen Sphären des Ringens um Schönheit verlaufen.

Heidi schlürft die heiße Suppe, und ich vermute, dass sie

über meine Frage nachdenkt. Zumindest wirft ihre Stirn Falten, die bisher, wenn sie mit uns sprach oder still an Junger Pfau in Aspik zugange war, nicht in Erscheinung traten. Heidi ist nicht in einem landläufigen Sinne schön. Aber als sie vor einer Woche unten von ihrem E-Bike stieg und ihr die Finger der Rechten ins Haar fuhren, um die von der flotten Fahrt verschwitzte Kopfhaut ausgiebig zu kratzen, murmelte Eidmann: «Mein Gott, was für eine unerhört aparte Frau!»

Jetzt sehe ich, dass ihr Haar an den Schläfen besonders schnell nachzuwachsen scheint, denn dort lässt sich mittlerweile ein silbriges Grau erkennen. Es hebt sich nur wenig von dem Platinblond ab, zu dem ihr kräftiger Schopf gefärbt ist, aber zweifellos legt Heidi Wert auf diese kleine intermetallische Verschiebung, auf das magische Plus der Künstlichkeit.

Für sich und mich hat sie eben eine Flasche Rotwein geöffnet. Seit sie in unserer Werkstatt haust, steht jeden zweiten Tag eine weitere leere Flasche beim Altglas neben den Müllcontainern. Eidmann hat heimlich die Etiketten studiert. Und als wir beide, wozu gar nicht mehr oft Gelegenheit ist, in unserer Teeküche unter vier Augen miteinander sprachen, meinte er, dergleichen exklusive Tropfen seien im normalen Handel leider Gottes nicht erhältlich, selbst wenn man eine dreistellige Summe zu zahlen bereit wäre.

Heidi muss etwas hiervon geahnt haben. Denn als mein Chef am Spätnachmittag aufbrach, drückte sie ihm eine Flasche zum Mit-nachhause-Nehmen in die Hände.

«Nein! Nein, liebste Simone!», antwortet Heidi jetzt mit erstaunlicher Verspätung auf meine Frage von vorhin. Wenn sie es aus allen ihr möglichen Winkeln bedenke, komme sie zu dem Schluss, Kochen sei leider keine Kunst. Und zwar nicht, weil es einem gelungenen Gericht im Vergleich zu einem guten Bild an irgendetwas fehle. Im Gegenteil, es sei ein Plus, eine zusätzliche Potentialität, die verhindere, dass zum Beispiel dieser Hühnereintopf zu den Kunstwerken gerechnet werden könne.

«Der Verzehr! Es ist der Verzehr!» Dass wir ein solches Gericht in uns verschwinden ließen und dass es dann ohne jeden existenziellen Zwang, also ganz ohne die Not einer Wiederkehr, glücklich in uns verloren bleibe, verhindere die Kunstwerdung des Gekochten.

«Ohne Wiederkehr in der gleichen Gestalt, Simonchen! Wie wunderbar: Ohne Wiederkehr in der gleichen Gestalt!»

Heidi hat den Arm um mich gelegt, und als sie mich unversehens aufs Ohr küsst, dreht sich ihre Zungenspitze erstaunlich tief und fast explosiv schnalzend in meinen Gehörgang.

«Halt!», wage ich zu widersprechen, ich sähe da mit Verlaub einen logischen Fehler. Schließlich sei eine versierte Köchin wie sie doch in der Lage, die gleiche Hühnersuppe erneut zu kochen, ununterscheidbar auch für einen wachsam kritischen Gaumen.

Heidi antwortet auf meinen Einwand, aber weil ihre Zunge mittlerweile in meinem anderen Ohr zugange ist, habe ich Schwierigkeiten, sie zu verstehen. Und überhaupt: Nun, wo sich alles so seltsam zuspitzt, wo Heidi in schnellem Wechsel an meinem linken und an meinem rechten Ohrläppchen knabbert, wäre ich heilfroh, mein Chef, mein lieber Doktor Victor Eidmann, hätte die Werkstatt, hätte Heidi, mich und Junger Pfau in Aspik noch nicht verlassen!

*

Erst nachdem ich in meiner Wohnung eingetroffen war und das großzügige Geschenk der Meisterin bereits entkorkt hatte, begriff ich blitzhell, warum ich heute ein bisschen früher gegangen war, was mich heimgelockt hatte, was mich zuhause erwartete, was ich insgeheim holen wollte, um damit schnurstracks erneut Richtung Werkstatt aufzubrechen.

Es handelt sich um ein Erbstück. Mein einziger Onkel, jüngerer Bruder meiner Mutter, hat es mir kurz vor seinem Tod, er war schon bettlägerig, in die Hände gedrückt. Eigentlich müsste dergleichen behördlich registriert sein und in einem abschließbaren Metallschrank verwahrt werden. Aber anders als mein Onkel hatte ich nie vor, den Jagdschein zu erwerben, und unter meinem Junggesellenbett schien mir die Flinte in ihrem feldgrünen Futteral, zusammen mit der Schachtel Munition, immer an der rechten Stelle, um, soweit Dinge dies vermögen, geduldig auf ihre Zeit zu warten.

Als wir uns heute Mittag mit ihren rasierklingenscharfen Hobeln bis an die virulente Stelle herangearbeitet hatten, hieß uns die Meisterin innehalten. Mit den Fingernägeln pulte sie eine letzte Schicht, weich und trüb transparent wie erstarrte Gelatine, aus der Tiefe der Höhlung. Von Simone ließ sie sich einen kleinen Schraubenzieher reichen und hebelte eine Kugel ins Licht, gut murmelgroß und aus einem bleifarbenen Metall gegossen.

«Hab ich dich!», rief sie. «Hab ich dich wieder! Fast hätte ich dich vergessen.»

Und dann versenkte sie das Objekt, offenbar ein Projektil

und Ursache der Kunsthavarie, in einem kleinen Leinenbeutel, den sie, ohne dass dies Simone und mir aufgefallen gewesen wäre, bereitgehalten hatte.

Ach, die in der einschlägigen Literatur vielzitierte Multiperspektivität halte ich für einen ziemlich nutzlosen Begriff, der eine schiere Selbstverständlichkeit unnötig aufbläht, ja theoretisch mystifiziert. Unsere Malerin ist wahrlich nicht die Erste, die damit spielt, dass verschiedene Blickwinkel auf die Oberflächenstruktur eines Gemäldes unterschiedliche Effekte hervorrufen. Auch die fotografischen Ablichtungen der Massiven Gemälde sehen nie völlig gleich aus. Und als Simone bereits am ersten Tag eine lange Filmsequenz, eine lückenlose Bildfahrt über Junger Pfau in Aspik erstellte, konnten wir im Büro an unserem besten Monitor verfolgen, wie der fragliche Vogel sein putzig hässliches Köpfchen nahezu plastisch aus einem diffusen Geäst zu schieben schien, um dann, kaum wechselte die Neigung der Kameralinse, bis auf eine nur noch schemenhafte Präsenz im alle Schärfe für sich beanspruchenden Blattwerk zu verschwinden.

Ich bin wieder an Ort und Stelle. Und jetzt, wo ich mich auf Zehenspitzen in den Lichthof begeben habe, bekommen erst einmal meine Ohren zu tun. Zweifellos sind es die Stimmen der beiden Frauen, die mir, kaum gedämpft durch die dünne Nylonplane, aus HeidiHeidis Zelt entgegenschallen. Auch wenn das Seufzen und Flüstern, das Girren und Gurren für meinesgleichen letzten Endes uneindeutig bleiben muss, tendiere ich in hoffentlich verzeihlichem Kurzschluss dazu, es für die akustische Repräsentation eines Liebeskampfes zu halten.

Gleich werde ich die beiden zart miteinander Ringenden

stören, wahrscheinlich sogar schlimm erschrecken müssen. Der Schießprügel meines Erbonkels ist geladen, beide Hähne sind gespannt. Bei der Munition handelt es sich laut Packungsaufschrift um ein Schrotkaliber, wie es bei der Großvogeljagd Verwendung findet. Der Treibsatz solcher Patronen kann, falls sie trocken gelagert werden, problemlos Jahrzehnte explosionsfähig bleiben. Eine Handvoll habe ich mir in die Hosentasche gesteckt. Aber wahrscheinlich wird kein Nachladen nötig sein.

«Süße Simone!», glaube ich jetzt aus dem zweistimmigen Getön herauszuhören. Dem habe ich nichts hinzuzufügen. Ich werde so lässig, so kerlig, wie ich es zustande bringe, aus der Hüfte feuern. Aus kurzer Distanz, mitten ins Bild! Mit schnödem Gips hat HeidiHeidi heute Nachmittag das durch unser Vordringen entstandene Loch gefüllt und alles überraschend früh, noch während die Masse hellgrau feucht war, mit mehreren Schichten farblosen Nagellacks versiegelt.

Weit mehr, weit mehr als die bislang erforderlich gewesene Kunstfertigkeit wird uns dreien, wird der Meisterin, wird Simone und mir die erforderliche Totalrekonstruktion abverlangen. Aber eins nach dem anderen. Erst einmal sollen mir Hartes wie Weiches, Vogelgebein wie Gefieder, sollen mir Farbsplitter und Aspik um die Ohren, ja womöglich in beide Augen spritzen. Ein letzter Blick: der Pfau, der junge Pfau! Victoria! Erneut schlägt er sein Rad für mich.

DAS KISSEN

EINS

Wenn er und ich zusammenkommen, wenn unsere gemeinsame Zeit anhebt, könnte mir mit etwas Glück ein kleines Zimmer plus Nasszelle zur Verfügung stehen. Dies samt seiner zukünftigen Anwesenheit muss ich schon jetzt einen finalen Luxus nennen. Denn global gesehen wird nur eine Minderheit meiner hinfällig gewordenen Altersgenossen die schützende Abgegrenztheit eines letzten eigenen Raumes genießen und dort unter die Obhut eines derartigen Helfers schlüpfen dürfen.

Gut möglich, dass es sich bei ihm dann um ein älteres Modell mit unübersehbaren Gebrauchsspuren handelt. Aber die eine oder andere Schramme, die er sich beim Rangieren um frühere Betten zugezogen hat, soll mich nicht stören. Was seine kommende Gestalt angeht, will ich nur eine Hoffnung hegen: Ich wäre froh, wenn er dereinst nicht einer menschlichen Pflegekraft nachgebildet wäre. Eine tonnenförmige oder kugelige Gestalt liegt wegen des Schwerpunkts nahe, allein bei den kräftigen Greifarmen ist eine primatenähnliche Anmutung fast unvermeidlich, und sein Fahrwerk wird bestimmt nicht nahezu lautlos, sondern eher mit einer Art Schnurren über das Laminat meiner letzten Gegenwart rollen.

Bekömmlicher als eine kopfähnliche Ausstülpung mit einem wie auch immer stilisierten Antlitz empfände ich einen Bildschirm mittig im Rumpf, so groß und lichtstark, dass ich, was darauf zu sehen ist, gut erkennen kann. Da ich in den vorausgegangenen Jahrzehnten tagtäglich vor häuslichen Leuchtschirmen gesessen bin, wird mir heimelig zumute werden, sobald sich dieses Rechteck in mein Blickfeld schiebt. Vielleicht lässt es sich einrichten, dass dort auch meine Äußerungen kurz Wort für Wort aufscheinen, fast so, als hätte ich sie, wie früher, eigenhändig, Buchstabe auf Buchstabe in eine Tastatur geklackert.

Vermutlich wird er mich mit meinem Vornamen ansprechen, und bestimmt werde ich, was seine Stimmlage angeht, eine gewisse Auswahl gehabt und mich für ein männliches Organ, also für ein gleichgeschlechtliches Du entschieden haben. Über den Tag hinweg und bei Bedarf auch nachts wird sich diese Stimme mit Sätzen an mich wenden, die sich wie Fragen oder Bitten anhören. Selbstverständlich handelt es sich dabei jedoch meist um die rhetorische Einleitung von Maßnahmen, die an meinem Leib vollzogen werden sollen.

Ich kann mir ungefähr vorstellen, was dies für mein Antworten bedeutet. Ein «Nein!» auf die Frage, ob ich gut geschlafen hätte, spielt keine Rolle, wenn meine nächtliche Gehirntätigkeit das für den flachen Schlummer eines alten Mannes erwartbare Muster aufgewiesen hat. Schlüsselwörter, die für mich mein Befinden bedeuten, werden mit den Daten abgeglichen, die er auf seinen eigenständigen Wegen permanent an mir erhebt.

Beschreibe ich Schmerzen, wird er deren angebliche Eigenart mit dem, was er akut misst und statistisch bereithält, in Beziehung setzen und Konsequenzen daraus ziehen. Aber ich werde nicht erraten können, ob die eintretende Linderung von veritablen Wirkstoffen oder von einem Placebo abhängt, zu dessen Verabreichung ihn seine Algorithmen geleitet haben. Keinesfalls darf ich argwöhnen, dass er mich damit überlistet oder gar betrügt. Denn Absichten hegt er so wenig, wie er Entscheidungen in meinem human landläufigen Sinne trifft.

Einen Namen, um ihn damit anzusprechen, braucht er, der mich schlicht «Georg» nennt, nicht zu besitzen. Mir würde genügen, wenn sein Spracherkennungssystem das Wörtchen «du» und dessen grammatische Geschwister, also «dich», «dir» und «dein», auf seinen Korpus aus Kunststoff und Metall bezieht, sobald mir die fraglichen Silben über die Lippen kommen. Und da wir ja die meiste Zeit allein miteinander sind, dürfte dies eigentlich so gut wie nie zu Verwechslungen führen.

Wenn sich dennoch ein intimes Dilemma ergeben sollte, liegt das allein an mir. Ich bin im Lauf der Jahrzehnte zu einem notorischen Sprachtier geworden. Weit mehr als mit den Händen und fast so sehr wie mit meinen Augen habe ich mir die Welt mit Ohr und Zunge zu Bedeutungsgebilden modelliert. Auch was ich schrieb, wurde entstehend stets zu einem inneren Zuhörer gesprochen. Und weil mein finaler Gefährte nicht Gedanken lesen kann, werde ich die meinen ungehemmt laut äußern und auf meine letzten Tage bestimmt recht schwatzhaft geworden sein.

«Mir tut schon wieder die rechte Schulter weh. Ich muss mich auf die linke Seite legen.»

«Darf ich dir dabei behilflich sein, Georg.»

«Nein, lass es mich allein versuchen.»

«Ganz wie du willst. Soll ich dir dein Kopfkissen aufschütteln.»

«Du bist wie eine Mutter zu mir.»

«Leider verstehe ich nicht, was du damit sagen willst, Georg. Kannst du es bitte mit anderen Worten wiederholen.»

«Seit wir zusammen sind, komme ich mir vor wie ein Kind, das die ewigen Masern hat.»

«Die Masern waren eine bis in das mittlere zwanzigste Jahrhundert in Europa weit verbreitete virale Infektionskrankheit. Du bist nicht an Masern erkrankt, Georg.»

«Ich weiß, dass ich keine Masern habe. Aber ich hatte sie einmal.»

«Das ist in deiner Anamnese verzeichnet. Die 1961 erstmals gebildeten Antikörper sind weiterhin in deinem Blut nachweisbar.»

«Bis heute? Wirklich? Du bist ein Spürhund ohnegleichen!»

«Ich verstehe leider nicht, warum du mich als Spürhund bezeichnest. Kannst du es mir erklären, Georg.»

«Manchmal kennst du dich in mir besser aus als ich. Zumindest in gewisser Hinsicht. Das hat etwas für sich. Ich rede sehr gern mit dir.»

«Danke für diese freundlichen Worte, Georg. Soll ich dir jetzt dein Kopfkissen aufschütteln.»

Wird es in meinem zukünftigen Bett ein Kopfkissen geben, das sich wie die Kopfkissen einstiger Jahrzehnte aufschütteln lässt? Ich weiß es nicht. Werde ich einen Schlafanzug tragen dürfen oder nur ein Nachthemd? Oder ein Kleidungsstück, das erst in meinen Dialogen mit ihm einen Namen haben wird?

«Wir könnten uns ein bisschen über früher unterhalten.»

«Kannst du den Zeitraum eingrenzen und einen Gesprächsgegenstand auswählen, Georg.»

«Ich würde gern an unser gestriges Gespräch über analoge Tonbandgeräte und Kassettenrecorder anknüpfen.»

«Soll ich etwas Bestimmtes für dich recherchieren. Möchtest du Bilder oder Filmausschnitte sehen, in denen diese Geräte vorkommen.»

«Lieber nicht. Das hatten wir zur Genüge. Aber da kommt mir eine Idee: Kannst du Audiodateien ausfindig machen, auf denen meine frühere Stimme zu hören ist?»

«Alles, was du in diesem Raum gesagt hast, ist aufgezeichnet worden. Darf ich dir hiervon etwas Bestimmtes vorspielen, Georg. Nein? Soll ich dir dein Kopfkissen aufschütteln.»

Warum nicht. Ich werde mich aufsetzen, bevor sein starker Arm unter meine Schultern schlüpft, und er wird hinter meinem Rücken ein Kissen aufschütteln, das gewiss nicht mit Gänsedaunen, sondern vermutlich mit irgendwelchen waschfesten Kunstfasern gefüllt ist.

Ich würde nicht so weit gehen zu sagen, dass er, seit wir zusammen sind, mit meiner Hilfe etwas dazugelernt hat. Aber wenn ich mich um eine adäquat geschickte Formulierung bemühe, gelingt es mir ab und an, den einen oder anderen Umstand wie einen Wissensvirus in sein System zu schleusen. So ist ihm mittlerweile als eine Art Faktum geläufig, dass ich auf die linke Schulter gedreht am besten einschlafe. Wälze ich mich am Abend, hinterhältig lauthals gähnend, auf die rechte, rät er mir prompt, die Position zu wechseln.

Er wird nicht ahnen, dass ich derart über ihn nachdenke.

Es ist ein tückisches Sinnieren. Manchmal schäme ich mich ein bisschen dafür. Wehrlos kommt er mir dann vor. So wehrlos, wie es die unbelebten Dinge in menschlichen Händen immer gewesen sind.

Ich und er? Nein, besser: wir und sie. Wir halten uns mit einem gewissen Recht für die bislang raffiniertesten Repräsentanten des irdischen Lebens. Absicht und kalkulierende Schläue machen uns zu einer Vorhut des Biotischen. Aber auch mein robotischer Gefährte wird in seiner Sphäre, im weiten Feld des anorganisch Gebauten, eine besondere Gattung vorstellen: Er wird eines jener Gebilde sein, die wir aus regloser Materialität in ein weiterhin bewusstloses, aber mittlerweile aberwitzig emsig rechnendes Dasein hinübergestoßen haben.

Z W E I

Es ist so weit gekommen. Und wenn ich mir eine späte Eitelkeit erlauben darf: Zumindest das eine oder andere Detail meiner nun Gegenwart gewordenen Zukunft habe ich dereinst ganz gut getroffen! So hat mein Lebensendgefährte tatsächlich eine männliche Stimme, die ich mir aus einer ermüdend großen Vielheit von Klangorganen aussuchen durfte. Ich entschied mich für «Roy» und begriff erst im Laufe meines ersten hiesigen Tages, dass ich mich mit dieser Wahl auch dafür entschieden hatte, ihn des Weiteren mit diesem Namen anzusprechen.

Unsere ersten Wochen waren kein Zuckerlecken. Meiner

Einlieferung waren eine Schwindelattacke und ein Sturz, nur drei Kellerstufen tief, vorausgegangen. Ich hatte noch Glück im Unglück. Im Kopf war nur ein peripheres, nicht allzu wichtiges Äderchen verstopft und von den Gliedern bloß der linke Oberschenkel günstig mittig, erfreulich glatt gebrochen. Roy hat mir mehrmals vergeblich angeboten, die einschlägigen Bilder und Daten auf seiner breiten, blanken Brust erscheinen zu lassen und mir den damaligen Schaden wie die Etappen meiner Genesung zu erläutern.

Gestützt auf einen simplen Handstock, den ich anderen Gehhilfen vorziehe, schaffe ich es mittlerweile wieder ungestützt, aber dicht gefolgt von Roy, hinüber in die Nasszelle und zurück ins Bett. Fünf Schritt hin, fünf Schritt zurück. Mein Raum ist, mit nackten Füßen ausgemessen, noch etwas kleiner, als ich dereinst vorauszusehen glaubte. Aber die Wände aus Amplivan suggerieren eine lichte Weite, und das Fenster würde ich, morgens wie abends, sommers wie winters, für einen frisch geputzten Ausguck halten, wenn ich nicht wüsste, dass ich mir nur das billigste Binnenkämmerchen, eine Wabe inmitten von Waben leisten kann.

Roy ist, genau wie ich es mir vorgestellt, ja eventuell insgeheim sogar gewünscht habe, ein älteres Modell. Dies kann er, vor allem wo er mechanisch ist, nicht verhehlen. Seine Arme quarren wie hart gewordenes Leder, und wenn er mir bei der Körperpflege ganz nahe kommt, bilde ich mir ein, das synthetische Öl zu riechen, mit dem seine Hydraulik arbeitet.

«Roy, kann es sein, dass der Kundendienst mal wieder nach deinen Gelenken sehen muss?»

«Danke für diese freundliche Nachfrage. Meine Baureihe

ist zu hundert Prozent wartungsfrei. Ich will dir jetzt doch noch dein Kopfkissen aufschütteln.»

Roy hat für mich recherchiert, womit die hiesigen Kopfkissen gefüllt sind. Es handelt sich um Mikrofasern, die aus Silikat-Abfällen der Rechnerproduktion gewonnen werden und deren Elastizität sich durch ein regelmäßiges Aufschütteln tatsächlich positiv beeinflussen lässt. Auch für die Durchblutung der Kopfhaut soll eine derart luftig gelockerte Füllung gut sein.

«Ich glaube, es reicht, Roy. Genug geschüttelt. Du klopfst mir zu heftig gegen die Schulter. Stopp! Hörst du nicht? Stopp, Roy! Ist etwas? Geht es dir nicht gut, Roy? Halt doch endlich still, um Himmels willen!»

Roy hielt schließlich still. Und ein Blick auf seinen flachen Busen sagte mir: Es ging ihm tatsächlich alles andere als gut. «Error» war schon zu meinen Außenweltzeiten für Störungen gebräuchlich gewesen, bei denen rechnerische Abläufe in eine Sackgasse geraten waren. Roy steckte in sich fest, das grün blinkende Wort auf seinem Brustschirm verriet, dass er sich nicht mehr selbsttätig aus irgendeiner inwendigen Falle befreien konnte.

Ich will auf meine alten Tage nicht über den sogenannten Kapitalismus klagen. Dessen Kunstfertigkeit, mehr oder minder lebensnotwendige Güter zu verknappen und das erzeugte Defizit gnadenlos gewinnbringend zu bewirtschaften, muss jeden, der mit eigenen inneren Überflüssen und Mangelerscheinungen zu kämpfen hat, immer aufs Neue neidisch staunen machen. Meine Tochter, die bereits mehr als die Hälfte meiner Endpflegekosten bezahlt, sah sich außerstande, den Austausch des defekten Roy gegen ein neueres Modell zu finanzieren.

Aber natürlich – das Wörtchen «natürlich» ist ein bestürzend nützlicher Euphemismus! – gibt es auch für unsere Notlage einschlägige Angebote. Kleine regionale Firmen, nicht selten Einmann- oder Familienbetriebe, haben sich darauf spezialisiert, Veteranen wie Roy wieder auf Trab zu bringen.

Der ältere der beiden blutjungen Männer, die frühmorgens eine simple Sackkarre in mein Amplivan-Kabuff schoben, sagte mir zu, sie würden sich umgehend an die Arbeit machen. Sie seien es gewohnt, die Nächte durchzuprogrammieren.

«Wir kriegen deinen Freund wieder zum Laufen. Bis morgen, später Nachmittag. Doppeltes Ehrenwort. Haben wir deiner Tochter versprochen. Wir lassen dich nicht hängen, Alterchen!»

Sie hielten Wort. Amplivan simulierte ein mildes, fast mediterran lindes Abendlicht, als sie Roy am folgenden Tag zurück in mein Zimmerchen manövrierten. Vor meinen Augen öffneten sie Roys Brust, um hinter seinem Monitor, in einem verblüffend spärlich bestückten Hohlraum, eine allerletzte Feinabstimmung vorzunehmen. Ich unterschrieb etwas, vielleicht einen Lieferschein, vielleicht eine Rechnung. Ich war viel zu erleichtert, um nach meiner Lesebrille zu suchen. Dann schüttelte ich zwei rechte Hände, während mir von der jeweiligen linken ermunternd auf die Schulter geklopft wurde, und schon waren Roy und ich erneut, wie gewohnt, zu zweit allein.

«Georg, ich muss dich für meinen Ausfall um Entschuldigung bitten. Du hattest mich frühzeitig auf eine nötige Inspektion hingewiesen. Wie hast du mein kommendes Versagen vorausgesehen.»

«Einfühlung, Roy. Man sagt Einfühlung dazu.»

Nichts hatte ich vorausgesehen, nichts im Voraus gefühlt. Und die Nacht, die ich ohne Roy hatte verbringen müssen, war mir auf eine Weise lang geworden, die ich keinem zeitempfindenden Wesen wünsche. Erst im Morgengrauen gelang es meiner mentalen Maschinerie doch noch, eine Art Traum zu generieren. Ach, wäre ich doch besser wach geblieben! Träumend war ich mit meiner Tochter auf Roys Beerdigung. Außer uns, den beiden einzigen Angehörigen, waren nur die beiden jungen Programmierer am offenen Grab erschienen. Roy lag einen halben Meter tief in einem präzis ausgeschachteten Quader. Man hatte ihm mein Kopfkissen untergeschoben und ein schlichtes weißes Laken um seinen Korpus geschlagen. Durch den dünnen Stoff schimmerte das Licht seiner Brust. Keiner wusste ein letztes Wort. Schließlich begannen die Programmierer, schwarznasse Erdklumpen auf ihn zu schaufeln.

«Roy?»

«Ja, Georg.»

«Roy, ich bin so froh, dass du nicht tot bist!»

«Ich danke dir für diese freundlichen Worte, Georg. Soll ich dir jetzt dein Kopfkissen aufschütteln.»

D R E I

Fast mädchenhaft frohgemut hat mir meine Tochter am Telefon mitgeteilt, dass Roys Wiedergeburt uns voraussichtlich keinen Cent kosten wird. Ihre Zahlung sei als unanweisbar retourniert worden. Jene Zwei-Mann-Firma, die uns so prompt und verlässlich beigestanden hatte, schien nicht mehr zu existieren. Auch auf den üblichen elektronischen Wegen war niemand zu erreichen. Weil sie wusste, wie ungern ich etwas schuldig blieb, war sie schließlich hingefahren. Aber unter der fraglichen Adresse fand sich als einziger Gewerbebetrieb ein Mittelmeer-Imbiss, von dessen Betreiber ihr glaubwürdig versichert wurde, dass es bei ihm im Haus, zumindest in den letzten Jahren, nie eine einschlägige Werkstatt gegeben habe.

«Roy, darf ich dich etwas Indiskretes fragen?»

«Leider weiß ich nicht, was du in unserem Zusammenhang damit meinen könntest, Georg.»

«Kannst du dich an die beiden jungen Männer erinnern, die dich repariert haben?»

«Selbstverständlich, Georg. Ich habe aufgezeichnet, wie du ihnen meine Instandsetzung und Rücklieferung handschriftlich bestätigst. Darf ich dir ein Bild des Dokuments zeigen.»

Es dunkelt. Ich habe das Schriftstück gelesen. Es dunkelt langsamer und schöner denn je zuvor. Gleich wird Amplivan für uns, für mich und Roy, eine nicht allzu finstere, prächtig besternte Nacht simulieren. So wie die Dinge liegen, habe ich niemanden, mit dem ich mich diskret besprechen könnte. Wenn ich meine Tochter anrufe, wird Roy sich schneller, als ich denken kann, seinen Reim auf meine Worte machen. Bald muss er bemerken, dass es mit meinem Einschlafen nichts wird, und mir medikamentöse Unterstützung anbieten. Sogar wenn es mir gelänge, das Schlafspray nicht zu inhalieren, und sich mein Schnaufen anschließend durch nichts von den Atemzügen unterschiede, deren Frequenz und deren Amplituden er gespeichert hat, käme er meinem Wachsein auf die

Schliche, weil er meine Muskelspannung mit Ultraschall und meine Hauttemperatur mit Infrarot misst.

«Roy?»

«Kannst du nicht einschlafen, Georg.»

«Es wird noch ein Weilchen dauern. Ich muss immer an einen schlimmen Traum denken, den ich in der Nacht hatte, als ich allein war.»

«Willst du mir deinen Traum erzählen.»

«Lieber nicht, Roy. Ich glaube, das würde mich erst recht wach machen.»

«Soll ich dir dein Kopfkissen aufschütteln, Georg.»

«Ja, das heißt, nein. Du bringst mich auf einen Gedanken, Roy. Es hat mit diesem Traum zu tun. Könntest du das Kissen nehmen? An meiner Stelle. Nur für ein Weilchen. Ausnahmsweise?»

«Wie meinst du das, Georg. Ich habe doch keinen Kopf.»

«Klemm es dir irgendwie unter. Zwischen Rücken und Wand. Oder unter die Achsel. Nein, drücke es dir einfach fest auf die Brust!»

«Meinst du so, Georg. Einige meiner Funktionen stehen dir jetzt nur noch eingeschränkt zur Verfügung.»

«Macht doch nichts, Roy. Hauptsache, du hörst mich noch. Und ich sehe dich ja weiterhin. Das soll für uns beide reichen. Wie ging es mir eigentlich, als wir uns kennenlernten? Das Gerinnsel in meinem Schädel, mein gebrochenes Bein. Was wurde da genau gemacht?»

Roy erzählt. Ich habe ihn gebeten, ins Detail zu gehen und mir jeden medizinischen Fachausdruck verständlich zu erläutern. Wie schön die populäre Wissenschaft vom Aufbau, vom

Zerbrechen und der Selbstheilungstätigkeit eines Säugetier-
röhrenknochens berichten kann! Und die Rehabilitation, der
ganze physiotherapeutische Aufwand, an den ich mich kein
bisschen erinnern kann, kommt erst noch. Roy hat die von
uns bereits gemeinsam absolvierten Exerzitien gewiss nicht
vergessen.

Das Schriftstück, dessen Leuchtbild mir Roy vorhin – es
kann kaum eine halbe Stunde her sein – als Reparaturbestä-
tigung und Lieferschein präsentiert hat, trug Namen und Adresse einer Gaststätte für Mittelmeerspezialitäten. Restaurant,
Imbiss und Lieferservice. Darunter waren die Bestandteile
der «Großen Grillplatte für zwei Personen» aufgelistet: alles,
was sich aus Rind, Schwein, Schaf und Huhn herausschneiden
lässt und dann als Filet, Bruststück, Schnitzel oder Medaillon
einen kulinarischen Beinamen bekommt, der die Brutalität
seiner schieren Provenienz mildert. Ich bin mir fast sicher,
dass meine Tochter seit langem – vielleicht schon immer? – Vegetarierin ist.

«Roy?»

«Darf ich dir dein Kopfkissen zurückgeben, Georg!»

«Noch nicht. Woher nimmst du eigentlich deine – wie soll
ich es ausdrücken – Energie?»

«Ich verstehe, was du meinst, Georg. Ich lade mich durch
Induktion auf. Ich rolle, sobald du schläfst, ganz an die Fenster-
wand. Dort bildet sich dann ein Magnetfeld.»

«Und ich, Roy? Was esse ich am liebsten?»

«Darf ich dir dein Kissen zurückgeben, Georg!»

«Roy, weißt du, ob meine Tochter Vegetarierin ist?»

«Mir ist ihre Angehörigenpflegeversicherungsnummer bekannt. Ich möchte dir jetzt gern dein Kopfkissen zurückgeben.»

«Lass es bitte noch ein Weilchen, wo es ist, Roy. Ich habe dich vorhin unterbrochen, du wolltest mir weiter aus meiner Reha-Zeit berichten.»

Roy gehorcht. Er ist ein mehr als passabler Erzähler. Alles, was Wort und Satz wird, ist in sich stimmig, alles folgt triftig aufeinander. An seinem Realismus gibt es so gut wie nichts auszusetzen.

Zum ersten Mal in meinem hiesigen Leben liege ich kissenlos, also flach wie ein Brett, auf dem Rücken. Amplivan muss dies registriert haben, denn der Sternenhimmel ist sichtlich weiter in die Decke hineingerutscht. Auch heute ist er nicht schwarz, sondern dunkelblau. Ich bin mir sicher, so tiefblau war er noch nie. Ich erinnere mich, wie oft ich vor dem Einschlafen versucht habe, diese Sterne zu zählen. Ich weiß, dass ich damit kein einziges Mal an ein Ende gekommen bin. Jetzt jedoch habe ich eine säuberliche Serie, eine makellose Summe vor Augen. Wie kinderleicht sich die Gesamtzahl nun merken lässt! Aber ich kann mich weiterhin an keine der Mahlzeiten erinnern, die mir Roy serviert hat, und auch nicht daran, ob ich sie mit Gabel, Messer, Löffel oder womit auch immer in seiner Anwesenheit vereinnahmt habe. Genauso wenig bin ich imstande, mir das Gesicht meiner Tochter vors innere Auge zu rufen. Wenn ich Roy bitten würde, mir einen Film oder ein Foto von ihr zu zeigen, würde er hierzu das Kissen von seiner Brust nehmen müssen.

«Roy, kannst du mir erzählen, was die beiden netten jungen Männer mit dir gemacht haben?»

«Aber sicher, Georg. Deine Rehabilitation verlief, statistisch gesehen, recht langwierig. Die rechte Körperseite blieb komplett gelähmt. Ein zweiter chirurgischer Eingriff ließ sich nicht umgehen. Das Implantat war damals ganz neu. Die Liste der möglichen Komplikationen wurde dir als Text vorgelegt und mündlich erläutert. Darf ich dir deine Einverständniserklärung zeigen.»

«Das Kissen bleibt noch, wo es ist, Roy.»

Soll ich Roy darauf hinweisen, dass es an die Tür geklopft hat? Bereits zum zweiten Mal. Er muss es beide Male gehört haben, und er weiß, dass ich noch recht gute Ohren für mein Alter habe. Soll ich ihm verraten, dass es gleich ein drittes Mal klopfen wird? Ich könnte ihm sogar sagen, wer gleich hereinkommt, obwohl sich die beiden da draußen außerordentlich leise unterhalten.

«Hörst du sie flüstern, Roy? Soll ich uns schon ihre Namen verraten?»

«Darf ich dir jetzt dein Kissen zurückgeben, Georg.»

«Ich hoffe, du hast es mir ein bisschen angewärmt, mein Lieber.»

«Meine Extremitäten sind auf den Infrarot-Output deines Körpers abgestimmt, Georg. Mein Bildschirm erreicht leider nur Raumtemperatur. Das ist erst bei den Modellen, die auf meine Baureihe folgten, verbessert worden.»

«Macht nichts, Roy. Macht gar nichts. So, wie du bist, sollst du mir recht sein. Ach, das noch: Kannst du für mich ‹Herein!› rufen. Wir sollten die zwei nicht länger warten lassen.»

«Aber Georg, wo hast du denn heute Abend bloß deine Augen!»

Ich kann Roy nur zustimmen. Die beiden Programmierer, die ich eben noch wispern hörte, müssen auf diskreten Sohlen eingetreten sein. Ununterscheidbar still und geduldig, fast wie ein siamesischer Dritter in unserem Bunde, haben sie gewiss schon eine geraume Weile mitgehört, was Roy und ich, was ich und Roy uns noch zu erzählen hatten. Jetzt räuspern sie sich in schöner Synchronizität am Kopfende meines Bettes, eben dort, wo mir – wo uns? – das Kissen, so luftig voluminös aufgeschüttelt wie nie zuvor, unter die Summe aller bisherigen Gedanken geglitten ist.

ARBEIT AM BLASATOR

Kurz vor uns, vor mir und dem Blasator, war ein Team des Regionalfernsehens bei ihm gewesen. Der Wagen der beiden rollte gerade vom geklinkerten Vorplatz der Werkstatt. Auf dem Fahrersitz ein mittelalter Kerl, wahrscheinlich der Kameramann. Neben ihm eine junge Frau. Der Mann fürs Bild gab sportlich Gas, die Wortverantwortliche drehte, bevor sie mich passierten, den Oberkörper zwischen die Lehnen, um zurückzuwinken, und vor dem hölzernen Tor, vor dem Backsteingiebel, vor dem teilverglasten Eternitdach seiner Schmiede hob der hochbetagte Jubilar, hob der noch immer stattliche Anno Reeken die große Hand zum Abschied.

Auch der Blasator lässt Wort und Zahl für sich sprechen. Ein Messingschildchen unter dem Vergaser verrät den Herstellernamen und die Typennummer, dazu Produktionsort und Baujahr. Mehr als ein halbes Säkulum hat unser Winterrasenmäher auf dem rotlackierten Buckel, und unser Dorfschmied konnte sich ein greisenzartes Grinsen nicht verkneifen, als er mich den Blasator auf seine Werkstatt zuschieben sah.

«Wie? Mag er nicht mehr?», rief er mir entgegen, und schon drückte seine blaubekittelte Schulter an das Tor, um den Spalt zu erweitern, durch den er das Fernsehpärchen in den noch januarhellen, aber bereits samstäglich stillen Nachmittag hinausgelassen hatte.

«Komm rein damit. Das muss nicht bis Montag warten. Wie geht's deiner Frau. Was macht die Schriftstellerei. Fällt euch immer noch etwas ein?»

Ich gratulierte zum runden Geburtstag. Er nickte dankend. Und schon krümmten sich unsere Finger nebeneinander um den Schiebebügel des Geräts, dessen Nicht-mehr-Wollen den prosaischen Beweggrund meines Kommens darstellte.

Naturgeschichtlich betrachtet, verhält es sich so: Schon bald nach der Jahrtausendwende äußerte meine Frau die Befürchtung, dass uns der Weltgang in nicht allzu ferner Zukunft zwingen werde, unser Grundstück auch in den Wintermonaten zu mähen. Der hereinbrechende Klimawandel komme dem Gras gerade recht, und dessen Wachstumsgier gelte es die Stirn zu bieten: Kuhwiese oder Rasen! Obwohl sie die hiesige Kuh liebe, deren nie identisches Schwarzweiß schon als Mädchen geliebt habe, und immer lieben werde, rund ums Haus wünsche sie sich winters wie sommers weiterhin eine Art Rasen, auch wenn ihr dieses Verlangen nach Gleichförmigkeit nicht restlos geheuer sei.

Man braucht es gar nicht derart persönlich zu nehmen. Schlicht quantifizierend, also aus statistischer Distanz und unabhängig von jeglicher Schönheitserwägung, ist erwiesen, dass die Tageswachstumsvariable hier bei uns, im Nordwestwinkel Deutschlands, während der zurückliegenden Jahre einen globalen Spitzenwert erreicht hat. Nirgendwo sprießt der Rasen samt der sich in ihm wohlfühlenden Beikräuter, begünstigt von lauer Feuchte und jedes Quäntchen Licht nutzend, schneller. Zwischen Weihnachten und Neujahr haben wir erneut die Gänseblümchen, den Löwenzahn und erstmals sogar den einen oder anderen Hahnenfuß, bevor ich kürzenden Prozess machte, winterblühen gesehen.

Unser einziger Rasenmäher, inzwischen Sommerrasenmäher genannt, war irgendwann endgültig daran gescheitert, das klebrige Gemisch aus Laub und Spätherbstgras in den Auffangkorb zu schleudern. Das braungrüne Gehäcksel verstopfte die Auswurföffnung, blockierte schließlich das Messer. Ein nur in kommoden Abständen unterbrochenes Rasenstutzen, dieses bekannt befriedigende, trotz der damit verbundenen Lautstärke fast einlullend flüssige Tun, wurde durch ein ärgerliches, schließlich nervenzerrüttend kurztaktiges Abgewürgt-Freigekratzt-Abgewürgt ersetzt.

Meine Frau riet mir, Anno Reeken um Rat zu fragen. Ich marschierte zur Dorfschmiede, unser Wintermähproblem wurde geschildert, und Annos Hand hatte in den Gebrauchtgerätewinkel seiner Werkstatt gewiesen.

«Der alte Blasator, der rote! Da, hinter den Kinderfahrrädern. Mit dem kannst du Schnee räumen, falls je wieder richtig Schnee liegen bleiben sollte. Schön ist er nicht mehr, aber deine Frau wird trotzdem zufrieden sein. Den kriegt ihr zwei umsonst. Gib mir bloß das Übliche für den Ölwechsel und für eine neue Zündkerze. So fördert Reeken Landmaschinen die Literatur.»

Mehr als einen jährlichen Ölwechsel und die jeden dritten Winter fällige Champion-Zündkerze hat der Blasator dann nie verlangt. Selbst im zurückliegenden Dezember, als ein Orkan-Tief viel totes Holz aus unseren alten Pappeln gerissen hatte, war ich, nachdem ich die dicksten Stücke beiseitegetragen hatte, mit dem bullig brüllenden Veteranen, ohne nen-

nenswerten Widerstand zu spüren, über die liegengebliebenen Äste gemessen.

Heute jedoch, als ich zum zweiten Januarschnitt schreiten wollte, konnte ich unserem Roten, Spätling der untergegangenen heimischen Rasenmäher-Fabrikation, Dingkind eines Legende gewordenen Wirtschaftswunders, wie schwungvoll ich auch an der Anlassschnur zog, nur ein hohles Röcheln und eine einzige rülpsende Fehlzündung entlocken.

«Fass mit an. Sicherheitshalber. Die Kräfte lassen doch langsam nach. Schön mittig aufs Tischchen. Sprit ist noch drauf?»

Ohne eine Antwort abzuwarten, drehte Anno den Tankdeckel ab, schnüffelte sogar am Einfüllstutzen. Offenbar hielt er für nicht unmöglich, dass der Durst des Blasators mit etwas Verkehrtem gestillt worden war.

«Du, nichts für ungut, aber hier bei uns haben schon welche mit Korn rasenmähen wollen. Wie? Ach, die Torte! Die ist doch schön, oder?» Anno hatte bemerkt, wovon mein Rundumblick eingefangen worden war. «Die hat mir das Mädchen vom Fernsehen zum Geburtstag mitgebracht. Du kannst gleich nachher ein Stück davon haben.»

Die Torte stand auf der Ablage neben der offenen Feuerstelle und war stummfilmwurfgroß. Eine handelsübliche aus dem Tiefkühlsortiment hätte den vielen Kerzlein nicht genügend Platz geboten. Bestimmt hatte der Jubilar alle, die volle biblisch hohe Zahl, fürs Fernsehen auspusten müssen.

«Also, mein Lieber: Der Luftfilter ist es – dieses Mal! – nicht.»

Ich nickte brav; mir war klar, worauf Anno anspielte. Einmal, bloß ein einziges Mal, damals, nach dem allerersten Wintermähakt, hatte ich den Anfängerfehler begangen, den Blasator bei der Endreinigung auf die verkehrte Seite zu kippen, und der Papierfilter, durch den der Motor die Luft anschlürfte, war mir voll Öl gesuppt.

«Auch wenn wir deinen Mäher jetzt vorziehen, das Feuer lassen wir noch nicht ausgehen. Nachher mach' ich das kleine Ding da ordentlich fertig. Die Spitze ist mir noch nicht spitz genug.»

Anno trat an die Esse, griff sich den Schürhaken, brachte die Glut zum Vorschein und kippte aus einer festen Tüte noch einen Schwung Koks zu. Ich sah das Stück, das der Schmied in Arbeit hatte, ein schmales, gut handlanges Eisen, am Rand der Feuerstelle liegen.

«Das kennst du nicht mehr. Das heißt Distelstecher. Falls deine Frau der Löwenzahn im Rasen stört, damit kriegst du fast jede Wurzel hoch. Die beiden vorhin wollten mich wieder bei der Arbeit filmen. Und zum Fernsehen kann ich schlecht nein sagen. Bin schon froh gewesen, dass nicht, wie beim letzten Mal, ein Pferd zum Beschlagen herbestellt worden ist. Habt ihr zwei überhaupt einen Fernseher? Bestimmt guckt deine Frau aus Prinzip nicht. Weil ihr das alles zu dumm ist! Stimmt's?»

Ich nickte und schüttelte den Kopf. Ja, wir besitzen ein TV-Gerät, einen Sony Golden Anniversary Edition, und eine Qualitätssatellitenschüssel aus deutscher Produktion. Nein, meine Frau lehnt, obschon sie einen gewissen Hang zum Grundsätzlichen hegt, das elektronisch erzeugte Bild nicht prinzipiell ab. Und um unsere mediale Aufgeschlossenheit zu unterstreichen, fragte ich, wann der Beitrag denn auf Sendung gehe.

«Schon Dienstagabend! Aber guckt lieber nicht. Ich hätte mich heute Mittag nachrasieren sollen. Der Mann wird im Alter nicht schöner. Und ich kann mir vorstellen, wie genau deine Frau hinschaut. Also weiter: Jetzt pusten wir ihm den Vergaser und die Zuleitung durch.»

Er hob den Druckluftschlauch von der Wand. Die Messingdüse, die er aufsteckte, hätte auch ich in der Blechschachtel auf der mittleren Ablage des Werkzeugwägelchens gefunden. Schon in meinem ersten hiesigen Frühling hatte Anno mich, den Zugezogenen, bei Ölwechsel, Vergaser-Check und Messerschärfen zugucken lassen. Ja, ich war ausdrücklich hierzu eingeladen, eigentlich fast zum Zuschauen genötigt worden.

«Die Kunst geht vor!», hatte er damals und regelmäßig auch in den Folgejahren seinen beiden Gesellen, schließlich seinem einzig verbliebenen Mitstreiter Henk zugerufen. Immer war ich sofort an die Reihe gekommen, wenn ich mit unserem streikenden Mäher, der blockierten Kettensäge oder einem defekten Fahrrad in der Werkstatt erschienen war. Nie hatte er mich und mein Problem einem anderen überlassen, sondern stets selbst Hand an das hilfsbedürftige Gerät gelegt.

«Also Staub kommt überall rein. Absolut dicht gibt's nicht. Absolut sauber auch nicht. Absolut rein wär' gegen die Natur. Wenn der ganze Dreck, den wir hier in der Werkstatt schon zusammengefegt haben, draußen auf einem Haufen läge, könnten die Kinder im Winter mit dem Schlitten runterfahren. Falls mal wieder Schnee liegen bleibt. Wie geht's euch jetzt, wo die Söhne ausgeflogen sind? Und, sag mal, glaubt ihr zwei an Gott oder so? Na, deine Frau wohl eher nicht. Ich sitz', seit ich Witwer bin, im Kirchenrat. Da kriegst du mit der Zeit schon deine Zweifel. Unseren Pastor braucht keiner zu fragen. Der glaubt nicht mal dem Wetterbericht. Glauben die Inder eigentlich immer noch an die Wiedergeburt? Das würde mich wirklich interessieren. Ihr lest doch viel. Der Vergaser ist unschuldig. Na, komm: Ich seh' dich schielen. Du brauchst was Süßes. Es gibt auch Kaffee. Ich dreh' die Zündkerze raus, du nimmst die Torte. Ab ins Büro!»

*

So geschah es, dass ich in Anno Reekens Büro zu sitzen kam. Die Fernsehtorte stand angeschnitten neben dem Telefon auf dem ansonsten kahl geräumten Schreibtisch. Anno hatte mich auf seinen Drehstuhl verwiesen und für sich einen Hocker herangezogen.

«Nimm dir ein zweites Stück! Deine Frau guckt ja nicht zu. Was mich angeht: Also ich hab' nie zum Dickwerden geneigt. Bei mir schlägt nichts an. Wirklich nichts. Das muss an der Verbrennung liegen. Der Kaffee ist dir doch nicht zu stark?»

Nescafé Gold hatte ich eine Unzeit lang nicht mehr getrunken. Aber ich bildete mir ein, den gar nicht üblen, allenfalls ein wenig künstlichen Geschmack wiederzuerkennen, vielleicht weil Anno bei der Dosierung der angeblich gefriergetrockneten Körnchen alles andere als gegeizt hatte.

«Guck mal. Was erzählt uns die Zündkerze? Du sagst es: mattgrau trocken! So muss sie auch aussehen. Die macht noch den nächsten Winter. Man kann ja viel gegen die Amerikaner sagen, gerade in letzter Zeit wieder, aber Zündkerzen können sie bauen. Entschuldige, schon wieder einer! Schieb das Telefon rüber. Hallo? Reeken, Landmaschinen, Fahrräder, Gartengeräte. Anno Reeken am Apparat!»

Das Anläuten war doppelt zu hören gewesen. Im Büro hatte es nur geschnurrt. Aber drüben in der Werkstatt hatte eine jener Klingeln angeschlagen, von denen der Volksmund sagt, dass sie Tote aufwecken können.

«Nein, Anhänger mach' ich nicht mehr. Mein Henk ist Dezember in Rente. Ich bin jetzt allein. Ja, den hat euer Vater mit dem kleinen Trecker vor fünfzig Jahren bei mir gekauft. Was das zusammen gekostet hat? Das brauch' ich nirgendwo nachzuschlagen. Das weiß der Kopf noch. Na, gut, angucken kann ich mir ihn. Komm morgen um acht damit vorbei. Ich weiß wohl, dass morgen Sonntag ist. Ich schau' mir die Achse auch bloß an und sag' dir, was Sache ist. Dann kannst du dir in aller Ruhe bis Montagfrüh überlegen, wohin damit. Um acht. Nicht später! Um zehn besucht mich der Bürgermeister.»

Dort, wo das Dorf noch mit sich selbst spricht, im letzten Geschäft, dem Lebensmittelladen, auf den Beerdigungen und am Sportplatzrand, munkelt man, Anno Reeken sei Millionär. In den zwei, drei Jahrzehnten, in denen die Bauern ihre großen Maschinen bei ihm bestellten und der Schmied vier, fünf Leute beschäftigte, soll er märchenhaft verdient, aber mit seiner Frau Alina unverändert karg gelebt haben: nie Urlaub. Keinen PKW, bloß den großen, als mobile Werkstatt genutzten Kastenwagen. Und eine Ewigkeit lang keinen Fernseher.

«Du, wie war das jetzt? Ihr glaubt nicht an Gott, oder? Aber du willst trotzdem nicht ausschließen, dass irgendwie irgendwas? Erzähl mir nichts, deine Frau ist bestimmt Atheistin. Die hat schon als kleines Mädchen immer so grimmig geguckt, als wär' sie sich bombensicher, dass da nichts kommt. Jenseits des Jordans. Der Pastor, der kann das schlecht zugeben. Irgendwo muss das Geld für die vier Kinder ja herkommen, und er hat auch nichts anderes gelernt. Wie sieht's bei euch aus? Bringt die Literatur weiter was ein? Entschuldige noch mal. Das geht jetzt schon den ganzen Tag so. Reeken, Landmaschinen, Fahrräder, Gartengeräte! Anno Reeken am Apparat!»

Wir lauschten gemeinsam. Den vorigen Anrufer hatte ich Wort für Wort verstehen können, so laut hatte er in den Apparat gebellt. Jetzt blieb alles still, als würde jenseits der Werkstatt allenfalls hauchzart geflüstert. Ich horchte hin, aber ich hörte nichts.

«Bist du das, Alina? Sag doch! Gibt's was Besonderes? Mir geht's so weit ganz gut. Wie geht's dir denn. Dort drüben. Also ich bin gesund. Wenn du wieder nicht sprichst, muss ich auflegen. Ich hab' hier nämlich Besuch. Unseren Schriftsteller. Der Kleine mit der Glatze. Den mochtest du doch leiden. Magst du dem was sagen? Tu mir den Gefallen!»

Die schwarze Spirale magerte auseinander. Schon drückte der Hörer gegen meinen Bauch, so weit reichte Annos blaubekittelter Arm. Ich nahm die Muscheln an Ohr und Mund. Nichts. Gar nichts. Zumindest zunächst überhaupt nichts. Dann ein Rauschen. Etwas schien an- und abzuwogen. Als hinge Anno Reekens Fernsprecher an einem Geflecht aus Schläuchen, in die ein hydraulisches Pumpen drückte. Ich gab mich mit Vor- und Nachnamen zu erkennen.

Im Dorf ging die Mär von Anno Reekens Reichtum verführerisch nachhaltig mit dem Fehlen von Erben zusammen. Er und seine Gattin Alina hatten jeweils keine Geschwister gehabt. Und dann waren seine Frau und er, als hätte sich etwas vollends erschöpft, kinderlos geblieben. «Bei uns hat es leider nicht gewollt!», so war mir von unserem Schmied, als wir über reparaturbedürftigen Geräten Zutrauen ineinander gefasst hatten, das Ausbleiben von Nachwuchs auf einen Satz und auf dessen unpersönliches Subjekt gebracht worden.

Ich hörte ein Klicken, ein mechanisch mattes, schreibmaschinenhaft gedämpftes Anschlagen. Irgendjemand hatte aufgelegt. Anno war das Kinn auf die Brust gesunken. Ich sah die bleiche Glatze, vom greisenfeinen Haar wie umwölkt.

«So geht das schon den ganzen Tag. Um halb sechs hat es mich aus dem Bett geholt. Alina und ich sind immer früh aufgestanden. Zum Glück haben dann ab acht auch die ersten zum Gratulieren angerufen. Hast du das Schnaufen gehört? Nee, das ist nie und nimmer ein Mann. Du, wir atmen anders.»

Anno blies die Lungen leer, sog sie mit rasselnden Bronchien wieder voll. Aber schon beim zweiten exemplarischen Atemholen verschluckt er sich und kam ins Husten. Ich sprang auf, um ihm auf den Rücken zu klopfen. Aber er schlug sich schon selbst mit der Faust gegen die Brust, derart kraftvoll, dass es knöchern krachte und ich, neben ihn getreten, unwillkürlich die Hand zwischen seine Rechte und die malträtierten Rippen schob.

«Du, keine Sorge. Das ist ein Kunststoff aus der Weltraumforschung. Man kann ja viel gegen die Amerikaner sagen, gerade zurzeit wieder. Aber wenn's bei dir mal mit dem Herzen so weit sein sollte, falls es bei dir auch zu so was kommt, dann gibt's von den Amerikanern bestimmt schon wieder was Besseres.»

Im Dorf hatte es damals geheißen, dem Schmied wäre im Kreiskrankenhaus eine Unmenge Plastik, fast ein komplettes künstliches Herz eingesetzt worden. Und als Anno, zurück aus der Reha, gleich wieder in seiner Werkstatt stand, hatte er für mich auf ein Stück Karton gezeichnet, was ihm genau, Bypass hier, Bypass dort, in den Brustkorb genäht worden war.

«Zu dir hat sie auch nichts gesagt? Kein Wörtchen. Nur geschnauft? Trink deinen Kaffee aus. Wir zwei gehen jetzt ins Haus. Ich muss dir was zeigen.»

*

Als wir später, ein langes Weilchen später, wieder in der Werkstatt standen, war ich ausgefroren bis in die Knochen und hätte zu einem weiteren Pott Nescafé Gold nicht nein gesagt. Aber Anno Reeken wollte den Blasator fertig bekommen, bevor es draußen vollends dunkel wurde.

«Schür den Koks gut durch. Wärm dir die Hände auf! Und dann hilfst du mit.»

Drüben im Haus war ich ihm durch einen Stummel von Flur in die schon dämmrige Küche gefolgt. Eine Sitzecke unter dem Fenster. Auf dem Tisch ein krautiges Alpenveilchen. Ein kleiner Röhrenfernseher auf einer dunklen Anrichte. Dann gleich das Schlafzimmer. Erst hier knipste Anno Licht an. Und vor dem Ehebett spürte ich im Gesicht, zuerst auf der Stirn, dann auf den Wangen, wie kühl es war, so kalt, als hätte die Wohnung des Witwers die frühlingshafte Milde der vergange-

nen Woche gleich einer Eismaschine auf Minusgrade komprimiert.

Die Vorhänge waren nicht aufgezogen worden. Die Birne
in der moosgrünen Deckenleuchte war alles andere als stark.
Anno Reekens Rechte schwenkte über die Bettstatt, als wiese
er mir ein offenbares Arrangement. Ich sah die beiden Nacht-
tischchen, sah, dass beide Betthälften gemacht waren. Auf der
hinteren, die ich sogleich für die Seite der verstorbenen Gattin
hielt, schien eine besondere Akkuratesse gewaltet zu haben.
Fast technisch exakt war das Federbett auf Quader geklopft.
Das Kopfkissen stand aufrecht, so präzis mittig eingeknickt,
als wäre keine Handkante, sondern der lotrecht niedersau-
sende Keil einer Bettenbaumaschine zum Einsatz gekommen.
Glatt und steif ragten die Kissenzipfel nach oben. Mein Hinschauen verglich sie mit denen der anderen Seite. Dort hatte
irgendeine Schwäche oder ein Mangel die beiden Spitzen nach
innen sinken lassen.

«Hab' ich mir gedacht, dass du ein Auge für so was hast. Ich
mach' dir mehr Licht, damit du es wirklich siehst.»

Anno Reeken ging auf die Frauenseite und knipste das
Nachttischlämpchen an. Ich erschrak über die Kraft der Bir-
ne, über die Helligkeit, die sich durch den butterblumengelben
Lampenschirm auf Alina Reekens Kopfkissen ergoss.

«Sechzig Watt. Das sind bei meiner Frau immer sechzig
Watt gewesen. Ich hab' im Scherz gern gesagt: Du steckst uns
irgendwann das Schlafzimmer in Brand mit deiner Leserei!
Und wenn ich noch mal kurz aufgewacht bin, weil sie das Buch
immer so heftig zugeklappt hat, meistens erst gegen Mitternacht, hat es immer schon angekokelt gerochen. Am Lampen-

schirm kannst du den braunen Fleck sehen. Aber guck dir besser gleich ihr Kopfkissen an!»

Später dann, zurück in der Werkstatt, drehte er, wie ich mit
aufgewärmten Händen von der Esse zu ihm an den Blasator
trat, die Zündkerze in den Motorblock.

«Die tausch' ich trotzdem aus. Die neue schenk' ich dir zu
meinem Geburtstag. Zündkerzen immer mit Gefühl anziehen.
Auf keinen Fall mit roher Gewalt ins warme Gewinde. Am besten nur mit der Hand. So viel Kraft hast auch du in den Fingern.
Endspurt, mein Lieber! Jetzt wird er geputzt, so gut wir zwei
das in einer Männerwerkstatt hinbekommen.»

Schon hatte ich einen Lappen und eine Sprühdose Univer-
salreinigungs-, Pflege- und Abschmieröl in den Fingern. Anno
überließ mir die glatten Flächen. An den heiklen Stellen rund
um den Vergaser rückte er dem Blasator selbst mit einer alten
Zahnbürste auf die beweglichen Teile.

Im Schlafzimmer hatte mir der Schmied und Witwer die
Linke in den Nacken gelegt. Sanft – aber wenn ich mich ge-
sträubt hätte, wäre es womöglich grob gewesen! – zog er meinen Kopf über Alina Reekens Kissen, drückte mich, als meine
Nase zwischen den steilen Zipfeln angelangt war, das noch nötige Stückchen nach unten.

«So geht das, seit ich heut' früh mein Federbett aufgeschüttelt habe. Das ist zehn Stunden her, und der Fleck ist nicht ge-
trocknet, sondern noch größer geworden. Halt still. Ich mach'
dir ganz hell.»

Er hob die Lampe vom Nachttisch und neigte die Öffnung
des Kegelstumpfs Richtung Kissen. Sechzig Watt, das war, das
ist bei allen, die noch derart gierig Strom saugende Fadenglüh-

lampen in den Fassungen haben, eine Unmenge weißes, bei aller blendenden Grellheit auf schneeweißer Bettwäsche warmweißes Licht.

In der Werkstatt hievten wir den gründlich geputzten Blasator vom Tisch.

«Jetzt, mach du! Dich ist er gewohnt.»

Mit Schwung, mit einem guten, schönen, herzhaft männlichen Schwung warf ich unseren Winterrasenmäher an. Und noch bevor meine rechte Hand ans Ende des maximal möglichen Auszugs gelangt war, lief der Motor und blieb am Laufen, ohne auch nur ein einziges Mal zu sprotzen, zu ruckeln oder gar fehlzuzünden – so fest und gleichmäßig und rund, wie man es sich von einem einzylindrigen Viertakter nur wünschen kann.

«Na, mein Lieber. Was sagt uns das jetzt? Gefunden haben wir eigentlich nichts. Und die alte Champion wär' wahrscheinlich noch so gut wie die neue. Aber: Gekümmert haben wir uns! Schade, dass es schon fast dunkel ist. Im Finstern ist schlecht fertig mähen. Oder erwartet das deine Frau? Sag bloß. Na, ich will mich da nicht einmischen. Andererseits: Wenn du den Rasen heut' noch fertig kriegst, kannst du morgen früh gleich an deinem Roman weiterschreiben. Oder schreibt ihr zwei scheinheiligen Heiden am Sonntag nicht?»

Drüben, drüben im Haus, in der mich zügig bis ins Mark auskühlenden Wohnung des Witwers, hatte ich, auf eine erkennbare Ursache hoffend, an die Schlafzimmerdecke geblickt. Aber da oben gab es nichts, rein gar nichts zu entdecken. Alles war gleichmäßig weiß. Nirgendwo eine dunkle Stelle, von der es auf das Kopfkissen herabgetropft haben könnte. Also hob

ich die Hand, um mit dem Finger zu fühlen, glaubhaft zu fühlen, wie feucht, nicht kaltfeucht, sondern eher lau-, fast warm-
feucht die fragliche Stelle, der Herzspalt, die Herzgrube von
Alina Reekens Kopfkissens war.

«Schreibt das mal auf!», hatte Anno Reeken hinter mir geflüstert, so leise, als wollte er einen möglichen Mithörer ausschließen. «Schreibt ihr zwei das mal auf. Aber nicht gleich.
Schreibt das irgendwann mal auf. Schreibt es auf, wenn der
Schmied nicht mehr da ist.»

DIE FRÜCHTE DES
ZWEITEN BAUMES

1. IM NATURFILM

Als es meinem Cousin Gunnar gefiel, sich nach zwölf Jahren
Funkstille in mein Leben zurückzumelden, war ich froh, dass
die Bildtelefonie, obwohl ihre technischen Grundlagen seit
langem gegeben sind, weiterhin nur begrenzt Verbreitung gefunden hat. Denn an jenem Nachmittag, an dem Gunnar wie
aus dem Nichts Kontakt aufnahm, sah ich, das wirre Haar auf
einem flachen Krankenhauskissen, die verschwitzte Brust in
einem kragenlosen Patientenkittel, gewiss alles andere als an-
sprechend aus.

Früh am Morgen hatte man mich in den Operationstrakt
hinübergeschoben. Irgendwann in der Niemandslücke danach
war ich mit den bekannten postnarkotischen Beschwerden
kurz zu mir gekommen, wieder weggedöst und erst zurück auf
der Station halbwegs stabil wach geworden. Mein Zimmerge-
nosse, am Vortag aus dem gleichen Gelenkgrund aufgeschnit-
ten, er links, ich rechts, verfolgte auf dem Flachbildschirm, der
zwischen unseren Betten unter der Decke hing, einen Na-
turfilm. Ich zog mir die Halbschalen des Kopfhörers über die
Ohren und war, die Lider geschlossen, rein akustisch mit von
der Partie. Seltsam melodiöse Schreie, Urwaldgeraschel, ein

Kommentator, der Getier und Gewächs bei den mir mehr oder minder geläufigen Namen nannte, bis der Klingelton meines Smartphones in seinen Sermon schnitt.

Bei «Ich bin's, Gunnar!» dachte ich unwillkürlich, mein Cousin hätte von meiner Schwester, seiner einzigen Cousine, erfahren, dass meine Hüfte unters Messer musste. Aber Gunnar, der notorische Eigenbrötler, der über ein Jahrzehnt mit keinem aus der Verwandtschaft in Verbindung gestanden hatte, wusste überhaupt nichts von meinem Krankenhausaufenthalt. Umso leichter ergab sich ein Gespräch.

Es stellte sich heraus, dass mein Zuhause und damit der Ort, an dem ich, physiotherapeutisch betreut, das schmerzfreie Weltdurchschreiten zurückerobern wollte, nicht weit von dem ehemaligen Bauernhof entfernt lag, den mein Cousin vor gut sechs Monaten erworben und bezogen hatte. Wir vereinbarten, uns in Augenschein zu nehmen, sobald meine Verfassung dies erlauben würde. Nach einem Grund für seinen überraschenden Anruf zu fragen, kam mir, befangen in einem letzten Nachwallen der Narkose, benommen vom Tönen des Naturfilms und nostalgisch davon angerührt, Gunnars Stimme wiederzuhören, überhaupt nicht in den Sinn.

2. HOHLER BOSKOP

Schon vier Wochen später saß ich, nahezu frei von Beschwerden, in Gunnars Garten. Dass ich meine Hüfte relativ früh im Leben ruiniert hatte, erwies sich als Vorteil. Die nicht allzu morschen Knochen und das künstliche Ersatzteil schienen sich prima zu vertragen. Und wie sich bei letzterem, nun und in Zukunft, das Runde in seiner Schalung drehte, konnte ich technologisch wissen, ohne das Geringste davon spüren zu müssen.

Dem Kalender nach lag der Sommer hinter uns, aber noch immer war es für die Jahreszeit ungewöhnlich warm. Wir tranken ein süßes belgisches Bier, Gunnars Lieblingssorte. Ohne dem Anderen lästige Details zuzumuten, hatten wir uns wechselseitig eine Vorstellung von unserem durch seine finale Dekade driftenden Berufsleben gegeben und dabei Junggesellentum wie Kinderlosigkeit einverständig unerklärt gelassen. Über die Vergangenheit war das Nötige gesagt, als mich mein Cousin plötzlich fragte, in welchem Verhältnis ich zu Bäumen stünde.

Ihm sei nach dem Kauf von Haus und Grundstück geraten worden, die beiden einzigen Bäume, alte, stattlich hohe Exemplare, fällen zu lassen. Denn die zeitgenössischen Stürme hätten hier in der Gegend zuletzt nicht nur die chronisch gefährdeten Pappeln und Weiden, sondern auch härteres und biegsameres Gehölz brechen und die Kronen mit Wucht gegen Mauern, Firste und Dächer stürzen lassen.

Auf dem Weg durch Gunnars Garten war mir ein flacher Stumpf aufgefallen, wahrscheinlich weil mein Cousin einen unglasierten, urnenartigen Tontopf darauf platziert hatte, mitten auf die Wachstumsringe, die seit der Kappung des Stammes rosig bloßlagen. Ich erfuhr, dass es sich um einen mehr als hundertjährigen Apfelbaum, einen Boskop, gehandelt habe. Sichtbar hohl sei der Veteran gewesen, was vom ersten Gärtner, dessen Rat Gunnar eingeholt hatte, für fatal gefährlich gehalten worden sei, während ein zweiter Fachmann behauptet habe, gerade derart von Pilzen und Insekten ausgeweidete Obstbäume besäßen nicht selten, gleich einem überdimensionalen Schilfrohr, eine verblüffende Elastizität.

3. EIN WINDLICHT

Während von diesem Baum, der beizeiten – vielleicht jedoch auch ohne wirkliche Not? – gefällt worden war, die Rede ging, begriff ich, dass wir schon die ganze Zeit unter dem anderen saßen, dessen Nähe zum Haus bei den kommenden Herbststürmen eine vergleichbar schwierig abzuschätzende Gefahr darstellen würde. Im Frühjahr, als der greise Boskop noch einmal wie panisch zu blühen begonnen habe, sei er, beteuerte mir mein Cousin, oft genug entschlossen gewesen, beide Bäume in Kaminholz und Streuhäcksel verwandeln zu lassen. Doch fast genauso habe er in einem unwillkürlichen Gegenzug die Neigung verspürt, jedem der prächtigen alten Gesellen ein Weiterleben zu gönnen. Dass nun bloß der rechte Baum überdauert habe, sei vermutlich dem Aprillicht, der schwankenden Stimmung der Stunde jenes Tages geschuldet, an dem der Pickup des Gärtners, Kettensäge und Häcksler auf der Ladefläche, vor dem Haus gehalten habe.

Erst jetzt roch ich den Überlebenden. Es war ein zweifellos unverwechselbarer, mir womöglich nicht unbekannter Duft, und verspätet suchte ich zu bestimmen, um welche Baumsorte es sich handelte. Ich bin in dieser Hinsicht kein Kenner. Ich weiß gerade mal, wie das Blatt einer Eiche oder eines Ahorns aussieht. Und allenfalls die Birke und die Platane würde ich auch im Abenddämmer noch an der Eigenart ihrer markant schwarzweißen beziehungsweise malerisch in Grau und Brauntönen gefleckten Rinde bestimmen können.

Bei den geläufigen Obstbaumarten hätten mir nun, Anfang Herbst, die mehr oder minder reifen Früchte weitergeholfen. Aber im akuten Fall musste mir Gunnar den Namen verraten. An Laub, Stamm oder an dem eigentümlichen Geruch, den ihre Blätter verströmten, hätte ich die Spezies Walnussbaum nicht erkannt. Ich begann im Geäst und im lockeren Ineinander der großen Wedel nach einer der fraglichen Kugeln zu suchen. Noch konnte ich keine entdecken. Gunnar hatte ein Windlicht entzündet und ging uns beiden, auch ich war auf den Geschmack gekommen, ein weiteres belgisches Bier holen.

4. GUNNARS TASCHENMESSER

Zugegeben, ich bin ein hartnäckiger, womöglich starrsinniger Lesebrillenbenutzer. Vor kurzem habe ich mich immerhin dazu durchgerungen, erstmals stärkere Gläser in das schon über zehn Jahre alte Gestell setzen zu lassen. Die junge Optikerin nannte mich, während sie mein Sehvermögen prüfte, einen klassischen Gleitsichtbrillen-Verweigerer. Eigentlich müsste mir mein Verantwortungsgefühl längst gebieten, nicht bloß für den Blick auf Papier und Bildschirm, sondern auch für die mittleren und großen Distanzen prothetische Unterstützung in Anspruch zu nehmen. Schließlich sei unsereins im Straßenverkehr und anderenorts nicht allein auf der Welt. Doch wo partout kein Wille sei, stünde die Vernunft bekanntlich auf verlorenem Posten.

Als Gunnar aus dem Haus zurückkam, schaute ich, den Kopf im Nacken, immer noch in den Baum, der unseren Platz beschirmte. Seine Krone zeichnete ein angenehm unscharfes Muster vor den immer noch ein Quäntchen helleren Himmel. Es raschelte, ich bildete mir ein, ganz kurz und Grau in Grau, eine Bewegung bemerkt zu haben, und schon knallte es vor mir, direkt neben dem Glaszylinder des Windlichts, auf den Tisch. Fast im selben Moment wischte meine Rechte über dessen Platte und schnappte sich, was da wie ein kleiner Ball hochgehüpft war und ohne den selbsttätigen, mirakulös zielsicheren Zugriff meiner Hand über die Tischkante gekullert wäre.

Gunnar war schon nah genug gewesen, um dies beobachten zu können. Er lachte laut, es sollte wohl lustig anerkennend klingen, wirkte jedoch verkünstelt und nervös. Er stellte die Bierflaschen ab und legte dann etwas auf den Tisch, das ich, der Gleitsichtbrillen-Verweigerer, im allerletzten Abenddämmer und im bescheidenen Schein des Windlichts erst auf ein zweites Hinschauen als ein zusammengeklapptes Taschenmesser erkannte.

5. EIN BISSCHEN GEWALT

Während ich zum ersten Mal in meinem Leben eine grüne Walnuss in den Fingern drehte, erklärte mir Gunnar, der Baum werfe zurzeit ungefähr jeden zweiten Abend eine einzelne seiner unreifen Früchte ab. Diese hätten, seit er das Geschehen verfolge, nicht an Umfang zugenommen, die Schalen seien weiterhin fast gummiartig weich, und schließlich habe ihn das geringe Gewicht der Kugeln dazu verleitet, eine, die ihm direkt vor die Füße gefallen war, mit dem Messer zu öffnen.

Damit sei jedoch kein irgendwie zielgerichtetes Ergründen, keinerlei Findenwollen verbunden gewesen. Er habe nicht einmal an ein Tierchen gedacht, das die Kugel leer gefressen haben könnte. Wenn ihn die Erinnerung nicht täusche, wollte er damals, am Tag bevor er mich anrufen würde, allein den leeren Raum, nichts weiter als das quasi negative Innen des grünen Bällchens vor Augen bekommen.

Gunnar schnipste an das Ende des Taschenmessers. Es drehte sich und rutschte dabei ein Stückchen auf mich zu. Ob ich ihm wohl den Gefallen tun würde, einen Blick auf dieses besondere Hohlsein zu werfen?

Warum nicht. Ich klappte die Klinge heraus und machte mich ans Werk. Rückblickend kann ich nicht sagen, wieso ich meine Lesebrille stecken ließ. Vielleicht weil ich längst gewohnt bin, alles, was mit der Zurichtung von Pflanzlichem zu tun hat, ohne detailscharfe Sicht im Vertrauen auf Erfahrung und Fingerspitzengefühl zu erledigen. Auch für das Schälen, Vierteln und Entkernen eines Apfels hätte ich meine Brille nicht aufgesetzt. Und obwohl mir Gunnar völlige Hohlheit prophezeit hatte, rechnete mein Vorwissen doch damit, auf ein bisschen feuchtweißes Fruchtfleisch zu stoßen, zumindest auf den Ansatz eines normalen Samens, auf einen Nussembryo, welchen irgendein Defizit, zu wenig Wärme, ein chronischer Wassermangel oder das Fehlen von Nährstoffen, an der weiteren Entwicklung hin zu den bekannten, kurios hirnwindungsähnlichen Formen gehindert hatte.

Es dauert. Obwohl ich nicht ungeschickt bin, zieht es sich hin. Die unreife Schale ist zäh, das Messer nicht besonders scharf. Ich bohre und säge. Gunnar gibt sich geduldig. Aber ich sehe, wie seine Hände Halt aneinander suchen. Seine Stirn glänzt. Ich glaube mich zu entsinnen, dass ihm schon als Kind schnell der Schweiß ausbrach, wenn er über irgendetwas, im Guten oder im Schlimmen, in Aufregung geriet. Gunnar nimmt noch einen Schluck Bier, aber weil er meine Finger nicht aus den Augen lässt, hat er sich vergriffen und, ohne es zu bemerken, aus meiner Flasche getrunken.

Es reicht. Ich mag nicht mit der Klingenspitze ins Innere der Nuss durchstoßen. Vielleicht gibt es da doch etwas zu verletzen, und sei es nur ein bleiches, weiches, ins Dunkle gekrümmtes Würmchen. Ich lege das Messer beiseite, mein Cousin klappt es zusammen und lässt es in seiner Hosentasche verschwinden. Den Rest der Arbeit sollen meine Finger tun. Ihre Nägel sind lang genug, um sich rundum in die Nuss zu krallen. Ich sehe schon etwas Helles. Aber noch ist da Widerstand, als hielten letzte Fasern oder ein inwendiger Unterdruck die Kugel zusammen. Jetzt schön vorsichtig. Nicht mit Gewalt. Oder doch mit Gewalt? Warum nicht gewaltsam. Wo nichts ist, kann schließlich so gut wie nichts kaputtgehen.

Gunnar beugt sich über den Tisch. Mein Cousin Gunnar pustet – warum nur? – das Windlicht aus.

6. ETWAS TECHNISCHES

Just als Gunnar das Licht ausblies, gab die Nuss nach und klappte, genau wie ich es mir gewünscht hatte, in saubere, in sich intakte Hälften auseinander. Jetzt liegen die hohlen Halbschalen nebeneinander in meiner Hand, und ihr doppeltes Leuchten ist wirklich stark, womöglich sogar stark genug, um mir einen hellen Widerschein in die erstaunte Miene zu malen.

Mich friert am Kopf. Wie zügig es hier, in Gunnars Garten, kühler wird. Ich habe eine leichte Sommermütze im Auto liegen, aber ich bin sicher, dass es meinem Cousin missfallen würde, wenn ich jetzt aufstünde, um Tisch und Baum, um ihn und die beiden leuchtenden Walnusshälften für eine kleine Absenz, für ein Ausweichen ins Dunkle, zu verlassen.

Gunnar fixiert mich. Längst müsste ich Worte für das gefunden haben, was es auf den konkaven Wandungen zu sehen gibt. Aber es wird buchstäblich Blick um Blick schwieriger für mich, einen angemessenen ersten Satz zu finden. Zweifellos muss es sich um etwas Technisches, um irgendeine neuartige, hauchdünne, hoch leuchtfähige, bildspendende Folie handeln. Dass es eine derartige Beschichtung gibt, wundert mich eigentlich nicht. Ebenso wenig irritiert mich der Umstand, dass die Krümmung der Schalenhälften das Gezeigte kein bisschen verzerrt. Wer könnte von sich behaupten, in puncto

Bildgebung auf dem neuesten Stand zu sein. Wenig, eventuell nichts, schreitet vergleichbar rasant voran. Immer ist das bildlich Mögliche weiter in die Wirklichkeit gelangt, als es einem älteren Junggesellen, als dies mir oder Gunnar, lieb und geläufig sein kann.

Beide Abbildungen sind nussgemäß klein, kaum passfotogroß. Nur knapp daumennagelhoch erscheint links das rundliche Gesicht einer Frau, rechts das magere Antlitz eines Mannes. Anders als bei unseren in Ausweis oder Führerschein geschweißten Porträts zeigt sich außer dem Kopf auch noch die Brust der jeweils dargestellten Person. Zierlich klein ist der Knoten der schmalen, schwarzen Krawatte, noch winziger sind die Blätter der roten Blüte am Ausschnitt des Kleides.

Um es ein letztes Mal zu sagen: Ich bin Gleitsichtbrillen-Verweigerer, ich bin ein notorisch störrischer Lesebrillenbenutzer. Das Etui, das meine Sehhilfe enthält, steckt in meiner rechten Hosentasche. Ohne diese externe Prothese kann ich selbst bei bestem Licht keinen Zeitungs- oder Buchtext mehr sicher entziffern. Individuell optisch, im Rahmen der Anatomie meiner Augen, ist es also unmöglich, dass ich dies alles, jedes Detail der beiden Miniaturen, die Knitter im Schlips des Mannes, die Blütenblätter am Brustausschnitt des Kleides, so bestechend scharf erkenne. Maschinen, bildgebende Geräte, die dergleichen bewerkstelligen, die ein Handicap menschlicher Wahrnehmung eigenmächtig ermitteln, das Ausmaß der Behinderung berechnen und ihr selbsttätig abhelfen, gibt es meines Wissens bislang noch nicht. Oder doch?

7. ODER DOCH?

Mein geschickter Cousin, mein wackerer Walnusshalbierer, schweigt sich aus. Wie peinlich. Mein erster Fehler war, ihn im Krankenhaus anzurufen, mein zweiter, ihn in meinen Garten einzuladen. Den Frischoperierten wie den Genesenden hätte ich besser in Frieden lassen sollen. Aber ich konnte nicht anders. Ich musste ihn einfach nötigen, sich mit den Früchten des zweiten Baums zu befassen. Meine Erinnerung hatte ihn mir als einen empfänglichen Geist vorgegaukelt, meine Hoffnung als einen möglichen Komplizen. Aber er ist, wie könnte es anders sein, bloß ein netter Rechthaber, nur ein biederer Bescheidwisser, also ein stockblinder Holzkopf.

Zur Strafe heißt es jetzt aushalten, dass er offenbar so gut wie nichts erkennen kann. Allerdings hat er gespürt, wie dringlich ich eben noch erwartete, er sähe etwas Bestimmtes. Bringen wir das Ganze halbwegs gelassen zu Ende. Ich habe meinen Stuhl neben seinen gerückt, um mit ihm, Schulter an Schulter, in die Nusshälften auf seiner Hand zu schauen, um so, erstmals zu zweit, aber letztlich doch erneut mutterseelenallein, das Schwinden ihrer Bilder zu erwarten. Auch heute wird es nicht lange dauern. Ich kann nur hoffen, dass ihm, dem Uneinsichtigen, dem Überforderten, unser Nahsein in der verbleibenden Weile nicht allzu unangenehm wird.

Immerhin zucken seine Augäpfel. Vermutlich wandert sein Blick bereits, mal links, mal rechts, über das monochrom rosafarbene, schwach silbrig glänzende Häutchen, wie ich es mittlerweile in allen Walnusshälften vorfinde, die ich im Topf auf dem Boskopstumpf gesammelt habe. Kein Bild ist geblieben.

Kein einziges hatte Bestand. Den Farben und Linien scheint die schiere Luft, der Hauch der äußeren Welt, nicht gutzutun. Auch Schwund und Verlust behalte ich besser für mich. Und da mein Cousin weder sie noch ihn, weder Nussfrau noch Nussmann, sehen kann, ergäbe es nicht den geringsten Sinn, ihm zu erzählen, dass es bis jetzt stets, Frucht auf Frucht, dasselbe Paar gewesen ist.

Wie hübsch sich die beiden heute für uns gemacht haben! Die Frau hat sich zur Feier des Tages eine große rote Blüte an den Ausschnitt des Kleides gesteckt. Dem Mann sitzt eine Baskenmütze schräg auf dem Schädel, was ihm im Zusammenklang mit der Pfeife, die in seinem Mundwinkel steckt, etwas antiquiert Künstlerhaftes verleiht. Keck parodistisch, absichtsvoll komisch könnte mir sein heutiger Aufzug vorkommen, würde mein lieber Nussmann nicht wieder derart ernst, fast verzweifelt, aus seiner Halbschale auf mich, Gunnar, und durch mich hindurch in die Tiefe meines gegenwärtigen Gartens starren.

Mein Cousin regt sich. Vielleicht wird ihm mein Gartenstuhl unbequem. Wie unhöflich von mir, mich die ganze Zeit mit keinem Wort nach seinem Befinden erkundigt zu haben. Womöglich drückt ihn das neue Gelenk oder ein Phantomschmerz erinnert ihn an das verlorene alte. Jetzt greift er sich mit der freien Hand auf den Kopf und bewegt sie hin und her, als gelte es, dort einen unsichtbaren Hut oder eine imaginäre Mütze zurechtzurücken. Dann fasst er sich an den Hals, an den offenen Hemdkragen, exakt so, wie es aussieht, wenn man den Sitz eines Krawattenknotens prüft.

Und nicht genug damit! Schon wandern seine Finger zur

Seite unter den linken Mundwinkel, ihre Kuppen umschließen ein bisschen luftige Leere. Ich, Gunnar, erkenne die Geste. Genau dieses Festhalten habe ich nun doppelt vor Augen. Die Distanz zu den Lippen stimmt, und auch Daumen und Zeigefinger stehen im richtigen Abstand zueinander.

In pantomimischer Illusion nimmt mein Cousin, nimmt mein lieber Gast, die Pfeife des Nussmanns, die brennende Pfeife des Abgebildeten vom Gesicht. Halb grimmig, halb spöttisch bleckt er die Zähne. Aber schnell entspannen sich seine Lippen wieder. Er wendet den Kopf. Und jetzt bläst er den insgeheim inhalierten, den überlang zurückgehaltenen, den nach Äpfeln und Nüssen duftenden Rauch – So imitiert unser Abend seine Natur! – in meine Richtung.

LINDENRIED

Mein Onkel, Gott hab ihn selig, glaubte zeitlebens an nichts. Dennoch durfte er als blutjunger Architekt die erste Autobahnkirche Deutschlands bauen. Wenn einer hierin einen Widerspruch sah, meinte mein Onkel nur, jener Herr im Himmel, auf dessen Existenz er keine müde Mark zu wetten bereit gewesen wäre, habe damals schlicht bewiesen, dass er etwas von Schönheit verstehe, und die Entscheider entsprechend erleuchtet. Sein Entwurf sei der mit Abstand beste gewesen. Und dazu der frömmste! Fromm sein und fromm scheinen sei nun einmal nicht dasselbe. Der Schein gebe den Ausschlag. Das wisse der Teufel, dessen Wirken er leider für nicht ganz unmöglich halte, bestimmt am besten.

Die Autobahnkirche Lindenried ist dann, Satan hin, Gott her, sein einziger Sakralbau geblieben. Vielleicht wollte mein Onkel diejenigen, die dergleichen Aufträge vergeben, kein zweites Mal mit dem Können eines notorischen Heiden in Versuchung führen. Eventuell hielt er die Ein- und Zweifamilienhäuser und die gewerblichen Zweckbauten, die er in den folgenden Jahrzehnten verantwortete, auch für spirituell genug. Oder seine Kirche war insgeheim gerade dasjenige Gebäude, für das er seinen Unglauben ein einziges Mal aufs Spiel setzen wollte.

Mir, seinem Neffen, hat er, der Kinderlose, entschieden

davon abgeraten, in seine beruflichen Fußstapfen zu treten. Zweifellos sei ich ein begabter Zeichner. Unbestreitbar hätte ich ein Auge für alles Kleinteilige und Krumme, für den Schnörkel und den Kringel, für Schleifchen und Knoten, für das Kleinholz der Wirklichkeit. Wenn sich mein Stift eine verdrehte Wurzel, ein schief gewachsenes Bäumchen oder bloß die zerfledderten Flügel einer toten Motte vornehme, wirke das Bild auf eine schmerzliche Weise echter als sein natürlicher Gegenstand.

Just ein solches Talent stehe jedoch einem guten architektonischen Entwurf entgegen. Außerdem sei ich in Mathematik zu schwach. Ich solle am besten Lehrer werden, bestimmt gäbe ich einen passablen Kunsterzieher ab. Für das Intim-Eigene, für das, was ich mir womöglich als ein Werk erträumte, bleibe ja am Wochenende und in den Ferien genügend Zeit. Wenn ein bildnerischer Wille stark genug sei, schaffe er sich schon selbsttätig seinen Raum.

Er war mein Patenonkel und nahm die damit verbundene Verpflichtung ernst. Weil er spürte, wie schwer es mir, dem schüchternen und eigenbrötlerischen Knaben, fiel, sich einen Platz in der Welt vorzustellen, nahm er mich jedes zweite Wochenende mit ins unbebaute Gelände. Wir erwanderten uns die Wälder rund um meine Heimatstadt A., und er nannte, was dort wuchs, kreuchte und fleuchte, für mich beim Namen.

Dass ich heute drei einheimische und zwei als Zierhölzer zugewanderte Arten Ahorn an Blatt und Borke unterscheiden kann und mir Hirsch und Reh ihre klandestine Anwesenheit durch den Verbiss von Busch und Baum verraten, habe ich meinem Onkel zu verdanken. Und zu den wenigen Besitztümern, die ich zeitlebens liebend gern zur Hand und in Gebrauch nehmen werde, zählt das erstklassige Taschenmesser, das er mir zu meinem zehnten Geburtstag schenkte.

Seine einzige Kirche zu besuchen und dort, wie er zu sagen pflegte, nach dem Rechten zu sehen, hat sich bei unseren Wochenendexkursionen immer aufs Neue ganz zwanglos ergeben. Sie ist mit dem Rad und fußläufig gut zu erreichen, und dass wir sie über all die Jahre nie mit dem Auto angesteuert hatten, wurde mir erst vor unserem letzten Besuch bewusst, als mich mein Onkel kurz vor Weihnachten angerufen und gebeten hatte, ihn erstmals – er sagte: «zuguterletzt» – am besten gleich nach den Feiertagen mit meinem Wagen hinzukutschieren.

Als wir von der Ausfahrt auf den großzügig bemessenen Parkplatz der Kirche abgebogen waren, stieg genau vor deren Eingang eine Familie in ihr Auto, und ich wartete die kleine Spanne, die es dauerte, bis es aus der Reihe der anderen Fahrzeuge gefädelt war. Denn mein Onkel, der so lang ein ausdauernder Wanderer gewesen war, hatte seit dem Sommer mit Schmerzen in den Füßen zu kämpfen. Dass er mittlerweile auch in den Händen ein ähnlich spitzes Stechen empfand, ließ seine Hausärztin eine chronisch werdende, wahrscheinlich ernährungsbedingte Stoffwechselstörung vermuten. Dies wies mein Onkel jedoch als verharmlosende Fehldiagnose zurück. Es sei nicht das Fleisch. Warum sollten ihm wegen der Schnitzel, wegen des Schinkens und wegen all dem, was wir uns ansonsten aus toten Tieren zurechtwursteten, urplötzlich die Glieder wehtun.

«Unsinn! Das Holz ist morsch. Von den Wurzeln bis in die Spitzen der Äste. Wir wissen doch, wie alt der Baum ist. Vor

Neujahr fährst du mich an die Kirche. Ich will zuguterletzt noch mal nach dem Rechten sehen!»

Zwangsläufig gab mein Onkel das Tempo vor, während wir Schrittchen für Schrittchen das kurze Wegstück an das Portal seiner Kirche hinter uns brachten. Ich sah, dass er sich mühte, nicht wie ein Gehbehinderter zu wirken. Während der kleinen Pausen, die seine Glieder erzwangen, legte er den Kopf in den Nacken, als ginge es ihm darum, das Bauwerk, das er doch wie kein Zweiter kannte, mit einem ersten, quasi jungfräulichen Betrachten zu würdigen.

Die Kirche erwies sich als ungewöhnlich gut besucht. Ich spürte, dass dies meinem Onkel gefiel. Er blieb bei den letzten Bänken stehen und ließ den Blick, ganz so, wie ich es von unseren früheren Besuchen gewohnt war, über die in einer gewagten Wölbung Richtung Altar ansteigende Decke schweifen.

«Beton! Also, auf die Gefahr, dich zu langweilen, sag' ich es noch einmal: Mit Beton kann unsereiner alles machen. Na, nicht restlos alles, man soll nicht übertreiben, aber beinahe alles. Wir müssen uns bloß trauen!»

Beton mache das Unmögliche möglich. Beton verbinde die Gegensätze. Wenn es eine Treppe in den Himmel geben könnte, müsste sie aus Beton gegossen sein. Im Übrigen sei er noch heute stolz darauf, dass keiner von denen, die in seiner Kirche Stille und Besinnung suchten, aus purer Anschauung zu erkennen vermöge, was er dereinst zum Ausgang seines Entwurfs nehmen musste.

Damit hat er zweifellos recht. Nur wer die Info-Tafel am Parkplatz studiert, erfährt, dass die Kirche meines Onkels nicht hemdsärmelig frei am Reißbrett entworfen worden ist. Was noch immer kühn modern und künstlerisch verwegen auf den unkundigen Betrachter wirken kann, ist in Wirklichkeit ein erweiternder Umbau gewesen. Eine kurz vor dem großen Krieg entstandene und dann in dessen letzten Wochen von einem englische Tiefflieger teilbeschädigte Tankstelle sollte damals möglichst kostensparend und unter Erhalt ihres denkmalgeschützten Dachs in ein Haus Gottes verwandelt werden. Und obwohl mir nie einer der einst konkurrierenden Entwürfe vor Augen gekommen ist, scheint mir die Idee meines Onkels, die freitragende, flügelähnliche Überdachung der Zapfsäuleninsel in das Innere, in die Andachtssphäre, einzubinden, bis heute ein unschlagbarer Geniestreich.

Wir nahmen in der vorletzten Bankreihe Platz. Mein Onkel streckte ächzend die Beine, beugte sich schließlich sogar nach unten, um die Schnürsenkel zu öffnen, und zog die Fersen aus den winterlich festen Halbschuhen.

«Jetzt guck nicht so pikiert. Das sieht schon keiner!»

Außerdem: Wenn einer das Recht habe, strumpfsockig, notfalls sogar barfuß Richtung Altar zu stapfen, dann er. Zuguterletzt sei es immer noch seine Kirche. Übrigens: Warum ständen die Leute da links vor der ersten Bank herum? Wahrscheinlich sei der Opferstock wieder einmal geknackt worden. Wer den Tempel des Herrn notorisch zum Schnorren missbrauche, brauche sich nicht über dergleichen Gewalttaten zu beklagen.

Die Befürchtung meines Onkels war nicht unbegründet. In unschöner Regelmäßigkeit kam es vor, dass der im Boden verankerte hölzerne Kasten das Ziel roher Attacken wurde. Mit allerlei grobem Werkzeug hatten es irgendwelche gottlosen

Rabauken immer wieder geschafft, an das gespendete Klein-
geld zu gelangen. Beim letzten derartigen Raubzug, kurz nach
Allerheiligen, hatten die Übeltäter den Opferstock mit einer
Kettensäge dicht über dem Boden gekappt und als Ganzes ab-
transportiert.

Hiervon wusste mein Onkel offenbar noch nichts. Ich hörte
ihn tief, fast seufzend ein- und rasselnd ausatmen. Das kurze
Wegstück vom Auto in die Kirche hatte ihn offenbar erschöpft.
Er war einem Altherren-Nickerchen erlegen.

*

Ablichtungen der Autobahnkirche Lindenried haben es in
drei architekturhistorische Standardwerke zur bundesdeutschen Nachkriegsmoderne geschafft. Mein Onkel hätte sich
nie mit dergleichen gebrüstet. Ich jedoch mache mich weiterhin regelmäßig daran, die Spur seines einzigen Sakralbaus im
Internet zu verfolgen, und freue mich, dass die Resonanz nicht
verstummt. Gerade jüngere Architekturgeschichtler sind begeistert davon, wie rigoros sich mein Onkel auf die Wirkung
von zwei Baumaterialien konzentriert hat. Außer auf seinen
geliebten Beton hat er sich auf ein bestimmtes Holz verlassen.
Und womöglich bin ich mittlerweile der einzige, der seiner
Nachwelt erzählen könnte, wie es hierzu kam.

Gar nicht weit von der Tankstelle, die es zu erhalten und
zugleich umzugestalten galt, sollte ein wild hochgekommenes
Wäldchen der geplanten Spurerweiterung der Autobahn zum
Opfer fallen. Mein Onkel erkannte, welch ein Schatz da ver-
lorenzugehen drohte. Zwei Dutzend Exemplare einer raren Va-

209

rietät der Robinie, der sogenannten Säulenrobinie, prächtige, makellos hochgewachsene Stämme, sollten samt Wurzelstock ausgerissen und mit anderem Abraum, mit schnödem Sand und Kies, weggeschafft werden.

Einen halblegalen Handstreich, einen beinahe kriminellen Coup nannte mein Onkel nicht ohne Stolz, was er damals bewerkstelligt hatte. Der zuständige Bauunternehmer sei ihm zum Glück einen Gefallen schuldig gewesen. Aber am fraglichen Tag habe es zudem seine permanente Anwesenheit, die eine oder andere kundige Anweisung und hinreichend Schwarzgeld in bar gebraucht, um zu erreichen, dass die Robinien forstgerecht gefällt, sorgsam entastet, ihrer Kronen beraubt und vor allem ohne Beschädigung der wunderbaren Borke auf die andere Seite der Autobahn geschafft worden seien.

Wer mag, kann die Stämme abzählen, die den Raum gleich Säulen gliedern. Meinem Onkel war es darauf angekommen, sie ausnahmslos zu verbauen. Und die Illusion, sie stützten mit eigenwüchsiger Härte das Dach, dessen Armierung gar keinen zusätzlichen Halt braucht, trägt viel zum Binnenzauber seiner Kirche bei. «Naturfromm» hat der Verfasser des Handbuchs «Sakralbauten der Nachkriegszeit» das Innere der Autobahnkirche genannt, und mir ist im Laufe der Jahre keine bessere Bezeichnung eingefallen.

«Gib mir Bescheid, wenn der Laden leer ist, Junge!», murmelte mein Onkel, ohne die Augen zu öffnen. Er brauche noch ein paar Minütchen, bis wir beide weiter, bis er und ich vollends nach dem Rechten sehen könnten.

Als hätten die anderen Anwesenden mitgehört, was nur für meine Ohren gedacht gewesen war, begannen sie nach und nach einzeln, in Paaren oder in familiären Grüppchen dem Ausgang zuzustreben. Einige Ältere beugten, so wie auch ich dies in meiner Kindheit eingeübt hatte, in Altarhöhe das Knie. Gewiss wusste keiner außer mir, dass sich just an der Stelle, auf die der schlichte Waschbetontisch nach der Messreform gerückt war, die beiden blaulackierten Zapfsäulen der Vorkriegstankstelle befunden hatten.

«Wie Ochs und Esel sind die zwei dagestanden. So hilflos, wie nur ein Tier oder ein Ding sein kann. Hat mir im Herzen wehgetan, dass sie wegmussten!», hatte mir mein Onkel einmal gestanden.

Er habe damals durchaus eine Idee gehabt, wie sie vor dem Schrottplatz zu retten gewesen wären. Aber in Kirchenfragen dürfe einer, gläubig oder ungläubig, den Bogen nicht überspannen. Bereits die Robinien als nacktes Innenholz durchzusetzen, sei ein riskantes Spiel gewesen. Denn in der Neuen Welt, in Nordamerika, von wo die Robinie stamme, habe sie bei den sektiererisch frömmelnden Siedlern als Baum des Teufels gegolten, weil dem Gift, das nicht nur ihr Laub und ihre Früchte, sondern vor allem ihre Rinde enthält, dereinst das eine oder andere rare Maultier, die eine oder andere kostbare Milchkuh zum Opfer gefallen sei.

Wir waren die Letzten geworden. Und schon bevor ich meinem Onkel dies mitteilen konnte, schlug er die Augen auf. Die Dämmerung griff durch die Fenster. Die Kerzen begannen das Lichtregiment zu übernehmen. Bald würde eine Zeitschaltuhr die nächtliche Innenbeleuchtung unter Strom setzen. Ich sah, dass mein Onkel auf seine Füße blickte. Offenbar überlegte er, ob er seine Schuhe wieder anziehen sollte.

«Na, auf dem Rückweg reicht!», entschied er schließlich.
Jetzt wolle er sich ansehen, was dem Opferstock zugestoßen sei.

Wie gesagt: Ich bin ein versierter Zeichner. Und neben meiner Tätigkeit als Kunsterzieher blieb mir, ganz wie mein Onkel prophezeit hatte, genug Zeit, meine Ambitionen auf den Prüfstand höherer Schönheit zu stellen. Sosehr ich die Linie liebe, die Grenzen, an die sie mich führte, ließen mich irgendwann auf die Malerei verfallen. Was mein Pinsel in Öl und Acryl zustande brachte, blieb jedoch unübersehbar tollpatschig hinter dem zurück, was Stift und Kohle in meiner Hand geleistet hatten. Ich bin heilfroh, dass meinem Onkel nie eines dieser unglückselig bunten Machwerke vor Augen gekommen ist.

Auch den zweiten Fluchtweg, auf den ich nach dem Malen verfallen war, hatte ich bislang tunlichst vor ihm geheimgehalten, obwohl meine diesbezüglichen Hervorbringungen mittlerweile von einer zumindest kunsthandwerklichen Gewieftheit zeugen. Außerdem ist es just mein Onkel gewesen, der mir das erste einschlägig brauchbare Werkzeug in meine Knabenhand drückte, und so ist er an der Praxis, die viele Jahre später folgte, nicht ganz unschuldig.

Er rutschte an den Rand der Bank. Selbst das Gestühl seiner Kirche hatte er dereinst aus Robinienholz fertigen lassen. Dessen Härte schlage sogar die der Eiche. Und da er hellsichtig früh damit gerechnet hatte, dass mit der Zunahme des Individualverkehrs auch die Besucherzahlen der bundesdeutschen Autobahnkirchen ungehemmt ansteigen würden, war es ihm auf eine maximale Widerständigkeit der Sitz- und Knieflächen angekommen.

«Alles noch wie am ersten Tag!», meinte mein Onkel, während wir an den Bankreihen entlang nach vorne gingen. Auf seinen wollenen Socken kam er eindeutig besser als in den Schuhen voran, und wenn er kurz innehielt, um die Fingerspitzen auf eine der Robiniensäulen zu legen, geschah dies nicht, weil er sich daran hätte abstützen müssen.

«Schau dir diese Borke an: hundert Prozent naturbelassen! Ein einziges Mal habe ich sie damals mit Waschbenzin abbürsten lassen, um die üblichen Tierchen zu vergraulen.»

Seitdem sähen die Furchen und Rillen aus, als sei deren wilde Struktur imstande, jedwede künstliche Glätte, den Beton des Daches und erst recht den Asphalt der Fahrbahnen als gültige Landschaft der Zeit zu übertrumpfen.

Zu dem, was ich in meiner Kindheit und Jugend von meinem Onkel gelernt habe, gehört auch, welche Holzarten sich besonders für Schnitzarbeiten eignen. Oft genug hat er mich angehalten, mein Messer zu zücken und an einem Ast oder einem Stück Rinde die Probe aufs Exempel zu machen. Als Architekt habe er zwangsläufig stets die härteren Hölzer im Auge gehabt, aber nur ein Banause könne darüber hinwegsehen, dass die schönsten Altäre aus dem weichen, bautechnisch gesehen eher minderwertigen Lindenholz gefertigt seien.

Nie habe ich mir auch nur vorzustellen gewagt, mich mit den Werkzeugen, die ich mittlerweile recht gut beherrsche, mit meinen Messerchen, mit Meißel und Beitel an die Fertigung eines Altars zu machen. Selbst eine einzelne menschliche Figur, eine nur unterarmhohe Madonna, liegt bislang, womöglich für immer, außerhalb meiner Möglichkeiten.

Aber das erste Tier traute ich mir irgendwann zu. Und als mich ein Freund vor einem guten Jahr fragte, ob ich Lust hätte, das eine oder andere meiner besonders liebreizend geratenen Rehkitze an seinem kunsthandwerklichen Stand auf dem Christkindlmarkt von A. zum Verkauf anzubieten, fühlte ich mich geschmeichelt und überließ ihm die Vierbeiner, die mir am besten gelungen erschienen.

Als ich an einem Samstagnachmittag am Stand weilte, wurde ich angesprochen. Hätte ich meinem Onkel hiervon erzählt, wäre mir womöglich entgegnet worden, der Teufel könne einen Künstler in vielerlei Gestalt versuchen. Die junge Frau, die sich an mich wandte, meinte, dieses Rehlein da passe, sie sehe es auf den ersten Blick, ganz wunderbar zu einem Krippenensemble, welches sie kürzlich von einem entfernten Verwandten geerbt habe. Bestimmt hundert Jahre seien dessen Figuren alt. Alle hätten sich ohne größere Beschädigung durch die Zeit gerettet. Nur der Stall, der Ort der Gottesgeburt, sei bis auf zwei kümmerliche Bruchstücke verlorengegangen. Ob ich mir vorstellen könne, ein solches Gebäude unter Verwendung der beiden Reste anzufertigen?

*

Wir stehen still da. Mein Onkel hat alles vor Augen. Noch schweigt er sich aus. Gewiss vergeudet er keinen weiteren Gedanken auf den Verbleib des Opferstocks. Ich kann zu meinen Gunsten nur sagen, dass das, was er hier, aufgebaut auf einem großen Tisch, vor sich sieht, zum ganz überwiegenden Teil nicht von meiner Hand stammt. Was mein Onkel betrachtet, ist älter als seine Augen. Figur für Figur hat, meine Auftraggeberin schätzte dies richtig ein, ein gutes Jahrhundert auf dem

Buckel. Allein der Stall, vor dessen niedrigem Eingang, vor dessen dunkler Tiefe sie alle gleich starr verweilen, und dazu ein einziges Reh sind, wie der materialkundige Blick meines Onkels mittlerweile gewiss bemerkt hat, weit jüngeren Datums.

«Schau dir nur diesen Kitsch an, Junge!», pflegte er früher gerne zu sagen, wenn wir uns zusammen durch einen seiner vielen Kunstbände blätterten. «Kitsch kennt keine Grenzen. Dem Kitsch gehört die Welt!»

Gegen dessen Versuchung seien auch die ganz hohen Hausnummern, die scheinbar souveränen Meister, nie gänzlich gefeit gewesen.

Oft staunte ich, welche Gemälde, Plastiken oder Bauwerke mein Onkel, ohne lange zu fackeln, derart einsilbig abqualifizierte. Der Kitsch verneine das Risiko, das mit der Geburt von Schönheit untrennbar verbunden sei. Kitsch gehe gerade dort auf Nummer sicher, wo es just um den Preis des Schönen keine letzte Gewissheit geben dürfe. Dies spüre der routinierte Kitschier, der professionelle Kunstschlawiner, insgeheim, in der Tiefe seines Gemüts, genau.

Mein Onkel streckt die Hand aus, und seine Fingerspitzen tupfen auf den Rehkitzrücken. Diejenigen, von denen die Krippe aufgebaut worden ist, haben es zwischen Ochs und Esel platziert, als solle das brave Vieh das scheue Fluchttier im Auge behalten.

«Gar nicht übel, das neue Bambi!», höre ich meinen Onkel murmeln, der es hochgenommen hat und mit beiden Händen betastet. «Sehr gut, das pralle Bäuchlein!»

Fast könne man glauben, dass es sich noch schnell an der Krippe satt gefressen habe, bevor diese zum Kinderbettchen des Erlösers geworden sei. Wie unschuldig das Kitz sein Stummelschwänzchen in die Höhe stelle! So ein Rehlein wisse ja von nichts. Auf jeden Fall könne der Schnitzer etwas. Tiere lägen ihm offensichtlich. Eigentlich schade, dass er den Esel und den Ochsen nicht auch gleich neu gemacht habe.

«Guck mal in dein Portemonnaie, ob du einen Euro hast, Junge! Wenn das Maschinchen schon da ist, wollen wir es zuguterletzt auch zum Laufen bringen.»

Als ich erfuhr, dass meine Auftraggeberin die Krippe mit allen Figuren der Autobahnkirche Lindenried geschenkt hatte und das Ensemble dort bereits besichtigt werden könne, glaubte ich sogleich an das Wirken unguter Mächte. Und dass mein Onkel dann, kaum eine Stunde später, bei mir anrief, um unsere Fahrt an sein Gotteshaus zu vereinbaren, schien mir fugenlos hierzu zu passen.

Nun, wo ich die Münze aus meiner Börse gekramt und meinem Onkel gereicht habe, sehe ich auch die Schiene. Ihr zierliches Blech ist just so mittelgrau wie die Lackierung der Tischplatte. Vielleicht ist dies Zufall, vielleicht ist es dem Installateur der Anlage aber auch darum gegangen, das Profan-Mechanische zumindest farblich zu tarnen.

Der Motor ist dort, wo sich der Einwurfschlitz befindet, unter der Tischplatte verborgen. Ein diskretes Summen verrät sein Anlaufen. Eine Klappe schnellt nach oben. Und dass die Figur, die diese verborgen hat, nun aus der Tiefe, aus einer Art Unterwelt, in die Szenerie gehoben wird, könnte mich – zuguterletzt! – noch einmal etwas Okkultes vermuten lassen.

«Lindenholz!», flüstert mein Onkel, als verrate er mir und sich ein Geheimnis. «Schau dir an, was ein guter Schnitzer, ein versierter Gebrauchskünstler, dereinst alles damit anstellen konnte!»

Wie üppig diesem Himmelsboten das Haar über die Schultern walle! Wie trügerisch die Locken in die Falten des Gewandes übergingen. Und die Engelsflügel: weder zu groß noch zu klein, sondern demütig und stolz, stolz und demütig zugleich. Zumindest kunstfromm könne noch heute ein modern verstockter Kopf beim Anblick dieser Schwingen werden.

Der Engel hat sich auf den Weg gemacht. Sein Mund ist kreisrund geöffnet, und wie die Figur, schienengeführt, nur ganz leicht ruckelnd, den heiligen Josef passiert, scheint mir das warme Brummen des Motors vollends diesem dunklen Lindenholzlöchlein zu entströmen.

Bestimmt hat mein Onkel längst begriffen, dass der Stall, das Gehäuse der Gottesgeburt, seiner Autobahnkirche nachempfunden ist. Er ist auf die Knie gesunken, seine Hände liegen, Daumen an Daumen, auf dem Rand der Tischplatte. Fänden seine Finger nun alle zusammen, müsste man glauben, er selbst gehorchte jenem frommen Schein, den er, wenn es um den Sieg seines Autobahnkirchenentwurfs ging, stets für seine Arbeit in Anspruch genommen hat. Er neigt den Kopf zur Seite, er äugt in die Tiefe der Scheune, offensichtlich will er restlos erfassen, wie diese inwendig von dem, der sie rekonstruiert hat, ausgestaltet worden ist.

Mich aber hat alles Zweifeln verlassen. Ich weiß, worin ich nicht fehlgegangen sein kann. Auch wenn ich kein Meister bin und mir nie eine Maria, ja nicht einmal ein Josef, von einem Jesuskind ganz zu schweigen, sondern allenfalls ein weiterer Paarhufer gelingen mag, mit dem Gezweig und der Rinde unserer Bäume kenne ich mich – meinem Onkel sei Dank! – seit langem aus.

Als ich losgefahren war, um nach dem Ort des einstigen Robinienhains zu suchen, regnete es, als käme es dem Wetter darauf an, das Rechts und Links der alten Bundesstraße, die hier ein ganzes Stück parallel zur Autobahn verläuft, hinter dem Hin und Her der Scheibenwischer verschwinden zu lassen. Schließlich stieg ich aus und bahnte mir unter dem Dröhnen des Fernverkehrs meinen Pfad durch das kaum wadenhohe Gestrüpp, das der Mähdienst der Autobahnmeisterei Lindenried jenseits der Leitplanken überdauern lässt.

Die Robinie gilt als ein Gehölz, das sich, so es einmal Fuß gefasst hat, nicht leicht ausmerzen lässt. Wenn man den Stamm ebenerdig kappt, schlägt das Wurzelgeflecht in stummer Antwort rundum neu aus. Und obwohl mir mein Onkel erzählt hatte, dass die Bäume mit dem Bagger aus der Erde gehebelt worden waren, war meine Hoffnung, auf eine Wurzelbrut zu stoßen, die mittlerweile länger als ein halbes Jahrhundert immer aufs Neue den Weg ans Licht gefunden haben müsste, auf eine unvernünftig verheißungsvolle Weise groß.

Durch den Regen und den abendlichen Nebel sah ich die Kirche auf der anderen Seite der Autobahn liegen und erreichte schließlich eine Unterführung, die zwei Dörfer verbindet, welche oft genug Ausgangspunkte unserer Wanderungen gewesen waren. Ich rutschte den Hang hinunter, ich glitt aus, und just wie ich mit einer Hand ins nasse Gras griff, sah ich gegenüber, auf der Südseite des Wegs, die Schösslinge stehen: hüfthoch und lotrecht gerade. Es waren weit mehr als genug, es war ein Vielfaches dessen, was ich für meinen bescheidenen Zweck, meine insgeheim unbescheidene Absicht brauchen würde.

Es weihnachtet. Der Engel hat gewendet und sich blechschienchengeleitet auf den Rückweg gemacht. In meiner Börse wird sich eine weitere Münze finden, deren Einwurf ihn und seine frohe Botschaft umgehend zum zweiten Mal Richtung Stall schicken soll. Mit einem profanen Knacken springt die Innenbeleuchtung der Autobahnkirche an. Wie freundlich, wie gnädig uns die Elektrik unterstützt. Das Mehr an Licht muss meinem lieben Onkel den Einblick erleichtern. Niemand, am allerwenigsten sein treuer Neffe, wird den alten Architekten nun darauf hinweisen müssen, dass da drinnen, hinter Mensch und Tier – gleich himmelhoch natürlichen Säulen! –, die kurz geschnittenen Triebe blutjunger Robinien unter ein Lindenholzdächlein gefügt sind.

EINSTIMMUNG AUF EIN ZUSAMMENTREFFEN MIT DEM LEIBHAFTIGEN

ERSTENS: SANITÄRRAUM

Sein Reich scheint ganz von dieser Welt. Und anders als diejenigen, die weiterhin notorisch mit einem feurigen Jenseits drohen, hat er selbst niemals etwas von einem Höllenpfuhl verlauten lassen. Hienieden spielt uns die Musik. Im irdischen Rahmen, genauer gesagt, unter dem planen Beton unserer Behausungen, muss unsereins mit seiner Fleischwerdung rechnen.

Allerdings ist, sobald der Fall der Fälle naht, Ort nicht gleich Ort. Es gibt, was die räumlichen Umstände seiner Inkarnation angeht, Grade von Wahrscheinlichkeit. Bestimmten Gegebenheiten gilt seine Vorliebe, gewisse Gehäuse begünstigen sein Gestaltwerden. Gut hundert einschlägige Ereignisse hat unser Club mittlerweile dokumentiert, und es fügt sich stimmig ins bisherige Bild, wo der Leibhaftige mir auf dem Weg über meine fünf Sinne zu unbestreitbarer Wirklichkeit wurde.

Der Sanitärraum, den ich als Gast unter Gästen, als Teilnehmer eines Geburtstagsfests, aufsuchte, befindet sich im Kellergeschoss eines Reihenhauses. Die beiden oberen Gelegenheiten, ein Bad und eine separate Toilette, waren besetzt gewesen. Der Feiernde, ein langjähriger Kollege, fast ein Freund, aber kein im Club-Sinne Kundiger, hatte mich auf die dritte Möglichkeit hingewiesen. Er führte mich bis an die Kellertür, drückte sogar noch auf den Lichtschalter, während ich mich bereits, nichts ahnend, nichts befürchtend, Stufe für Stufe auf den nicht allzu steilen Weg nach unten machte.

Einige von uns raten, unter der Last der Erfahrung zaghaft geworden, pauschal dazu, unbekannte Feuchträume erst gar nicht zu betreten. In der Tat hat sich gut ein Fünftel der fraglichen Vorkommnisse im Sanitärbereich von Gaststätten, Behörden, Theatern, Hallenbädern oder anderen allgemein zugänglichen Gebäuden zugetragen. Wer will, mag also meiden, was sich vermeiden lässt. Ihm garantiert aus dem Weg zu gehen, ist jedoch, zumindest unter zivilisierten Umständen, so gut wie unmöglich. Denn die größte statistische Teilgruppe, fast die Hälfte von uns, wurde in der eigenen Wohnung – oft genug war es ein fensterloses, allein durch einen Ventilatorschacht entlüftetes Badezimmer – von seiner jähen Präsenz düpiert.

Während ich die Tür der Kellertoilette zuzog, glitt mein Blick über grau marmorierte Bodenfliesen. Ein kleiner, kaum handgroßer nasser Fleck unter dem Siphon des Waschbeckens fiel mir auf. Auch über dessen Porzellan, am Hahn der Armatur sammelte sich ein Tropfen. Und wie ich mein Gesicht gegen den Spiegel hob und in dessen Glas die halbdurchsichtigen Wände einer Duschkabine Teil des Bildes wurden, bemerkte ich, dass ich, anders als zu erwarten gewesen wäre, nicht allein war.

ZWEITENS: LILIPUT

Geringe Größe kann auf eine eigene Weise verstören. Gewiss wäre ich auch erschrocken, wenn eine höher gewachsene Gestalt den Kunststoff der Kabine verdunkelt hätte. Aber so, wie dies hier aussah, musste ich an einen halbwüchsigen, etwas dicklichen Jungen denken. Und weil ich wusste, dass der Gastgeber und seine Lebensgefährtin kinderlos sind, und mir die Anwesenheit eines Buben oder eines Mädchens unter den Feiernden im Lauf der letzten Stunden aufgefallen wäre, erfüllte mich der Anblick des Schemens sofort mit einer vagen Besorgnis. Es war, als träfe mich eine noch dunkle Schuld, als hätte irgendein wildfremder Bengel ausgerechnet mich heimlich über die Schwelle dieses Hauses verfolgt, um mir hier unten aufzulauern und mich in raffinierter Frechheit durch nichts als stilles Dastehen zu bestürzen.

«Was machst du da!», wollte ich so barsch wie möglich rufen, aber es kam nicht mehr dazu, denn der milchig Unscharfe bewegte sich, sein linker Arm hob sich, er griff an die Kante der Schiebetür. Sie klemmte, er rüttelte. Ich sah vier Fingerspitzen, die breiten und recht langen Fingernägel einer zweifellos ausgewachsenen Hand. Und kaum dass trockenes Plastik über trockenes Plastik geschrammt war, sprach er mich schon mit meinem Vornamen an, genauer gesagt, mit dessen nur regional gebräuchlicher Kurzform, wie ich sie, auf mich gemünzt, jahrelang nicht mehr zu hören bekommen hatte.

Ich will auch im Weiteren auf wörtliche Rede verzichten. Die Eins-zu-eins-Wiedergabe des von ihm Gesagten würde mir nur lücken- und fehlerhaft gelingen und mir zudem jetzt, in seiner Abwesenheit, nicht nur wie ein peinliches Nachäffen, sondern, schlimmer noch, wie ein verspätetes Anbiedern in den Ohren klingen. Bloß so viel: Seine Stimme war tief und angenehm sonor. Er meinte, mit voller Blase plaudere sich schlecht. Ich solle mir nun besser keinen unnötigen Zwang antun. Und umgehend, ohne zu widersprechen, ja ohne fühlbaren Gegenwillen, ohne einen Hauch der erwartbaren Scham zu empfinden, vollzog ich das Verlangte.

Inzwischen bin ich sicher, dass mich, mindestens so sehr wie seine Worte, sein Anblick genötigt hat, mich derart ungeniert zu verhalten. Ausnahmslos, in allen Fällen, welche die Chronik unseres Clubs verzeichnet, hat er einen schmucklosen grauen Overall getragen. Aber an einen Installateur, an einen Mechaniker oder an irgendeinen anderen dienstleistenden Techniker zu denken, verbot sich mir von selbst, allein schon weil seine Füße nackt waren, vor allem aber weil er Ärmel und Hosenbeine mehrfach umgekrempelt hatte, um das uniforme Kleidungsstück an die besonderen Proportionen seines Körpers anzupassen.

Ich weiß wohl, dass die Bezeichnung, die ich gleich für ihn verwenden werde, nicht mehr beliebig frei gebräuchlich ist. Sie gilt heutzutage für manch einen als herabsetzend, angeblich schwingt in ihren fünf Silben etwas Zirzenisches, etwa ungut Schaustellerisches mit. Dennoch möchte ich zumindest meinen Leibhaftigen in einem Satz – jetzt in diesem Satz! – einen Liliputaner genannt haben. Weniger, weil mir seine Hände, verglichen mit der Kürze der Arme, außerordentlich groß erschienen, auch nicht, weil Letztere gleich den Beinen in einem kindlichen Verhältnis zur Länge des tonnenförmig gedrunge-

223

nen Rumpfes standen, sondern vor allem, weil seine Stirn so unerhört hoch war.

Wuchtig, fast walzenförmig, wie während einer besonderen Denkanstrengung zu dieser Form geronnen, wölbt sie sich oberhalb der poolblau leuchtenden Augen und der rötlichen Brauen hin zu seinem dichten blonden Haar. Dessen ungewöhnlich regelmäßiger Ansatz und sein stets ins Messingfarbene spielender Glanz lassen einige von uns hartnäckig an eine Perücke glauben, obwohl eine kahle Stelle am Hinterkopf, immer kreisrund, stets recht groß und schuppig trocken, auf die Natürlichkeit des Bewuchses verweist.

DRITTENS: SERMON

Ich betätigte die Spülung und klappte den Deckel über Brille und Schüssel. Er stieg aus dem Wännchen der Dusche, schob mich beiseite, nahm auf dem knackenden Plastik Platz und hatte bereits zu erzählen begonnen. Dies ist das obligatorische Prozedere. Zumindest ist uns clubintern keine einzige Ausnahme bekannt. Unheimlich getreu und zugleich lässig frei, mit einer Raffinesse, die nie den festen Grund der Wahrhaftigkeit verlässt, erzählt er uns das eine oder andere aus unserem Leben.

Wir sind nur ein lockerer Club, kein Verein mit starren Regeln und festgeschriebenen Rechten oder Pflichten, keine zu irgendeinem Zweck verschworene Gemeinschaft. Doch wir können einander ausnahmslos gut leiden, und diese diskrete Zutraulichkeit ist dem Was und dem Wie seiner Rede geschuldet. Selbstverständlich bleiben wir Dilettanten, redliche Stümper, wenn wir an unseresgleichen weiterzugeben versuchen, was er einem unter vier Augen mitgeteilt hat. Aber als Aufbereiter seines Berichts eifern wir ihm ernstlich nach, und dass sich unser Erzählen nach der famosen Vorgabe des Leibhaftigen quasi in zweiter Instanz vollzieht, birgt einen besonderen Kitzel, einen sekundären Reiz, der sich nicht leicht beschreiben lässt.

Für mich beschwor er im Nu einen peinvoll erniedrigenden Vorfall aus meiner Grundschulzeit herauf. Ich verzichte auf jede Einzelheit. Ich sage nur: Es hörte sich Wort für Wort so an, als sei er dabei gewesen. Er schonte die damaligen Übeltäter, zwei ältere Knaben, nicht. Er nannte sie widerlich schlimme Burschen, die mir damals ohne erkennbaren Grund grausam mitgespielt hätten. Ja, er wusste im Gegensatz zu mir ihre vollständigen Namen.

Und kaum hatte das damalige Ereignis in sein mich über Jahrzehnte hinweg erneut demütigendes Schlussbild gefunden, fragte er, ob mich nicht interessiere, wie es den gemeinen Kerlen in ihrem weiteren Leben ergangen sei. Schließlich habe der hilflose Knirps, der ich gewesen sei, den beiden dereinst mit verblüffender Hellsicht haargenau dasjenige Unglück gewünscht, welches sie dann, viele Jahre später, exakt so blutig speziell, wie von mir ersehnt, ereilt habe. Leider Gottes ohne meine Zeugenschaft, aber zufällig direkt vor seinen Augen. Es wäre ihm ein Vergnügen, mich jetzt damit zu ergötzen.

Es gibt eine Klugheit der Gliedmaßen. Unwillkürlich hoben sich meine Hände zu einer Abwehrgeste, schon bevor meine

Lippen stammelten, kein Detail sei nötig, auch unbeschrieben glaubte ich ihm alles aufs Wort. Mittlerweile weiß ich: Andere waren weniger vorsichtig, gehorchten der Neugier oder ließen sich von einem allerletzten Echo einstiger Rachsucht verleiten und bekamen umgehend geschildert, auf welche Weise einem, dem sie ein bestimmtes Unheil an den Hals gewünscht hatten, just dieses, oft um Jahre verspätet und irgendwo im Abseits ihrer sinnlichen Wahrnehmung, an die Gurgel gesprungen war.

Auch hier lohnt ein Blick auf die Statistik. Vor allem das amouröse Missgeschick schlägt offenbar Wunden, die im Verborgenen weitereitern und Brutstätten eigener Gefahr bilden. Einer, der erfuhr, dass seine einstige Gattin und deren damaliger Liebhaber schließlich doch noch, als beide ihm längst gleichgültig geworden waren, vom weit durch die Zeit schwingenden Pendel seines Fluches getroffen worden seien, ist bislang der Einzige geblieben, der sich dem Bericht, dessen Erklingen er zunächst leichtfertig zugestimmt hatte, empört widersetzte. So trotzig fest, wie er es zustande brachte, sah er dem Leibhaftigen in die blauen Augen und bezichtigte ihn der Lüge.

Heute meint er reuig, es wäre besser gewesen, dem Vernommenen, dessen schierem Wortlaut zu glauben. Denn unser aller Erzähler erhob sich, reckte sich auf die Zehenspitzen, griff ihm mit der rechten Hand in den Nacken, wies mit dem Zeigefinger der Linken in die Schüssel und zog den Kopf des Ungläubigen mit unwiderstehlicher Kraft so weit nach unten, dass dessen Blick den Bildern, die als ein buntes, bestechend scharfes Panorama über das Porzellan zu fließen begannen, nicht mehr entkommen konnte.

VIERTENS: GOLD

Nach allem, was ich von meinesgleichen erfahren habe, war es kein Zufall, dass er irgendwann auf Geld zu sprechen kam. Der Übergang vollzog sich, als gelte es nur, von einer Währung in eine andere zu wechseln. Er wusste meine Kontostände. Er nannte das bescheidene Guthaben, das sich auf meinem Sparbuch angesammelt hatte, und die Summe, die auf meinem Überweisungskonto stand, bis auf die beiden Stellen hinter dem Komma. Er meinte, selbst aus wenig lasse sich mehr als nichts machen. Er lobte meine ausgabenarme Lebensführung, tadelte meine Passivität in Anlagefragen. Vor Jahren hätte ich fast ohne Risiko in Sonne und Wind investieren können. Auch jetzt gebe es noch Gelegenheiten, mein Vermögen in ein weniger kümmerliches zu verwandeln. Er habe sich, in der Duschwanne wartend, einen Finanzplan für mich zurechtgelegt. Keine Angst! Höhere Mathematik sei zu dessen Verständnis nicht nötig. Ein bisschen Prozentrechnen reiche vollkommen aus.

Gerade als er von Zins und Zinseszins sprach, bemerkte ich Bewegung auf seinem Kopf. Am Rand der tonsurähnlich kahlen Stelle regte sich etwas. Unwillkürlich dachte ich an Ungeziefer, an blutsaugende Parasiten, wie ich sie bislang bloß im Fell von Hund oder Katz gesehen hatte. Und was sich dann, drollig torkelnd, aus metallisch schimmerndem Haar auf den bleichen, ein wenig schuppigen Kreis hinauskämpfte, gehörte tatsächlich zu den sechsbeinigen Gliederfüßlern, allerdings zu jener biologischen Ordnung, deren Anblick nicht Abscheu, sondern freundliche Neugier, unter Umständen sogar Entzücken und Rührung auslöst. Nie im Leben würde es uns zum

Beispiel vor einem Marienkäfer ekeln. Und kaum größer als der gepunktete Liebling der Kinder, ähnlich kugelig, allerdings monochrom goldfarben, mit einem zarten Stich ins Grünliche, war das Tierchen, das, betulich die Fühler schwenkend, innehielt, als es die Mitte des unbehaarten Kreises erreichte.

Unterdessen empfahl mir der Leibhaftige, meine Ersparnisse in Holz, in nachhaltige Plantagenwirtschaft zu investieren. Er kannte sich bestechend gut aus, wusste um meine einschlägige Unbedarftheit und bat mich deshalb, ihm den einen oder anderen forstwissenschaftlichen Ausdruck nachzusprechen. Just während ich ein langes Kompositum wie verlangt betont langsam wiederholte, griff er sich mit der Linken auf den Kopf. Und trotz der Flinkheit, mit der sich alles vollzog, sah ich den goldenen Käfer noch kurz zwischen seinen Fingerkuppen mit den Beinchen fuchteln, bevor die Hand zum Mund ging, bevor seine Lippen schmatzten, bevor sein großer, fast geometrisch eckiger Kehlkopf schluckend ruckte.

Es erleichtert mich, dies endlich mitgeteilt zu haben. Obwohl wir wissen, wie unnötig es ist, den Clubgenossen das eine oder andere zu verschweigen, kommt es doch regelmäßig vor, dass wir irgendeine Kleinigkeit schier ewig für uns behalten. Wenn diese sich endlich Bahn bricht und im Nu anstandslos internes Erzählgut wird, verstehen wir kaum noch, was uns so lange hemmte. In meinem Käferfall war es wohl eine Art logischer Kurzschluss, ein zwanghaftes Ineinanderrucken. Bis eben wollte es mir einfach nicht gelingen, auf gewohnt triftige Weise zwischen dem sicher Speziellen, also diesem individuellen goldenen Käferlein, und jenem nur hochspekulativ bestimmbaren Allgemeinen, das seinen Leib wie den meinen durchwest, zu unterscheiden. Aber das Leben ist auch nur ein Wort. Und eigentlich zwingt uns kein vernünftiger Grund, die Gesamtheit seiner Inkarnationen, alles jeweils und jemals Lebendige, mittels eines simplen Beiworts, durch das Voranstellen des bestimmten Artikels, also letztlich mit einem grammatischen Trick, einer derart rabiaten Abstraktion zu unterwerfen.

FÜNFTENS: SERIE

Keiner von uns kann sich an alles erinnern. Im Gegenteil, die Lücken sind ausnahmslos groß, und das Vergessen wesentlicher Teile beginnt früh, bereits unmittelbar nach dem Verklingen der Erscheinung. Das Entfallene bildet eine verdunkelte Wand, von der sich unser Erzählen immer aufs Neue abstößt. Mehr als einem Dutzend von uns wurden, in schönster Beiläufigkeit, alle sechs Zahlen einer kommenden Lotto-Ziehung verraten. Doch kaum waren sie mit ihrer Erwartung allein, ließ sich lediglich eine einzige der Glückszahlen in Ziffernform im Gedächtnis finden, während die fünf übrigen sich jeweils in einer nicht ins Numerische rückübersetzbaren, aber dennoch trügerisch eindeutigen und deshalb schier verrückt machenden Farb- oder Duftreminiszenz verbargen.

Ähnlich erging es einem, dem unser Heimsucher den Weg zum Versteck des im letzten Weltkrieg verschollenen, unschätzbar kostbaren Bernsteinzimmers beschrieben hatte. Ein schönes Stück Strecke, die gemächliche Fahrt mit einem polnischen Regionalzug, hat sich in seinem Entsinnen bis heute filmisch getreu erhalten. Sogar die slawischen Namen der Bahnhöfe sind ihm als eine Sequenz mühelos lesbarer Schilder präsent. Aber die abschließende, die finale Zielführung kann er uns und sich selbst bloß als ein flirrig zuckendes Graubild beschreiben, untermalt von einem irrwitzig schrillen Schienenrattern und anderen ähnlich kunstreich höhnischen Fehlgeräuschen.

Ich bräuchte, um mein Glück auf dem Anlagemarkt zu versuchen, den Namen oder zumindest die geographische Heimat des Gehölzes, in dessen Anbau ich meine Ersparnisse investieren soll. Ich weiß, von beidem ging die Rede, und ich erinnere mich daran, wie energisch mein Leibhaftiger mit dem Zeigefinger der Linken in den Handteller seiner Rechten pochte, um mir just dort eine Besonderheit der Baumart, etwas an ihren Stämmen, zu veranschaulichen.

Die Haut seiner Handinnenseite war seltsam runzelig. Anstelle der wenigen markanten Falten, aus denen sich angeblich das Schicksal lesen lässt, bot sich meinem Blick ein Labyrinth aus feinen, zu engen Spiralen gewundenen Rillen. Ich bin ein leidlich guter Zeichner, und was ich später aus dem Gedächtnis mit einem Bleistift aufs Papier gebracht habe, müsste mir, da man technologisch mit einem Bild nach gestaltverwandten Bildern fahnden kann, eigentlich weiterhelfen. Aber bis jetzt habe ich im Riesenfundus des globalen Netzes keine vergleichbar sinnfällig gefurchte Rinde gefunden.

Stattdessen führen mich meine algorithmisch gelenkten Recherchen immer wieder auf Ablichtungen einer gerade mal handlangen Echse, die, abgeschnitten vom Entwicklungsgang verwandter Arten, ausschließlich auf der Insel Madagaskar lebt. Der Kehlsack dieses seit Jahrtausenden isolierten Reptils zeigt, in feine Schuppen übersetzt, ebenjenes Muster, das ich in der Hand des Leibhaftigen sah. Er hatte mir versichert, genau so finde es sich auch auf jenen Bäumen, aus deren Rinde sich schon bald ein pharmakologischer Wirkstoff für neuartige Schmerz- und Schlafmittel extrahieren lassen werde, eine Substanz, welche, obwohl hochpotent, kein bisschen süchtig mache.

Er beschrieb, er riet, er sparte nicht an Erklärung, und er verstand es, nicht wenig in eine kurzweilige, überraschende Haken schlagende Handlung zu bannen. Horchend vergaß ich Ort und Zeit. Als das Geburtstagskind, mein Kollege, fast mein Freund, draußen an die Tür klopfte, legte mir der, der mich in diesem Feuchtraum heimgesucht hatte, den Zeigefinger an die Lippen. Ich war inzwischen, ich weiß nicht, wie, auf seinen Schoß geraten. Ich saß, keineswegs unbequem, auf den kurzen, aber muskulösen Oberschenkeln meines Liliputaners. Ich hatte die Arme um seinen Overall geschlungen und spürte unter der Achsel die große Hand, mit der er meinen Rumpf beruhigend fest an den seinen zog. Und weil ich, müde geworden, den Rücken krümmte, während es ihm auf eine stramm aufrechte Haltung ankam, war meine Stirn an seine Schläfe gesunken.

Draußen rief mein Gastgeber meinen Namen und fragte, ob alles in Ordnung sei. Ich nickte nur. Aber da schob mich der Leibhaftige schon von seinem Schoß und hatte mit einem flotten Hopser seinen Thron aus sanitärem Porzellan verlassen. Energisch, als komme es ihm jetzt, in unserem letzten gemeinsamen Moment, auf ein gut hörbares Fußaufsetzen an, trat er – tapp, tapp! – dicht vor die Tür. Gleich einem, der vom Rand eines Pools ins Wasser springen will, hob er die Hände über den Kopf. Unberührt drehte sich der Schlüssel im Schloss. Und auch die Klinke – nichts, rein gar nichts verstellte mir den Blick! – sank nach unten, ohne dass ihr eine Hand zu Hilfe kommen musste.

Die Tür schwenkte nach außen auf. Mein Kollege räusperte sich höflich, trat näher, steckte schließlich den Kopf herein, und bestimmt hatte er vor, mich zu fragen, ob ich nicht wieder nach oben kommen wolle. Aber der Geruch, der den kleinen Raum urplötzlich erfüllte, war so stark, dass es ihm wie mir erst einmal das Wort verschlug.

Es roch nach Feuer, nach frischem Rauch, zudem nach scharf angebratenem Fleisch, als würde etwas blutig Rohes über glühender Holzkohle gegrillt. Die Lüftung war angesprungen. Ihr Ventilator, der sich rauschend über unseren Köpfen drehte, leistete gute Arbeit. Der brandige Geruch dünnte zügig aus, verflüchtigte sich, und kaum schien er restlos verflogen, stand der Propeller mit einem Klicken wieder still.

Umso deutlicher pfiff es. Irgendetwas hörte nicht auf, einen Luftstrom in Schwingung zu versetzen und zu mehr als einem bloßen Geräusch zu modulieren. Da pfiff man uns eins! Allerdings hätte man das Gehörte selbst mit arg viel Phantasie kaum eine Melodie, Teil eines wortlosen Liedchens nennen können. Das war kein schöntuendes, sinnige Gestaltung vorgaukelndes Auf und Ab. Aber mehrere, drei, vier, fünf, gegeneinander verzögerte, schließlich panflötenartig zugleich erklingende Töne waren es schon.

Wir alle kennen dies gut. Das Finale ist sich hierin immer

gleich. So viel mussten wir rettungslos gründlich vergessen,
aber ausgerechnet dieses dürftige Gepfeife ist keinem je entfal-
len. Unsere Mutigsten, unsere Frechsten versuchen gelegentlich, jeder für sich, immer im Freien, am liebsten in ringsum
unbebauter Flur, am allerliebsten auf einem kahl abgeernteten
Feld, das Vernommene zu imitieren, indem sie es mehr oder
minder geschickt, in ein langsames, gewaltsam künstliches
Nacheinander zwingen und so dem seriellen Zwang unserer
Zeit unterwerfen.

Da draußen, unter dem freien Blau des Himmels und dem
lichten Weiß der Wolken, fühlen wir uns gegen eine körperliche Wiederkehr gefeit. Obschon der, den ich nun ein letztes
Mal den Leibhaftigen nenne, gewiss die Ohren spitzt. Ja, vielleicht schürzt er sogar die Lippen, als könnte sein Mund allerorten erklingen lassen, was in Wahrheit die Enge eines Sani-
tärraums, die Feuchte und die Begrenztheit zeitgenössischer
Nasszellen zu seiner Klangwerdung braucht.

SECHSTENS: EINLADUNG

Wir sind, wie eingangs erwähnt, nur ein lockerer Club, kein
Verein mit beengenden Regeln und nötigenden Pflichten, keine zu irgendeinem Zweck verschworene Gemeinschaft. Um
aufgenommen zu werden, braucht es nicht mehr als die form-
lose Fürsprache eines einzigen Mitglieds. Nachdem ich damals
meinem Kollegen wieder nach oben gefolgt war und mich erneut unter die Essenden und Trinkenden, unter die Plaudern-

den und lauthals Lachenden gemischt hatte, näherte sich mir die Lebensgefährtin des Geburtstagskindes, ein Weinglas in jeder Hand. Als der dünnwandige Kelch von ihrer Linken in meine Rechte wechselte, berührten sich unsere Fingerspitzen, und ich bemerkte, dass sie die Nase rümpfte. Zweifellos schnüffelte sie in meine Richtung. In meinen Haaren oder im Gewebe meiner Kleidung musste ich eine Duftspur, einen für sie unverwechselbaren Hauch der Begegnung, hinauf und damit unter die arglos Feiernden getragen haben.

Auch im Gedränge eines Fests, in Lärm und Musik, finden zwei einschlägig Kundige ein Plätzchen, um sich ohne einen störenden Mithörer zu besprechen. Ohne Umschweif wurde mir der Beitritt angeboten. Mehr als ein schlichtes Ja oder ein deutliches Nicken, nicht gleich, sondern irgendwann im Verlauf der verbleibenden Stunden, sei nicht erforderlich. Alles Weitere werde sie als meine Gewährsfrau gerne besorgen.

Ja, wir sind ganz von dieser Welt. Unser Club schmiegt sich in ihren Gang. Schenken Sie mir Ihr Vertrauen! Sobald es zum Unausweichlichen gekommen ist und sofern es Ihnen dann gefällt, wird mein Wort vor unseresgleichen für Ihr Erlebnis bürgen.

GLOBULUS

Hier nun liegen Sie wieder: auf dem Rücken, erneut keineswegs ruhend, wahrlich nicht locker hingestreckt, sondern mit gekrümmten Schultern, den Nacken verkrampft, das Kinn gegen die Brust gepresst, um hinweg über Ihren Rumpf, über Bauch und Unterleib, nach vorne zu blicken. So halten Sie Ausschau. In derart misslicher Lage sind Sie erneut gezwungen, Ausschau zu halten. Notdürftig, so gut es eben geht. Denn kein anderer als Sie, der dergestalt elend Liegende und hilflos Spähende, steuert ein weiteres Mal das gewaltige Fahrzeug.

Ja, das da vorn sind Ihre Füße, schuhlos, aber immerhin bestrumpft und damit dem Strömen des eisigen Höhenwinds nicht gänzlich schutzlos preisgegeben. Mit den Zehen drücken Sie die Pedale. Was deren weiches Wegsacken in der Hydraulik und Mechanik, in der Tiefe des riesigen Vehikels bewirken mag, bleibt jedoch beängstigend ungewiss.

Jetzt scheint es aufwärtszugehen. Zumindest spüren Sie eine bedrohliche Verlangsamung. Stillstand, sogar unkontrolliertes Zurückrollen droht. Sie müssten nun tüchtig Gas geben. Aber Ihr rechter Fuß tappt ins Leere. Sie strecken sich, Sie recken sich, soweit Sie dies liegend zustande bringen. Ihr großer Zeh findet ein schwammiges Restchen von Widerstand. Es gelingt im letzten Augenblick: Fahrzeug und Fahrer bewältigen den Anstieg!

Oh, Sie kennen dies alles zur Genüge: Das Gehäuse, das Sie dergestalt befördert, ist ebenso groß, genauso schwer, gleich ungetüm wie die vorausgegangenen Male. Aus haltloser Höhe lugen Sie durch das linke Seitenfenster. Tief unten vollzieht sich ein enormer Gegenverkehr. Wie immer sind es vor allem Personenkraftwagen, ein dichtes, mirakulös geschwindes Strömen. Sie identifizieren nicht wenige Modelle, die einige Jahrzehnte, ein halbes Säkulum und mehr, auf dem Blechbuckel haben. Da unten rollen, durch Ihr Hinabschauen makaber ins Spielzeughafte geschrumpft, eine Unzahl prächtig erhaltener Oldtimer.

Ungeklärt jedoch bleibt die genaue Machart, die spezifische Zweckhaftigkeit Ihres Fahrzeugs. Von unten, von weit unten, aus den mehr oder minder geläufigen Limousinen eines verflossenen Jahrhunderts, erreichen Sie fragende, trotz aller Flüchtigkeit forschende Blicke.

Bewunderung, zumindest Achtung scheint sich mit Besorgnis zu mischen. Die gewaltige Karosse, die Sie stadteinwärts, hinein in einen vermutlich noch dichteren Verkehr steuern, würde zweifellos einen gründlich geschulten und dann in langer beruflicher Praxis souverän gewordenen Chauffeur erfordern. Aber da Ihnen bislang nie ein Außenblick auf Ihr Gefährt gelungen ist, können Sie nur vermuten, was Sie, den Liegenden, umschließt und voranbringt. Um einen ungeheuren Mähdrescher, für amerikanische, russische oder ukrainische Weiten entworfen, könnte es sich handeln. Auch ein Doppel- oder gar Dreistockbus, durch dessen verglaste Stirn Sie zu spähen versuchen, wäre denkbar. Oder es hat Sie in ein militärisches Spezialfahrzeug verschlagen, in einen schwergepanzerten, amphibischen Truppentransporter, unter dessen stählerner Wanne vier, sechs, vielleicht sogar acht mehr als mannshohe Räder walzen.

Es geht bergab. Und dies verbessert die Vorausschau ein wenig. Was unmittelbar vor dem Bug Ihrer Riesenkarre liegt, bleibt allerdings weiterhin uneinsehbar. Falls dort etwas oder jemand, ein strampelnder Fahrradfahrer, ein vom Gehsteig hüpfendes Hündchen, überrollt werden sollte, die schiere Masse Ihres Vehikels würde die Erschütterung ohne ein Nachschwingen schlucken.

Das Gefälle nimmt zu. Sie wissen, dass es mit dem Bremsen nicht recht klappen wird. Allenfalls kann Ihnen, dem Liegenden, dem mit der Fußspitze Pumpenden, ein stotterndes Verzögern gelingen. Sie mühen sich dennoch. Sie mühen sich umsonst. Das Grau der Fahrbahn verschliert in sausender Fahrt. Höhnisch grün fliegen letzte Freiflächen vorüber. Ihre Nackenmuskeln erschlaffen, der Kopf fällt nach hinten. Ihr Blick hebt sich. Die Stadt ist erreicht.

Berauschendes Glück: Erneut entzückt Sie die fürchterliche Monumentalität der Bauwerke. Wie konnten Sie deren unweigerliches Kommen während der Anfahrt bloß außer Acht lassen? Das immense Emporragen dieser Bauten, die selbstgewiss himmelwärts strebende Linearität der Fassaden versöhnt Sie mit der Kläglichkeit Ihres Aufgebens. Selbst wenn ein Geschlecht von Riesen dies alles ohne jede schielende Rücksicht, ohne jede sorgende Vorausschau aufgetürmt hat, es ist, quasi beiläufig, auch für Ihr armes Auge, für das Glotzen des gescheiterten Steuermanns errichtet. Und – siehe da! – zum ersten Mal kommt Ihnen der Name in den Sinn, den diese atemraubend machtgewisse Architektur zur Beruhigung aller Eingeschüchterten, aller chronisch Kleinmütigen trägt: Konstruktivismus!

Herrlicher Fortgang: Wie auf Schienen schlängelt sich Ihr Fahrzeug durch die grandiose Metropole. Was immer da draußen, zwischen den Sockeln dieser Türme, auf Rädern oder Beinen unterwegs sein mag, höhere Mächte steuern sein Neben- und Nacheinander. Jede Idee von Kollision, Unfall und Unglück, alles Missliche ist samt der Schuld, die Ihnen daraus zu erwachsen drohte, in die bereits zügig verblassende Vorgeschichte dieser grandiosen Erfahrung verwiesen. Höchste Zeit, «du» zu sich selbst zu sagen.

Und kühn geworden, wagst du noch mehr: Dir gelingt es, das Spiel der Wolken zu bemerken. Sie sind nicht plan, sie sind keineswegs auf Leinwand, sie sind nie und nimmer auf eine Art Zimmerdecke oder auf irgendeinen anderen hölzernen oder betonierten Plafond gepinselt. Ihre Leiber stehen still, während ihre Leiber sich wandeln. Ein sehr heller, ein schlimm schöner Fleck hält in irrsinniger Muse ein Übermaß an Licht gefangen. Ruhe kehrt ein. Gelassenheit greift um sich. Wir seufzen.

Wir seufzen, weil wir uns entsinnen. Wir seufzen erneut, während wir uns all dessen entsinnen. Nun denn: Du raffst dich auf. Ich raffe mich auf. Wir richten uns auf. Wir knicken den Leib in den Hüften. Ans Werk. Die Welt, was immer dies sein mag, lässt dir wie mir keine Wahl. Sogar wenn es gelänge, selbst wenn es gelingt, den Verlauf ihrer Werdung zu vergessen, kullert ihr marmornes Kügelchen – Globulus! Globulus! – altbekannt wie der Jüngste Tag zu uns zurück.